ARNALDUR INDRIĐASON

Nordermoor

Bisher erschienene Titel des Autors:

Die Kommissar-Erlendur-Reihe:

1. Menschensöhne (im E-Book erhältlich)
2. Todesrosen (im E-Book erhältlich)
3. Nordermoor
4. Todeshauch
5. Engelsstimme
6. Kältezone
7. Frostnacht
8. Kälteschlaf
9. Frevelopfer
10. Abgründe
11. Eiseskälte

Duell
Nacht über Reykjavík
Schattenwege
Tage der Schuld

Die Flóvent-Thorsson-Reihe:

Der Reisende
Graue Nächte

Thriller:

Gletschergrab
Tödliche Intrige
Codex Regius

Die Konráð-Reihe:

Verborgen im Gletscher
Das Mädchen an der Brücke
Tiefe Schluchten

Titel in der Regel auch als Hörbuch erhältlich

Über den Autor:

Arnaldur Indriðason ist der erfolgreichste Krimiautor Islands. Seine Romane werden in über 40 Sprachen übersetzt und wurden weltweit mit renommierten Literaturpreisen ausgezeichnet. Mit NORDERMOOR begann 2000 seine großartige Erfolgsgeschichte. Der Kriminalroman wurde unter anderem mit dem *Nordischen Krimipreis* ausgezeichnet. Auch den *CWA Gold Dagger* erhielt der Autor für sein Werk. Arnaldur Indriðason lebt mit seiner Familie in der Nähe von Reykjavík.

ARNALDUR
INDRIÐASON

Nordermoor

ISLAND KRIMI

Aus dem Isländischen von
Coletta Bürling

lübbe

Dieser Titel ist auch als Hörbuch und E-Book erschienen

Die Bastei Lübbe AG verfolgt eine nachhaltige Buchproduktion. Wir verwenden Papiere aus nachhaltiger Forstwirtschaft und verzichten darauf, Bücher einzeln in Folie zu verpacken. Wir stellen unsere Bücher in Deutschland und Europa (EU) her und arbeiten mit den Druckereien kontinuierlich an einer positiven Ökobilanz.

FSC
www.fsc.org
MIX
Papier aus verantwortungsvollen Quellen
FSC® C014496

Vollständige Paperbackausgabe
der bei Bastei Lübbe erschienenen Taschenbuchausgabe

Vorbemerkung:
In Island duzt heutzutage jeder jeden.
Man redet sich nur mit dem Vornamen an.
Dies wurde bei der Übersetzung beibehalten.

Titel der isländischen Originalausgabe: »Mýrin«
Originalverlag: Forlagið, Reykjavík

Für die deutschsprachige Ausgabe:

Titelillustration: © Nils Leithold/EyeEm/GettyImages |
© Stephanie Frey/shutterstock; Malivan_Iuliia/shutterstock |
© mauritius images/Masterfile RM/Atli Mar Hafsteinsson
Umschlaggestaltung: FAVORITBUERO, München
Satz: hanseatenSatz-bremen, Bremen
Gesetzt aus der Berthold Baskerville
Druck und Verarbeitung: GGP Media GmbH, Pößneck
Printed in Germany
ISBN 978-3-404-18554-2

5 4 3 2 1

Sie finden uns im Internet unter: luebbe.de
Bitte beachten Sie auch: lesejury.de

REYKJAVÍK 2001

Das Ganze ist ein einziger verdammter Sumpf.
Erlendur Sveinsson, Kriminalbeamter

1

Die Worte waren mit Bleistift auf ein Blatt Papier geschrieben, das auf die Leiche gelegt worden war. Drei Worte, die Erlendur nicht verstand.

Die Leiche war ein Mann, der um die siebzig sein musste. Vor dem Sofa in einem kleinen Wohnzimmer lag er auf der rechten Seite auf dem Boden, bekleidet mit einem blauen Hemd und hellbraunen Cordhosen. Er hatte Pantoffeln an. Das Haar war schütter, fast vollkommen ergraut und rot vom Blut aus einer großen Wunde am Kopf. Auf dem Fußboden neben der Leiche lag ein großer gläserner Aschenbecher mit spitzen Kanten und Ecken. Er war ebenfalls blutbeschmiert. Der Wohnzimmertisch war umgestürzt.

Die Wohnung lag im Souterrain eines zweistöckigen Hauses in Nordermoor. Das Haus war umgeben von einem kleinen Garten, mit einer Steinmauer zu drei Seiten. Die Bäume hatten das Laub abgeworfen, das jetzt so dicht lag, dass man im Garten nirgends ein Fleckchen Erde sah, und sie reckten ihre krüppligen Äste in den dunklen Himmel. Eine Einfahrt mit Schotterbelag führte zu einer Garage. Immer noch fuhren Mitarbeiter der Kriminalpolizei vor. Sie bewegten sich ohne Hast, wirkten in diesem alten Haus geisterhaft. Man wartete auf den Amtsarzt, der den Totenschein ausstellen würde. Der Leichenfund war vor etwa einer Viertelstunde gemeldet worden. Erlendur war einer der Ersten am Tatort, sein Kollege Sigurður Óli musste jeden Moment eintreffen.

Schummriges Oktoberlicht legte sich über die Stadt, und der Herbststurm peitschte den Regen gegen das Haus. Jemand hatte eine Lampe angemacht, die auf einem Tisch im Wohnzimmer stand und eine trübe Helligkeit verbreitete. Ansonsten war am Tatort nichts verändert worden. Die Techniker stellten ein Stativ mit einem starken Neonscheinwerfer auf, um die Wohnung auszuleuchten. Erlendur registrierte einen Bücherschrank und eine zerschlissene Polstergarnitur, einen Esstisch, einen alten Schreibtisch in der Ecke, Teppichboden und auf dem Teppichboden Blut. Aus dem Wohnzimmer gelangte man in die Küche, eine andere Tür führte in den Flur und einen kleinen Korridor, an dem zwei Zimmer und das Badezimmer lagen.

Der Mann aus der oberen Wohnung hatte die Polizei verständigt. Er war an diesem Spätnachmittag nach Hause gekommen, nachdem er seine beiden Söhne aus der Schule abgeholt hatte, und ihm war aufgefallen, dass die Eingangstür zur Wohnung im Souterrain offen stand. Er hatte in die Wohnung des Hausgenossen hineinsehen können und seinen Namen gerufen, er war sich nicht sicher, ob er zu Hause war. Er erhielt keine Antwort. Dann spähte er in die Wohnung hinein, rief wieder den Namen, und wieder kam keine Reaktion. Sie hatten schon einige Jahre in der Wohnung oben gewohnt, kannten aber den alten Mann im Souterrain kaum. Der ältere Sohn, der neun Jahre alt und nicht so zurückhaltend war wie der Vater, lief schnurstracks ins Wohnzimmer. Einen Augenblick später kam der Junge wieder heraus und erklärte, dass da ein Toter in der Wohnung wäre, was er nicht besonders aufregend zu finden schien. – Du guckst dir zu viele Filme an, hatte der Vater gesagt und vorsichtig die Wohnung betreten und den Wohnungsinhaber in einer Blutlache auf dem Boden liegen sehen.

Erlendur kannte den Namen des Toten. Er stand an der Klingel. Um aber ganz sicher zu gehen und sich keine Blöße zu geben, zog er sich dünne Gummihandschuhe an und fischte aus einem Jackett, das im Korridor an einem Haken hing, eine Brieftasche heraus. Auf einer Kreditkarte fand er ein Foto von ihm. Holberg hieß er, neunundsechzig Jahre alt. Gestorben in der eigenen Wohnung. Wahrscheinlich ermordet.

Erlendur ging durch die Wohnung und ging im Kopf die einfachsten Fragen durch. Das war sein Job. Das zu untersuchen, was offenkundig war. Die Leute von der Spurensicherung kümmerten sich um das Verborgene. Er bemerkte keine Anzeichen dafür, dass eingebrochen worden war, weder an den Fenstern noch an der Tür. Auf den ersten Blick hatte es den Anschein, als habe der Mann seinen Angreifer selber in die Wohnung gelassen. Die Mitbewohner des Hauses hatten im Korridor und auf dem Teppichboden im Wohnzimmer Spuren hinterlassen, als sie aus dem Regen hereinkamen, und das hatte der Angreifer vermutlich auch getan. Es sei denn, er hätte sich an der Eingangstür die Schuhe ausgezogen. Erlendur kam es so vor, als habe er es etwas zu eilig gehabt, als dass er es sich hätte erlauben können, die Schuhe auszuziehen. Die Mitarbeiter von der Spurensicherung hatten Staubsauger dabei, um auch die kleinsten Partikelchen und Staubkörnchen aufzusammeln, die möglicherweise irgendwelche Hinweise geben könnten. Sie suchten nach Fingerabdrücken und Dreck von Schuhen, der nicht in dieses Haus gehörte. Sie suchten nach etwas, das von außen kam. Und Vernichtung hinterlassen hatte.

Erlendur konnte nicht sehen, dass der Mann seinen Besucher mit besonderer Gastfreundlichkeit empfangen hätte. Er hatte keinen Kaffee gemacht. Die Kaffeemaschine in der Küche schien in den letzten Stunden nicht benutzt worden zu sein. Es gab auch keine Anzeichen, dass Tee getrunken worden wäre, und im Schrank fehlten keine Tassen. Gläser standen unangerührt an Ort und Stelle. Der Ermordete war ein ordnungsliebender Mensch gewesen. Hier war alles akkurat und aufgeräumt. Vielleicht hatte er den Eindringling nicht gut gekannt. Vielleicht hatte der Besucher ihn ohne Umschweife angegriffen, direkt nachdem ihm die Tür geöffnet wurde. Ohne die Schuhe auszuziehen.

Begeht man auf Socken einen Mord?

Erlendur blickte sich um und dachte bei sich, dass er versuchen sollte, seine Gedanken etwas besser auf die Reihe zu kriegen.

Jedenfalls hatte der Besucher es eilig gehabt. Er hatte sich nicht die Mühe gemacht, die Tür hinter sich zu schließen. Auch der Angriff selbst zeugte von Eile, als sei er urplötzlich und ohne Vorwarnung erfolgt. Es gab keinerlei Anzeichen für einen Kampf. Der Mann schien direkt zu Boden gegangen zu sein, war dabei an den Tisch gestoßen und hatte ihn umgeworfen. Auf den ersten Blick war nichts anderes in der Wohnung angerührt worden. Erlendur konnte nicht feststellen, dass irgendetwas gestohlen worden wäre. Alle Schränke waren sorgfältig verschlossen, die Schubladen ebenso, ein ziemlich neuer Computer und eine alte Stereoanlage waren an ihrem Platz, die Brieftasche des Mannes befand sich in der Jacke am Haken im

Flur, mit einem Zweitausendkronenschein und zwei Karten, Scheckkarte und Kreditkarte.

Es hatte den Anschein, als hätte der Angreifer den nächstbesten Gegenstand gepackt und ihn dem Mann an den Kopf geschleudert. Der Aschenbecher war aus dickem, grünlichem Glas und wog nach Einschätzung von Erlendur nicht unter anderthalb Kilo. Eine Mordwaffe für den, der es darauf abgesehen hatte. Der Angreifer hatte ihn wohl kaum mitgebracht, um ihn dann blutbeschmiert auf dem Fußboden liegen zu lassen.

Das waren die offen zu Tage liegenden Indizien: Der Mann hatte die Tür geöffnet und den Besucher hereingebeten oder war zumindest mit ihm ins Wohnzimmer gegangen. Wahrscheinlich hatte er seinen Gast gekannt, aber das musste nicht sein. Er wurde mit dem Aschenbecher attackiert, ein schwerer Hieb, und dann war der Angreifer hinausgeeilt und hatte die Tür hinter sich offen gelassen. Klarer Fall.

Bis auf die Mitteilung.

Sie war auf ein liniertes DIN-A4-Blatt geschrieben, das aus einem Spiralheft herausgerissen zu sein schien. Der einzige Hinweis darauf, dass das Verbrechen geplant gewesen war; daraus war zu schließen, dass der Besucher eigens zu dem Zweck gekommen war, den Mann zu töten. Der Besucher hatte nicht etwa einen plötzlichen Anfall von Mordlust bekommen, als er im Wohnzimmer stand. Er war mit dem festen Vorsatz, einen Mord zu begehen, in das Haus gekommen. Er hatte eine Nachricht hinterlassen. Drei Worte, auf die sich Erlendur keinen Reim machen konnte. Hatte er diese Worte auf das Blatt geschrieben, bevor er das Haus betrat? Eine weitere relevante Frage, die beantwortet werden wollte. Erlendur ging in die Ecke, wo der Schreibtisch des Mannes stand. Auf dem Schreibtisch lagen ein Haufen Papiere, Rechnungen, Umschläge, Zeitungen. Ganz zuoberst ein Spiralheft. Er suchte nach einem Bleistift, sah aber keinen auf dem Tisch. Er schaute genauer nach und fand einen unter dem Schreibtisch. Er fasste nichts an. Schaute nur und dachte nach.

»Ist das nicht ein typisch isländischer Mord?«, fragte Sigurður Óli, der in die Souterrainwohnung hereingekommen war, ohne dass Erlendur es bemerkt hatte. Er stand neben der Leiche.

»Was?«, fragte Erlendur gedankenverloren.

»Schlampig, sinnlos – und ausgeführt ohne den geringsten Versuch, etwas zu kaschieren, die Tatumstände zu verschleiern oder Beweismaterial zu vernichten.«

»Ja«, sagte Erlendur. »Ein schäbiger isländischer Mord.«

»Es sei denn, er wäre auf den Tisch gefallen und mit dem Kopf auf dem Aschenbecher gelandet«, sagte Sigurður Óli. Elinborg war mit ihm hereingekommen. Erlendur hatte versucht, die Geschäftigkeit der Polizisten, der Spurensicherung und des Krankenwagenpersonals ein wenig zu reduzieren, während er vornübergebeugt mit dem Hut auf dem Kopf durch die Wohnung ging.

»Und hätte im Fallen eine unverständliche Nachricht hinterlassen?«

»Vielleicht hat er sie in der Hand gehabt.«

»Kapierst du diese Nachricht?«

»Vielleicht soll das Gott sein«, sagte Sigurður Óli. »Oder der Mörder, ich weiß es nicht. Die Betonung auf dem letzten Wort ist ganz interessant. ER in Großbuchstaben.«

»Das ist meines Erachtens keine flüchtige Schrift. Das letzte Wort ist in Blockbuchstaben geschrieben, die anderen zwei in Schreibschrift. Der Besucher hat sich offenbar

Zeit für seine Schreibarbeiten genommen. Macht aber trotzdem die Tür nicht hinter sich zu. Was bedeutet das? Attackiert den Mann, rennt dann hinaus und hinterlässt unverständlichen Quatsch auf einem Zettel, wobei er das letzte Wort sorgfältig betont.«

»Er muss doch ihn damit gemeint haben«, sagte Sigurður Óli. »Die Leiche, meine ich. Das kann sich auf niemand anderen beziehen.«

»Ich weiß nicht«, sagte Erlendur. »Was hat das für einen Zweck, eine solche Nachricht zu schreiben und bei der Leiche zu hinterlassen? Wer macht so etwas? Was will er damit sagen? Will er uns damit etwas sagen? Spricht der Mörder mit sich selbst? Spricht er mit der Leiche?«

»Ein durchgeknallter Typ«, sagte Elinborg und wollte sich nach dem Blatt bücken. Erlendur hinderte sie daran.

»Vielleicht waren es mehr als einer«, sagte Sigurður Óli. »Die ihn angegriffen haben.«

»Denk an die Handschuhe, meine liebe Elinborg«, sagte Erlendur und redete mit ihr wie mit einem Kind. »Nicht die Beweismaterialien ruinieren. Die Nachricht wurde auf dem Schreibtisch da geschrieben«, fügte er hinzu und deutete in die Ecke. »Das Blatt wurde aus einem Spiralheft herausgerissen, das dem Opfer gehörte.«

»Vielleicht waren es mehr als einer«, wiederholte Sigurður Óli. Er fand, dass er da einen interessanten Punkt berührt hatte.

»Ja, ja«, sagte Erlendur. »Vielleicht.«

»Ziemlich kaltblütig«, sagte Sigurður Óli. »Erst bringst du einen alten Mann um, und dann setzt du dich hin und schreibst einen Zettel. Braucht man dazu nicht Nerven wie Drahtseile? So etwas macht doch nur ein richtiges Scheusal.«

»Oder ein ganz Abgebrühter«, sagte Elinborg.

»Oder einer mit Messiaskomplex«, sagte Erlendur.

Er bückte sich und las die Nachricht auf dem Blatt noch einmal durch.

Ein reichlich ausgeprägter Messiaskomplex, dachte er bei sich.

2

Erlendur kam gegen zehn Uhr abends nach Hause und schob ein Fertiggericht in die Mikrowelle. Er stand vor dem Gerät, schaute zu, wie sich das Gericht hinter der Glasscheibe drehte, und dachte, dass er schon Schlimmeres im Fernsehen gesehen hätte. Draußen heulten Herbststürme voller Nässe und Dunkelheit.

Er dachte an Menschen, die irgendwelche Nachrichten hinterließen und dann von der Bildfläche verschwanden. Was würde er selber auf einen solchen Zettel schreiben? Wem würde er eine Nachricht hinterlassen? Seine Tochter Eva Lind kam ihm in den Sinn. Sie war drogenabhängig und würde wissen wollen, ob er irgendwo Geld hätte. Sie schreckte vor fast nichts mehr zurück. Sein Sohn Sindri Snær hatte gerade seine dritte Entziehungskur hinter sich. Die Nachricht für ihn wäre einfach: nie wieder Hiroshima.

Erlendur lächelte schwach, als die drei Signaltöne der Mikrowelle ertönten.

Nicht dass Erlendur jemals mit dem Gedanken gespielt hätte, sich aus dem Staub zu machen.

Er und Sigurður Óli hatten mit dem Hausbewohner gesprochen, der die Leiche gefunden hatte. Zu dem Zeitpunkt war auch dessen Frau nach Hause gekommen und hatte gesagt, sie würde die Jungen aus dem Haus holen und zu ihrer Mutter bringen. Der Mann hieß Ólafur und erklärte, dass er selbst und seine ganze Familie, seine Frau und die beiden Söhne, jeden Morgen um acht zur Schule beziehungsweise zur Arbeit gingen und frühestens kurz nach vier wieder nach Hause kämen; es war seine Aufgabe, die Jungen von der Schule abzuholen. Sie hatten nichts Ungewöhnliches bemerkt, als sie morgens weggegangen waren. Die Tür zur Wohnung des Mannes war zu gewesen. In der Nacht hatten sie fest geschlafen. Nichts gehört. Sie hatten kaum Verbindung zu dem Mann. Sie kannten ihn eigentlich so gut wie gar nicht, obwohl es schon ein paar Jahre her war, dass sie in die Wohnung über ihm gezogen waren.

Der Gerichtsmediziner würde den Zeitpunkt des Todes ziemlich genau festlegen können, aber Erlendur vermutete, dass der Mord wohl um die Mittagszeit begangen worden war, sozusagen mitten in der Hauptgeschäftszeit. Wer hat heutzutage Zeit für so etwas?, kam es ihm in den Sinn. Die Meldung wurde an die Medien weitergeleitet, die berichteten, dass ein Mann um die siebzig tot in seiner Wohnung in Nordermoor aufgefunden und wahrscheinlich ermordet worden war. Diejenigen, die in den letzten vierundzwanzig Stunden irgendetwas Verdächtiges in oder bei Holbergs Haus bemerkt hatten, wurden gebeten, sich mit der Kriminalpolizei in Reykjavík in Verbindung zu setzen.

Erlendur war um die fünfzig und seit vielen Jahren geschieden, Vater von zwei Kindern. Er hatte noch nie jemandem verraten, dass er die Namen seiner Kinder nicht ausstehen konnte. Seine ehemalige Frau, mit der er seit mehr als zwei Jahrzehnten kaum gesprochen hatte, hatte die Namen damals so süß gefunden. Die Scheidung war schwierig gewesen, und Erlendur hatte den Kontakt zu seinen Kindern weitgehend verloren, als sie noch klein waren. Sie kamen zu ihm, als sie größer wurden, und er nahm sie liebevoll auf. Er war schockiert darüber, in was sie hineingeraten waren. Ganz besonders das Schicksal von Eva Lind machte ihm zu schaffen. Sindri Snær war etwas besser dran, oder vielleicht auch nicht.

Er nahm das Essen aus der Mikrowelle und setzte sich an den Küchentisch. Seine Zweizimmerwohnung in einem Mehrfamilienhaus war voll gestopft mit Büchern, wo immer sich Platz bot. An den Wänden hingen alte Familienbilder von Verwandten in den Ostfjorden, denn Erlendur stammte von dort. Er besaß keine Fotos von sich selbst oder seinen Kindern. Ein altersschwacher Nordmende-Fernseher stand an der Wand und ein nicht minder altersschwacher Sessel davor. Erlendur hielt die Wohnung mit einem Minimum an Aufwand einigermaßen in Ordnung.

Er wusste nicht ganz genau, was er da aß. Außen auf der buntbedruckten Packung stand etwas von fernöstlichen Delikatessen, aber das Gericht, das sich in einer Art Mehlteig versteckte, schmeckte wie säuerliche Brotsuppe. Erlendur schob das Zeug von sich weg. Er überlegte, ob nicht noch etwas von dem Roggenbrot da war, das er vor einigen Tagen gekauft hatte. Und der Fleischpastete. In dem Moment klingelte es an der Tür. Eva Lind hatte ein »drop-in« beschlossen. Es ging ihm auf die Nerven, wie sie sprach.

»Und alles senkrecht, Alter?«, fragte sie, schlüpfte zur Tür herein und warf sich gleich auf das Sofa im Wohnzimmer.

»Mädchen«, sagte Erlendur und machte die Tür zu. »Red nicht in dieser blöden Sprache mit mir.«

»Ich dachte, du wolltest, dass ich mir Mühe gebe mit der Sprache«, sagte Eva Lind, die nicht wenige Vorträge ihres Vaters über gutes Isländisch über sich hatte ergehen lassen müssen.

»Dann erzähl mir was Vernünftiges.«

Es war schwierig auszumachen, wer sie dieses Mal war. Eva Lind war die beste Schauspielerin, die er kannte, aber das wollte nicht viel besagen, denn er ging nie ins Theater oder ins Kino, und das Fernsehen machte er nur an, wenn ein Dokumentarfilm kam. Eva Linds Theaterstücke waren meistens Familiendramen in ein bis drei Akten, und sie hatten zum Thema, wie man Erlendur am besten Geld abluchsen konnte. Es geschah nicht oft, denn Eva Lind hatte ihre eigenen Methoden, zu Geld zu kommen, über die Erlendur so wenig wie möglich wissen wollte. Aber hin und wieder kam es vor, dass sie keinen »goddamncent« besaß, wie sie sich ausdrückte, und dann kam sie zu ihm.

Manchmal war sie sein kleines Mädchen, kuschelte sich an ihn und schnurrte wie eine Katze. Manchmal war sie am Rande des Abgrunds, hetzte hektisch durch die Wohnung und machte ihm die Hölle heiß mit Vorwürfen, dass er sie und Sindri Snær so jung im Stich gelassen hatte. Außerdem konnte sie obszön und hinterhältig und bösartig sein. Manchmal kam es ihm so vor, als sei sie ganz offen und natürlich, wenn es denn etwas gab, was natürlich genannt werden konnte, und dann schien es Erlendur, als könne er mit ihr wie mit einem normalen Menschen sprechen.

Sie trug schäbige Jeans und eine schwarze Lederjacke, die ihr bis zur Taille reichte, und das Haar war kurz und rabenschwarz. In der rechten Augenbraue klemmten zwei kleine Ringe, und am einen Ohr baumelte ein silbernes Kreuz. Sie hatte schöne weiße Zähne gehabt, die aber jetzt in Mitleidenschaft gezogen waren; im Oberkiefer fehlten zwei. Das sah man, wenn sie ihr breites Lächeln aufsetzte. Sie war spindeldürr und wirkte mit den dunklen Ringen unter den Augen ziemlich mitgenommen. Manchmal glaubte Erlendur, in ihren Zügen seine Mutter wiederzuerkennen. Er verfluchte Eva Linds Schicksal und gab seiner mangelnden Fürsorge die Schuld daran, wie weit es mit ihr gekommen war.

»Ich habe heute mit Mama telefoniert oder sie mit mir. Sie wollte wissen, ob ich mit dir sprechen könnte. Super, wenn die Eltern geschieden sind.«

»Will deine Mutter was von mir?«, fragte Erlendur verblüfft. Seine Ex-Frau hasste ihn auch nach zwanzig Jahren noch. Er war ihr in dieser ganzen Zeit nur ein einziges Mal begegnet, und die Feindseligkeit in ihrem Blick war nicht zu übersehen gewesen. Einmal hatte sie wegen Sindri Snær mit ihm telefoniert, und das war ein Gespräch, das er lieber vergessen wollte.

»Sie ist eine total versnobte Zicke.«

»Red nicht so über deine Mutter.«

»Irgendwelche Bekannten in Garðabær, schweinisch reich, haben am Wochenende ihre Tochter verheiratet, und die ist dann einfach von der Feier verschwunden. Echt peinlich. Das war am Samstag, und seitdem hat sie sich nicht gemeldet. Mama war auf der Hochzeit und ist total schockiert. Ich soll fragen, ob du mal mit den Leuten reden könntest. Sie wollen keine Suchmeldungen in die Zeitungen setzen oder so was, das versnobte Pack, aber sie wissen, dass du bei der Kripo bist und glauben, dass sie so alles unter den Teppich kehren können. Ich, nicht Mama, will, dass du mit den Typen sprichst. Nicht Mama. Verstehst du? Nie!«

»Kennst du die Leute?«

»Auf jeden Fall bin ich nicht zu der Hochzeit eingeladen worden, von der die süße Kleine sich verpisst hat.«

»Und das Mädchen?«

»Ein bisschen.«

»Und wohin ist sie abgehauen?«

»Keine Ahnung.«

Erlendur zuckte die Achseln.

»Ich habe vorhin an dich gedacht«, sagte er.

»Wie rührend«, sagte Eva Lind. »Ich habe gerade überlegt, ob ...«

»Ich habe kein Geld«, sagte Erlendur und setzte sich ihr gegenüber in den Fernsehsessel. »Hast du Hunger?«

Eva Lind wurde kratzbürstig.

»Warum kann ich nie mit dir sprechen, ohne dass du anfängst, von Geld zu reden?«, sagte sie, und Erlendur kam es so vor, als hätte sie ihm einen Satz geklaut.

»Und warum kann ich nie mit dir sprechen, Punkt?«

»Ach, wichs dir doch einen ab.«

»Warum sagst du so was? Was soll das? Wichs dir einen ab. Alles senkrecht, Alter. Was ist denn das für eine Art zu reden?«

»Dschiiises«, stöhnte Eva Lind.

»Wer bist du jetzt? Mit wem rede ich? Und wo bist du selbst in dieser ganzen Drogenscheiße?«

»Fang bloß nicht wieder mit diesem idiotischen Gesülze an. Wer bist du jetzt?«, äffte sie ihn nach. »Wo bist du denn selbst? Ich bin hier. Ich sitze vor dir. Ich bin ich!«

»Eva.«

»Zehntausend!«, sagte sie. »Was ist los? Willst du keine

Zehntausend für mich rausrücken? Du hast doch genug von dem Scheißgeld.«

Erlendur schaute seine Tochter an. Irgendetwas stimmte nicht mit ihr, das hatte er sofort bemerkt, als sie hereinkam. Sie war kurzatmig, und der Schweiß perlte ihr von der Stirn. Sie zappelte auf dem Sitz hin und her, als ginge es ihr nicht gut.

»Fehlt dir was?«

»Mir geht's prima. Mir fehlt bloß ein bisschen Kleingeld. Pliiis, stell dich nicht so an.«

»Fehlt dir was?«

»Please.«

Erlendur schaute seine Tochter an.

»Versuchst du aufzuhören?«, sagte er.

»Please, zehntausend. Das ist doch überhaupt nichts. Auf jeden Fall nicht für dich. Ich werde auch nie mehr wiederkommen und dich um Geld bitten.«

»Ja, bestimmt. Wie lange ist es her, seit du ...« Erlendur wusste nicht genau, wie er das formulieren sollte. »... dir Stoff reingezogen hast?«

»Spielt doch keine Rolle. Ich habe aufgehört. Habe aufgehört aufzuhören damit aufzuhören aufzuhören damit aufzuhören aufzuhören.« Eva Lind war aufgestanden. »Gib mir die zehntausend. Fünf. Hast du die nicht in der Tasche? Fünf! Das sind doch Peanuts.«

»Warum versuchst du jetzt aufzuhören?«

Eva Lind schaute ihren Vater an.

»Keine idiotischen Fragen. Ich bin nicht dabei aufzuhören. Womit aufhören? Womit soll ich aufhören? Hör du doch endlich mit diesem Blödsinn auf!«

»Was ist eigentlich los? Warum bist du so aggressiv? Bist du krank?«

»Ja, ich bin verdammt krank. Kannst du mir zehntausend leihen? Nur geliehen, ich zahle zurück, oder was? Pfennigfuchser.«

»Pfennigfuchser ist ein schönes Wort«, sagte Erlendur. »Bist du krank, Eva?«

»Warum musst du darauf rumreiten?«, sagte sie und regte sich noch mehr auf.

»Hast du Fieber?«

»Gib mir das Geld. Zweitausend! Das ist doch überhaupt nichts. Warum raffst du das nicht, du Blödmann!«

Er war auch aufgestanden, und sie kam auf ihn zu, als wollte sie ihn attackieren. Diese plötzliche Aggressivität verstand er überhaupt nicht. Er schaute an ihr herunter.

»Was starrst du mich so an?«, schrie sie ihn an. »Du würdest wohl gerne mal? Aha! Der geile alte Papa!«

Erlendur versetzte ihr eine Ohrfeige, aber eine ziemlich schwache.

»Macht's Spaß?«, fragte sie.

Er ohrfeigte sie wieder, und diesmal fester.

»Steht er dir jetzt?«, sagte sie, und Erlendur zuckte zurück. Noch nie hatte sie so mit ihm geredet. Aus heiterem Himmel hatte sie sich in eine Furie verwandelt. Nie zuvor hatte er sie so erlebt. Er stand ihr ratlos gegenüber, und sein Zorn wich langsam dem Mitleid.

»Warum willst du ausgerechnet jetzt aufhören?«, wiederholte er.

»Ich versuche überhaupt nicht jetzt aufzuhören!«, schrie sie. »Was ist los mit dir, verdammt? Verstehst du nicht, was ich sage? Wer redet von Aufhören?«

»Was ist los, Eva?«

»Hör bloß auf mit diesem ewigen ›Was ist los, Eva‹! Kannst du mir fünftausend Kronen geben oder nicht?

Kannst du mir nicht antworten?« Es schien, als hätte sie sich etwas beruhigt. Vielleicht war ihr klar geworden, dass sie zu weit gegangen war. So konnte sie nicht mit ihrem Vater reden.

»Warum ausgerechnet jetzt?«, fragte Erlendur noch einmal.

»Gibst du mir zehntausend, wenn ich's dir sage?«

»Was ist passiert?«

»Fünftausend.«

Erlendur starrte seine Tochter an.

»Bist du schwanger?«

Eva Lind blickte auf ihren Vater und gab sich mit einem Lächeln geschlagen.

»Bingo.«

»Wieso das denn?«, stöhnte Erlendur.

»Was meinst du damit, wieso das denn. Soll ich dir das vielleicht in allen Einzelheiten beschreiben?«

»Red keinen Unsinn! Du benutzt doch wohl irgendwelche Verhütungsmittel, oder was? Kondome? Die Pille?«

»Keine Ahnung, wie das passiert ist. Ist aber passiert.«

»Und du willst davon weg?«

»Nicht mehr. Das schaffe ich nicht. Jetzt habe ich dir alles gesagt. Alles! Du schuldest mir zehntausend.«

»Damit du dein Kind unter Stoff setzen kannst.«

»Das ist doch kein Kind, du Idiot! Das ist doch eigentlich gar nichts, ein Sandkörnchen. Ich kann nicht auf der Stelle aufhören. Ich höre morgen auf. Versprochen. Nur nicht jetzt. Zweitausend, was ist das schon?«

Erlendur ging wieder auf sie zu.

»Aber du hast es versucht. Du willst davon loskommen. Ich helfe dir.«

»Ich schaffe das nicht!«, schrie Eva Lind. Sie war

schweißgebadet und versuchte das Zittern zu verbergen, das ihren ganzen Körper schüttelte.

»Deswegen bist du zu mir gekommen«, sagte Erlendur. »Du hättest zu jemand anderem gehen und dir Geld verschaffen können. Das hast du ja bislang auch so gemacht. Aber zu mir bist du gekommen, weil du willst, dass ...«

»Bloß keine Sentimentalitäten. Ich bin gekommen, weil Mama mich gebeten hat und weil du Geld hast. Aus keinem anderen Grund. Wenn du mir kein Geld gibst, dann komme ich anderweitig ran. Kein Problem. Es gibt genügend Kerle wie dich, die mich dafür auch bezahlen.«

Erlendur ließ sich nicht aus der Fassung bringen.

»Bist du früher schon einmal schwanger gewesen?«

»Nein«, antwortete Eva Lind und wich seinem Blick aus.

»Und wer ist der Vater?«

Eva Lind verschlug es die Sprache, und mit großen Augen schaute sie ihren Vater an.

»HALLO!«, rief sie. »Denkst du vielleicht, dass ich gerade aus der Brautsuite in diesem abgefuckten Hotel Saga komme?«

Und bevor Erlendur überhaupt reagieren konnte, hatte sie ihn zur Seite geschoben und war zur Tür hinausgelaufen, die Treppe hinunter und hinaus auf die Straße, wo sie im kalten Herbstregen verschwand.

Er machte langsam die Tür hinter ihr zu und überlegte, ob er sich richtig verhalten hatte. Anscheinend konnten sie nicht miteinander reden, ohne zu streiten und sich anzubrüllen, und das machte ihn allmählich fertig.

Ihm war der Appetit vergangen, und er setzte sich wieder in den Sessel im Wohnzimmer, starrte nachdenklich vor sich hin und machte sich Sorgen, was Eva Lind jetzt wohl trieb. Nach einiger Zeit griff er dann nach dem offenen Buch auf dem Tisch neben seinem Sessel, in dem er gerade las. Es war ein Buch aus seiner Lieblingsreihe über mörderische Strapazen und Katastrophen in Islands Einöden.

Er fing dort an zu lesen, wo er aufgehört hatte, bei einer Geschichte mit dem Titel »Verhängnis auf Mosfellsheiði«, und bald befand er sich mitten in einem gnadenlosen Schneesturm, wo junge Männer in Eis und Schnee den kalten Tod fanden.

3

Es regnete in Strömen, als Erlendur und Sigurður Óli aus dem Auto sprangen, die Treppen zu einem Mehrfamilienhaus in der Stígahlíð hinaufliefen und auf eine Klingel drückten. Sie hatten überlegt, den Schauer abzuwarten, aber Erlendur hatte keine Lust, im Auto herumzuhängen, und sprintete los, Sigurður Óli hinterher. Im Nu waren sie nass bis auf die Knochen. Der Regen floss Sigurður Óli von den Haaren in den Nacken und den Rücken hinunter, und er schaute Erlendur grimmig an, während sie darauf warteten, dass sich die Tür öffnete.

Die Kriminalbeamten, die mit dem Fall befasst waren, hatten frühmorgens auf einer Besprechung die verschiedenen Möglichkeiten diskutiert. Eine Theorie bestand darin, dass Holberg ohne jegliches Motiv ermordet worden war und dass der Täter sich zuvor einige Zeit in dem Viertel herumgetrieben hatte, vielleicht sogar einige Tage. Ein Dieb auf der Suche nach Einbruchsmöglichkeiten. Hatte bei Holberg angeklopft, um herauszufinden, ob jemand zu Hause war, und war dann, als der Hausherr zur Tür kam, aus der Fassung geraten. Die Nachricht, die er hinterließ, diente nur dazu, die Polizei in die Irre zu führen, und hatte keine weitere Bedeutung.

Am gleichen Tag, an dem Holberg tot aufgefunden wurde, war eine Meldung über einen jungen Mann in grünem Parka eingegangen, der zwei ältere Frauen überfallen hatte, Zwillingsschwestern. Er war irgendwie in das Treppenhaus gelangt und hatte dann bei ihnen geklopft. Als sie öffneten, drang er in die Wohnung ein, schlug die Tür hinter sich zu und verlangte Geld. Als sie dem nicht nachkamen, schlug er der einen mit der blanken Faust ins Gesicht, die andere stieß er zu Boden und trat nach ihr, bevor er wieder hinausstürzte.

Aus der Gegensprechanlage ertönte eine Stimme, und Sigurður Óli sagte, wer sie waren. Man hörte ein Geräusch in der Tür, dann traten sie in den Hausflur. Er war schlecht beleuchtet und roch, als sei lange nicht geputzt worden. Als sie in den zweiten Stock kamen, stand eine der beiden Damen in der Tür und wartete auf sie.

»Ist er schon geschnappt worden?«, fragte sie.

»Leider nein«, sagte Sigurður Óli und schüttelte den Kopf, »aber wir würden gerne mit euch über ...«

»Haben sie ihn schon geschnappt?«, hörte man eine Stimme aus der Wohnung, und noch ein Exemplar dieser Frau erschien in der Tür. Sie waren um die siebzig, ziemlich korpulent, trugen beide schwarze Röcke und rote Pullover und hatten graue, toupierte Haare. Die runden Gesichter glänzten erwartungsvoll.

»Nein«, sagte Erlendur. »Noch nicht.«

»So ein armer Teufel«, sagte Frau Nummer eins. Sie hieß Fjóla und bat sie hereinzukommen.

»Hab bloß kein Mitleid mit ihm«, sagte Frau Nummer zwei, die Birna hieß und hinter ihnen die Tür zumachte. »Er war ein Ganove, der dir eins übergezogen hat, und er sah widerlich aus. Von wegen armer Teufel.«

Sie nahmen im Wohnzimmer Platz, schauten abwechselnd die Frauen an und dann einander. Die Wohnung war klein. Sigurður Óli bemerkte zwei nebeneinander liegende Schlafzimmer. Aus dem Wohnzimmer blickte man in eine kleine Küche.

»Wir haben eure Aussagen gelesen«, sagte Sigurður Óli, der den Bericht auf dem Weg zu den Schwestern im Auto durchgeblättert hatte. »Es ist die Frage, ob ihr uns weitere Auskünfte über den Mann geben könnt, der euch angegriffen hat.«

»Mann?«, sagte Fjóla. »Das war doch eher ein Junge.«

»Alt genug, um uns anzugreifen«, sagte Birna. »Dazu war er alt genug. Stieß mich zu Boden und trat nach mir.«

»Wir haben kein Geld«, sagte Fjóla.

»Bewahren hier kein Geld auf«, sagte Birna. »Das haben wir ihm gesagt.«

»Aber er hat uns nicht geglaubt.«

»Und hat uns attackiert.«

»Er war sehr erregt.«

»Und ziemlich unflätig. Wie er uns beschimpft hat.«

»In dieser grässlichen grünen Jacke. Richtig militärisch.«

»Und die Stiefel auch, schwarz und schwer, hohe Schnürstiefel bis an die Waden.«

»Er hat aber nichts kaputtgemacht.«

»Nein, ist nur weggerannt.«

»Hat er nichts mitgenommen?«, mischte sich Erlendur ein.

»Er schien irgendwie nicht ganz da zu sein«, sagte Fjóla, die nach Kräften versuchte, ihren Angreifer zu verteidigen. »Er hat nichts kaputtgemacht und nichts mitgenommen. Griff uns nur an, als er erfuhr, dass bei uns kein Geld zu holen war. Der Ärmste.«

»Der stand unter Drogen«, stieß Birna hervor. »Der Ärmste?!« Sie wandte sich ihrer Schwester zu. »Manchmal hast du nicht alle Tassen im Schrank. Er stand unter Drogen. Ich habe ihm das an den Augen angesehen. Starre und glänzende Augen. Und er hat geschwitzt.«

»Geschwitzt?«, fragte Erlendur.

»Es triefte ihm nur so das Gesicht herunter, der Schweiß.«

»Das war der Regen«, sagte Fjóla.

»Nein. Und er hat auch am ganzen Leib gezittert.«

»Der Regen«, wiederholte Fjóla, und Birna sah sie böse an.

»Er hat dir eins über den Kopf gegeben, liebe Fjóla. Das war sicher nett gemeint.«

»Spürst du immer noch, wo er dich getreten hat?«, fragte Fjóla und blickte Erlendur an, und es kam ihm ganz so vor, als tanzten ihre Augen vor Freude.

Es war immer noch früh am Morgen, als Erlendur und Sigurður Óli nach Nordermoor kamen. Holbergs Nachbarn im Parterre und im ersten Stock warteten auf sie. Die Aussagen des Ehepaars mit den zwei Kindern in der Parterrewohnung waren zu Protokoll genommen worden, aber Erlendur wollte lieber noch einmal genauer mit ihnen sprechen. Im ersten Stock wohnte ein Pilot, der erklärte, dass er an dem Tag, als Holberg ermordet wurde, mittags von Boston zurückgekommen sei und sich nachmittags hingelegt habe. Aus diesem Tiefschlaf sei er erst erwacht, als die Polizei bei ihm klopfte.

Sie fingen mit dem Piloten an. Er war um die vierzig, lebte allein, und in der Wohnung sah es aus wie in einem Müllcontainer. Klamotten überall verstreut, zwei Koffer auf einem ziemlich neuen Ledersofa, Plastiktüten aus dem Dutyfree-Laden auf dem Fußboden, Schnapsflaschen auf den Tischen und offene Bierdosen überall, wo man irgendetwas hinstellen konnte. Der Pilot selbst kam unrasiert zur Tür, in kurzen Hosen und Achselhemd. Schaute die beiden an, ging dann ohne ein Wort zu sagen wieder in die Wohnung und warf sich in einen Sessel. Sie blieben vor ihm stehen, denn mehr Sitzplätze gab es nicht. Erlendur schaute sich um und dachte bei sich, dass er sich mit diesem Mann nicht einmal in einen Flugsimulator setzen würde.

Aus irgendwelchen Gründen begann der Pilot über seine Scheidung zu sprechen, die gerade über die Bühne ging und angeblich schon fast kriminell war. Das Weibsstück war fremdgegangen. Er als Pilot immer unterwegs. Kam eines Tages aus Oslo zurück, dieser grässlichen Stadt, fügte er hinzu, und sie wussten nicht, was er grässlicher fand, die Seitensprünge seiner Frau oder die Tatsache, dass er in Oslo übernachten musste. War da mit einem alten Schulkameraden gewesen ...

»Wir sind hier wegen des Mordes, der hier im Souterrain begangen wurde«, unterbrach Erlendur den unartikulierten Bericht des Piloten.

»Seid ihr schon mal in Oslo gewesen?«, fragte der Pilot.

»Nein«, sagte Erlendur. »Wir haben auch nicht vor, über Oslo zu sprechen.«

Der Pilot schaute ihn an und dann Sigurður Óli, und auf einmal schien er sich zu besinnen.

»Ich habe den Mann überhaupt nicht gekannt«, sagte er. »Ich habe diese Bruchbude vor vier Monaten gekauft, und davor hat sie meines Wissens lange Zeit leer gestanden. Habe ihn ein paarmal getroffen, hier direkt vor der Tür. Er schien soweit in Ordnung zu sein.«

»In Ordnung?«, sagte Erlendur.

»Ganz normal, wenn man mit ihm sprach, meine ich.«

»Über was habt ihr gesprochen?«

»Fliegen. Er hat sich sehr fürs Fliegen interessiert.«

»Inwiefern fürs Fliegen interessiert?«

»Die Maschinen«, sagte der Pilot und öffnete eine Bierdose, die er aus der Plastiktüte gefischt hatte. »Die Städte«, sagte er und schlürfte das Bier in sich hinein. »Die Stewardessen«, sagte er und rülpste. »Hat viel nach den Stewardessen gefragt. Ihr wisst schon.«

»Nein«, sagte Erlendur.

»Bei den Stopps. Im Ausland.«

»Ja.«

»Was sich da abspielt, ob sie gut drauf wären. So in der Art. Hatte gehört, dass da richtig was abgeht. Bei internationalen Flügen.«

»Wann hast du ihn zuletzt gesehen?«, fragte Sigurður Óli.

Der Pilot dachte nach. Konnte sich nicht erinnern.

»Es ist schon einige Tage her«, sagte er schließlich.

»Hast du bemerkt, ob er in der letzten Zeit Besuch bekommen hat?«, fragte Erlendur.

»Nein, ich bin nicht viel zu Hause.«

»Hast du vielleicht jemanden hier in der Gegend herumschnüffeln sehen, als würde er nach etwas Ausschau halten oder hier irgendwie ziellos durch die Straßen schleichen?«

»Nein.«

»In einem grünen Militärparka?«

»Nein.«

»Ein junger Mann in Militärstiefeln?«

»Nein. War er es? Wisst ihr, wer es war?«

»Nein«, sagte Erlendur und stieß eine halb volle Bierdose um, als er sich auf dem Weg hinaus umdrehte.

Die Frau wollte mit den Söhnen für einige Tage zu ihrer Mutter und war im Aufbruch. Sie wollte nicht, dass die Jungen in diesem Haus blieben, nach allem, was passiert war. Der Mann nickte zustimmend. Sie waren sichtlich geschockt. Sie hatten die Wohnung vor vier Jahren gekauft, und ihnen gefiel es in Nordermoor. Eine gute Wohngegend. Auch für Kinder. Die Jungen standen an der Seite ihrer Mutter.

»Schrecklich, ihn so aufzufinden«, sagte der Mann, und die Stimme sank zu einem Flüstern hinab. Er blickte auf die Jungen. »Wir haben ihnen gesagt, er hätte geschlafen, fügte er hinzu. Aber ...«

»Wir wissen, dass er tot war«, sagte der ältere Bruder.

»Tot«, sagte der jüngere.

Die Eheleute lächelten verlegen.

»Sie werden schon damit fertig«, sagte die Frau und streichelte dem Älteren die Wange.

»Ich hatte eigentlich nichts gegen Holberg«, sagte der Mann. »Wir haben uns manchmal hier draußen unterhalten. Er hat ja schon lange hier gewohnt, und wir haben über den Garten und die Reparaturen am Haus gesprochen oder sonst was, worüber man halt so unter Nachbarn redet.«

»Aber sonst war da kein Kontakt«, sagte die Frau. »Mir ist das recht so. Ich finde, man sollte sich nicht zu nahe kommen. Es gibt ja schließlich so etwas wie eine Privatsphäre.«

Sie hatten nichts Ungewöhnliches bemerkt und keinen Mann in einem grünen Militärparka sich im Viertel herumtreiben sehen. Die Frau war ungeduldig, sie wollte mit den Jungen endlich weg.

»Kamen viele Leute zu Holberg?«, fragte Sigurður Óli.

»Ich habe nie jemanden bei ihm bemerkt«, antwortete die Frau.

»Er wirkte eher einsam«, sagte ihr Mann.

»Bei ihm drinnen hat es gestunken«, sagte der ältere Sohn.

»Gestunken«, plapperte der jüngere nach.

»Da ist Feuchtigkeit im Keller«, sagte der Mann entschuldigend.

»Sie dringt manchmal bis zu uns nach oben«, sagte die Frau. »Die Feuchtigkeit.«

»Wir haben darüber mit ihm gesprochen«, sagte der Mann.

»Er wollte das abchecken«, sagte sie.

»Das ist zwei Jahre her«, sagte er.

4

Das Ehepaar in Garðabær schaute Erlendur besorgt an. Ihr Töchterlein war verschwunden. Seit drei Tagen hatten sie nichts von ihr gehört. Seit der Hochzeit. Sie erklärten, dass sie von der Hochzeit weggelaufen sei. Das Töchterlein. Erlendur sah im Geiste ein niedliches blond gelocktes Mädchen vor sich, aber dann erfuhr er, dass sie 23 Jahre alt war und an der isländischen Universität Psychologie studierte.

»Von der Hochzeit?«, fragte Erlendur und schaute sich in diesen weitläufigen Gemächern um; das Wohnzimmer war so groß wie eine ganze Etage in seinem Haus.

»Ihrer eigenen Hochzeit!«, sagte der Mann, als verstünde er immer noch nicht, was geschehen war. »Das Mädchen ist von ihrer eigenen Hochzeit weggelaufen!«

Die Frau führte ein zerknittertes Taschentuch zur Nase.

Es war bereits Mittag. Wegen Bauarbeiten an der Ausfallstraße aus Reykjavík hatte Erlendur eine halbe Stunde bis Garðabær gebraucht und die Villa erst nach einigem Suchen gefunden. Sie war von der Straße aus kaum einzusehen, umgeben von einem großen Garten, wo die verschiedensten Bäume sechs Meter hoch in den Himmel ragten. Die Eheleute empfingen ihn offensichtlich in höchster Aufregung.

Erlendur wusste, dass dies Zeitvergeudung war und andere dringendere Dinge auf ihn warteten, aber wo seine Ex-Frau ihn nun schon einmal um einen Gefallen gebeten hatte, wollte er ihn ihr nicht abschlagen, auch wenn sie praktisch zwei Jahrzehnte lang nicht miteinander geredet hatten.

Die Frau trug ein elegantes, blassgrünes Kostüm und er einen schwarzen Anzug. Er erklärte, dass sie sich wegen der Tochter große Sorgen machten, meinte aber, dass sie schon heil wieder nach Hause kommen würde, da sei er ganz sicher. Sie hätten sich aber mit der Polizei kurzschließen wollen. Seiner Meinung nach gab es keinen Grund, gleich Suchtrupps und Rettungsmannschaften einzusetzen oder Suchmeldungen in den Medien durchzugeben.

»Sie ist einfach verschwunden«, sagte die Ehefrau. Die beiden waren im Alter von Erlendur, um die fünfzig, beide Geschäftsleute. Sie importierten Kinderausstattung, und das reichte offensichtlich aus, um auf ziemlich großem Fuß leben zu können. Die Neureichen. Das Alter war sanft mit ihnen umgesprungen. Erlendur hatte zwei nagelneue Autos vor der Doppelgarage bemerkt. Natürlich auf Hochglanz poliert.

Sie holte tief Luft und fing an, die ganze Geschichte bis ins kleinste Detail wiederzugeben. Es war am Samstag gewesen, jetzt war Dienstag, du lieber Himmel, wie schnell die Zeit verging, und es war ein so wunderschöner Tag. Sie wurden von dem Pfarrer getraut, der so beliebt war.

»So was von unmöglich«, sagte der Mann. »Der kam in letzter Sekunde angestürzt, leierte dann irgendwas herunter, und dann war er auch schon wieder weg mit seiner Dokumentenmappe. Begreife nicht, warum er so beliebt ist.«

Die Ehefrau ließ nichts auf die wunderschöne Hochzeit kommen.

»Ein herrlicher Tag! Die Sonne schien, total schönes Herbstwetter, total schön. In der Kirche waren bestimmt hundert Leute. Sie hat so viele Freunde. Ist so beliebt, das Mädchen. Die Feier haben wir hier in Garðabær gehalten. Wie heißt das Lokal noch? Ich vergesse es immer.«

»Garðaholt«, sagte der Ehemann.

»So ein total gemütliches Lokal«, sagte sie. »Voll bis zum Gehtnichtmehr. Das Haus, meine ich. So viele Geschenke. Dann als ... dann als ...«

»Sie sollten gerade den Brauttanz anführen«, fuhr der Mann fort, während die Frau in Tränen ausbrach, »und der junge Spund von einem Bräutigam stand auf der Tanzfläche, und wir riefen nach Dísa Rós, aber sie ließ sich nicht blicken. Wir haben dann nach ihr gesucht, aber sie war wie vom Erdboden verschluckt.«

»Dísa Rós?«, fragte Erlendur.

»Es stellte sich heraus, dass sie den Hochzeitsschlitten genommen hatte ...«

»Den Hochzeitsschlitten?«

»Ja, die Limousine mit den Blumen und Schleifen, in der sie aus der Kirche gekommen waren, die Hochzeitskarosse oder wie man das nennt, und dann war sie sang- und klanglos verschwunden«, sagte der Mann. »Ohne Vorwarnung! Ohne Erklärung!«

»Von der eigenen Hochzeit!«, jammerte die Frau.

»Und ihr wisst nicht, was dahinter steckt?«

»Sie hat es sich ganz bestimmt anders überlegt«, sagte die Frau. »Sie hat das Ganze bereut.«

»Aber warum?«, fragte Erlendur.

»Könnt ihr sie für uns aufspüren?«, fragte der Mann. »Sie hat nichts von sich hören lassen, und wie du siehst, machen wir uns große Sorgen. Das Fest war eine einzige Katastrophe. Die ganze Hochzeit im Eimer. Wir sind völlig ratlos. Und unser kleines Mädchen ist verschwunden.«

»Ähem ... den Hochzeitsschlitten. Hat man den gefunden?«

»In der Garðastræti in Reykjavík«, sagte der Mann.

»Warum dort?«

»Ich weiß es nicht. Sie kennt niemanden dort. Ihre Kleider waren in dem Auto. Ihre richtigen Kleider.«

Erlendur zögerte.

»Ihre richtigen Kleider waren in dem Auto?«, fragte er schließlich und überlegte kurz, auf welchem Niveau dieses Gespräch gelandet war und ob dies vielleicht seine Schuld war.

»Sie hat das Brautkleid ausgezogen und ihre Kleider angezogen, die sie wohl im Auto gehabt hat«, sagte die Frau.

»Glaubst du, dass ihr sie finden werdet?«, fragte der Ehemann. »Wir haben uns mit all ihren Bekannten in Verbindung gesetzt, aber niemand weiß etwas. Wir wissen ganz einfach nicht, was wir noch unternehmen sollen. Ich habe hier ein Bild von ihr.«

Er reichte Erlendur das Abiturbild von einem hübschen jungen Mädchen, das nun also untergetaucht war. Sie lächelte ihn auf dem Foto an.

»Ihr habt keine Ahnung, was geschehen ist?«

»Keine Ahnung«, sagte die Mutter.

»Nicht die geringste«, sagte der Vater.

»Und das sind die Geschenke?« Erlendur schaute auf einen überdimensionalen Esszimmertisch, der mit bunten Päckchen beladen war, hübschen, dekorativen Objekten, Cellophan und Blumen. Er ging zum Tisch hin, und die Eheleute folgten ihm. Er hatte noch nie in seinem Leben eine derartige Anhäufung von Geschenken gesehen und überlegte, was da wohl drin sein würde. Porzellan und noch mehr Porzellan, nahm er an.

Was für ein Leben.

»Und was ist das hier für Grünzeug?«, fragte er und deutete auf ein Arrangement aus Zweigen, das in einer großen

Vase am Ende des Tisches stand. An den Zweigen hingen herzförmige rote Zettelchen an einem Band.

»Das nennt sich Message-Tree.«

»Wie bitte?«, fragte Erlendur. Er war nur auf einer einzigen Hochzeit gewesen, und das war lange her. Keine Rede von einem Message-Tree.

»Die Gäste bekommen einen Zettel und können den Brautleuten einen Gruß schreiben, der dann an den Baum gehängt wird. Es hingen schon jede Menge Zettel dran, als Dísa Rós verschwand«, sagte die Frau und führte wieder das Taschentuch zur Nase.

Das Handy von Erlendur klingelte in der Manteltasche. Nachdem er es endlich hervorgekramt hatte, verhedderte es sich in der Taschenöffnung, und statt es vorsichtig herauszuziehen, wie es am einfachsten gewesen wäre, riss Erlendur mit aller Kraft daran, bis die Manteltasche nachgab. Die Hand mit dem Handy schlug gegen den Message-Tree, der prompt zu Boden ging. Erlendur blickte die Eheleute vorwurfsvoll an und drückte auf die Empfangstaste.

»Kommst du mit uns nach Nordermoor?«, fragte Sigurður Óli ohne Umschweife. »Die Wohnung muss genauer inspiziert werden.«

»Bist du im Büro?«, fragte Erlendur. Er war etwas zur Seite getreten.

»Ich warte auf dich«, sagte Sigurður Óli. »Wo zum Kuckuck steckst du eigentlich?«

Erlendur stellte das Handy ab.

»Ich will sehen, was ich tun kann«, sagte er zu den Eheleuten. »Ich glaube nicht, dass irgendeine Gefahr besteht. Das Mädchen hat den Mut verloren und rappelt sich jetzt bei irgendwelchen Freunden wieder hoch. Macht euch nicht zu viele Sorgen. Sie meldet sich früher oder später.«

Die Eheleute beugten sich über die Zettelchen, die auf den Boden gefallen waren, und sammelten sie auf. Er sah, dass sie einige übersehen hatten, die unter einem Stuhl lagen, und bückte sich danach. Sie waren aus rotem Karton. Erlendur las die Botschaften, die darauf standen, und blickte auf die Eheleute.

»Habt ihr diesen hier gesehen?«, fragte er und reichte ihnen einen Zettel.

Der Mann las den Zettel und schaute verwundert auf. Er gab seiner Frau den Zettel. Sie las ihn wieder und wieder, schien aber überhaupt nichts zu verstehen. Erlendur streckte seine Hand nach dem Zettel aus und las ihn noch einmal. Die Botschaft war nicht unterzeichnet.

»Ist das die Schrift eurer Tochter?«, fragte er.

»Ich glaube, ja«, sagte die Mutter.

Erlendur drehte den Zettel zwischen den Fingern und las die Message noch einmal:

Er ist grauenvoll – was habe ich getan?

5

Wo bist du gewesen?«, fragte Sigurður Óli, als Erlendur wieder ins Büro kam, aber Erlendur ging nicht darauf ein.

»Hat Eva Lind versucht, mich zu erreichen?«, fragte er.

Sigurður Óli verneinte. Er wusste, was mit der Tochter von Erlendur los war, aber keiner von beiden hatte es jemals angesprochen. Privatangelegenheiten verirrten sich selten in ihre Gespräche.

»Gibt's was Neues in Bezug auf Holberg?«, fragte Erlendur und ging schnurstracks zu seinem Büro, gefolgt von Sigurður Óli, der die Tür hinter sich zumachte. Morde waren rar in Reykjavík, und die wenigen, die verübt wurden, erregten enormes Aufsehen. Bei der Kriminalpolizei galt der Grundsatz, nur dann Tatsachen über den Stand der Ermittlung an die Medien weiterzugeben, wenn es unbedingt erforderlich war, und das traf nicht auf diesen Fall zu.

»Wir wissen ein bisschen mehr über ihn«, sagte Sigurður Óli und öffnete die Mappe, die er in der Hand hielt. »Er ist in Sauðárkrókur geboren, war neunundsechzig Jahre alt. Hat lange Jahre als LKW-Fahrer bei der Firma Islandspedition gearbeitet. Und sporadisch arbeitete er da immer noch.«

Sigurður Óli machte eine Pause.

»Müssen wir nicht mit seinen Kollegen reden?«, sagte er und glättete seine Krawatte. Er trug einen neuen Anzug. Er war groß gewachsen, sah gut aus – und hatte ein amerikanisches Diplom in Kriminologie. Er war alles, was Erlendur nicht war, modern und durchorganisiert.

»Müssen wir nicht ein Profil von dem Mann erstellen?«, fuhr er fort. »Ihn etwas näher ausleuchten?«

»Profil?«, sagte Erlendur. »Was meinst du damit? Eine Seitenansicht? Willst du eine Seitenansicht von ihm anfertigen?«

»Informationen über ihn sammeln, nun tu doch nicht so!«

»Was sagen die anderen denn dazu?«, fragte Erlendur und fummelte an einem Knopf seiner Jacke, der ihm schließlich in die Hand fiel. Erlendur war kräftig gebaut und hatte einen rotbraunen Haarschopf. Er war einer der erfahrensten Mitarbeiter der Kripo und konnte meistens schalten und walten, wie er wollte. Sowohl Vorgesetzte als auch andere Mitarbeiter hatten ihre Versuche, ihm dreinzureden, schon lange aufgegeben. Das hatte sich im Laufe der Jahre so entwickelt. Erlendur hatte nichts dagegen.

»Wahrscheinlich ein Verrückter«, sagte Sigurður Óli. »Die Suche konzentriert sich auf den grünen Militärparka. Ein Junge, der Geld aus Holberg rausholen wollte, aber dann in Panik geriet.«

»Was ist mit Holbergs Familie? Hatte er Familie?«

»Keine Familie. Allerdings haben wir noch nicht alle Informationen beisammen. Wir sind dabei, das Bild zu vervollständigen, Familie, Freunde, Arbeitskollegen. Du weißt, der Hintergrund. *Das Profil.*«

»Die Wohnung machte mir den Eindruck, als sei er alleinstehend, und zwar schon lange.«

»Damit kennst du dich ja aus«, rutschte es Sigurður Óli heraus, aber Erlendur schien das zu überhören.

»Und der gerichtsmedizinische Befund? Was sagen die von der Spurensicherung?«

»Es gibt einen vorläufigen Bericht. Nichts, was wir nicht schon wissen. Holberg starb an den Folgen eines Schlags auf den Kopf. Der Schlag war heftig, aber es war in erster Linie die Form des Aschenbechers, diese Zacken, die den Ausschlag gaben. Die Schädeldecke zersplitterte, und er war praktisch auf der Stelle tot, oder so gut wie. Im Fallen scheint er auf die Kante des Wohnzimmertisches aufgeschlagen zu sein. Er hatte eine hässliche Wunde an der Stirn, die genau zur Tischkante passt. Die Fingerabdrücke auf dem Aschenbecher waren von Holberg, aber es gab noch mindestens zwei andere, und davon stimmen die einen mit den Abdrücken auf dem Bleistift überein.«

»Die dann wohl von dem Mörder stammen.«

»Es besteht größte Wahrscheinlichkeit, dass das der Mörder war.«

»Ein typisch isländischer Mord also. Schäbig. Das ist es.«

»Typisch. Und genauso wird er auch bearbeitet.«

Es regnete immer noch. Die Tiefs, die zu dieser Jahreszeit von weit unten im Atlantik nach Island hochströmten, zogen reihenweise vom Süden der Insel nach Osten, mit stürmischen Winden, Nässe und Dunkelheit. In der Wohnung in Nordermoor waren die Mitarbeiter der Kripo immer noch bei der Arbeit. Das gelbe Absperrband der Polizei, das um das ganze Haus herum gespannt worden war, erinnerte Erlendur an die Elektrizitätswerke; ein Loch in der Straße, ein dreckiges Zelt über dem Loch, ein Lichtschein im Zelt, und alles zusammen sorgfältig mit einem gelben Absperrband umwickelt. Auf dieselbe Weise hatte die Polizei den Mord mit einem ordentlichen gelben Plastikband umspannt. Erlendur und Sigurður Óli trafen Elinborg und weitere Kriminalbeamte, die in dieser Herbstnacht bis in den Morgen hinein das Haus durchkämmt hatten und jetzt ihre Arbeit beendeten.

Die Nachbarn in den nächsten Häusern wurden auch noch verhört, aber niemand hatte zwischen Montagmorgen und dem Zeitpunkt, als die Leiche gefunden wurde, irgendwelche verdächtigen Personen in der Nähe des Tatorts gesehen.

Bald waren nur noch Erlendur und Sigurður Óli im Haus. Die Blutlache auf dem Teppichboden war dunkel geworden. Der Aschenbecher war als Beweismaterial mitgenommen worden, desgleichen der Bleistift und das Spiralheft. Ansonsten sah alles so aus, als ob nichts geschehen wäre. Sigurður Óli ging hinaus in den Eingang und in den Flur hinein, Erlendur nahm sich das Wohnzimmer vor. Sie zogen weiße Gummihandschuhe an. An den Wänden hingen Reproduktionen, die so aussahen, als wären sie bei einem Hausierer an der Tür gekauft worden. Im Bücherschrank standen Kriminalromane in isländischer Übersetzung, Taschenbuchausgaben eines Buchclubs. Einige waren gelesen, andere nicht angerührt worden. Keine schönen gebundenen Ausgaben. Erlendur bückte sich fast bis auf den Fußboden, um die Titel im untersten Regal zu lesen, und kannte bloß einen. Lolita von Nabokow. Taschenbuch. Er nahm es aus dem Regal. Das Buch war auf Englisch, und es war gelesen worden.

Er stellte das Buch wieder auf seinen Platz und arbeitete sich in Richtung des L-förmigen Schreibtischs vor, der eine Ecke des Zimmers ausfüllte. Ein ziemlich bequemer Schreibtischstuhl aus Leder stand davor, und darunter lag eine durchsichtige Kunststoffmatte, um den Teppich zu schonen. Der Schreibtisch schien wesentlich älter zu sein als der Stuhl. Schmale Schubladen waren an beiden Seiten unter der längeren Tischplatte, und eine breite in der Mitte, neun insgesamt. Auf der kürzeren Platte stand ein 17-Zoll-Computerbildschirm, unter der Platte war die Halterung für die Tastatur. Die Festplatte stand unten auf dem Boden.

Die Schubladen waren alle verschlossen.

Sigurður Óli durchsuchte den Kleiderschrank im Schlafzimmer. Dort sah es relativ ordentlich aus, Socken in der einen Schublade, Unterwäsche in der anderen, Hosen, Pullover, T-Shirts. Hemden und drei verschiedene Anzüge hingen auf Bügeln, der älteste, braun gestreifte stammte noch aus der Discozeit, schien es Sigurður Óli. Auf dem Boden des Schranks standen einige Paar Schuhe. Bettwäsche im obersten Regal. Der Mann hatte sein Bett gemacht, bevor er seinen Gast in Empfang nahm. Ein weißer Bettüberwurf verhüllte Oberbett und Kopfkissen. Das Bett war ein Einzelbett.

Auf dem Nachttisch befanden sich ein Wecker und zwei Bücher, das eine enthielt die Memoiren eines bekannten Spitzenpolitikers, das andere war ein Bildband über schwedische Scania Vabis-LKWs. Als Nachttisch diente ein Schränkchen, in dem sich Arzneimittel, Brennspiritus, Schlafmittel, Schmerztabletten und ein kleines verschmiertes Glas Vaseline befanden.

»Siehst du irgendwo Schlüssel?«, fragte Erlendur, der zur Tür hereinschaute.

»Keine Schlüssel. Du meinst Hausschlüssel?«

»Nein, die zum Schreibtisch.«

»Nein, auch nicht.«

Erlendur ging in den Korridor und in die Küche. Öffnete Schubladen und Schränke, sah aber nichts als Besteck und Gläser, Kochlöffel und Teller. Keine Schlüssel. Er ging zur Garderobe, tastete die Mäntel ab und fand ein schwarzes Etui mit einem Schlüsselbund und Kleingeld. Außer den Schlüsseln zur Außentür, zur Wohnung und zu den Zimmern hingen zwei kleine Schlüssel am Schlüsselbund, und Erlendur probierte sie am Schreibtisch. Derselbe Schlüssel passte für alle Schubladen.

Er öffnete zunächst die große Schublade in der Mitte. Dort befanden sich größtenteils Rechnungen, Telefon, Strom und Heizung, Kreditkartenabrechnungen, ein Zeitungsabonnement. Die untersten zwei Schubladen auf der linken Seite waren leer, in der zweiten von oben waren Steuerunterlagen und Lohnabrechnungen. In der obersten lag ein Fotoalbum, in dem Erlendur zu blättern begann. Alle Bilder schwarzweiß, alte Bilder von Personen zu verschiedenen Zeiten, manchmal festlich gekleidet, und Erlendur kam es so vor, als seien sie in Holbergs Wohnzimmer aufgenommen worden. Ein paar Picknickbilder, Gebüsch, Gullfoss und Geysir. Er sah zwei Fotos, die wahrscheinlich den Ermordeten in jüngeren Jahren zeigten, aber kein neueres Bild.

Er öffnete die rechten Schubladen. Die beiden obersten waren leer. In der dritten fand er Spielkarten, ein zusammengeklapptes Schachbrett, das mit den Figuren zusammen in einem Kasten steckte, und eine alte Tintenflasche.

Das Bild fand er unter der untersten Schublade.

Erlendur schob sie gerade hinein, als er so etwas wie ein leises Rascheln hörte. Er zog die Schublade heraus und schob sie wieder hinein, und wieder hörte er das Geräusch. Beim Hineinschieben rieb sich die Schublade an etwas. Er sog die Luft hörbar ein, ging in die Hocke und schaute in die Schublade, konnte aber nichts entdecken. Er zog sie heraus und schob sie hinein, und da war das Geräusch wieder. Er kniete sich auf den Boden, zog die Schublade ganz heraus und sah etwas ganz hinten an der Rückwand. Er streckte die Hand danach aus.

Es war ein kleines Schwarz-Weiß-Foto, das ein Grab im Winter zeigte. Den Friedhof konnte er nicht identifizieren. Auf dem Grab war ein Grabstein, und die größten Buchstaben waren einigermaßen leserlich. Ein Frauenname stand darauf, Auður. Sonst nichts. Die Jahreszahlen konnte Erlendur nicht genau erkennen. Er fummelte nach seiner Brille in der Jackentasche, setzte sie auf und hielt sich das Bild vor die Nase: 1964–1968. Er konnte auch eine Grabschrift erkennen, aber die Buchstaben waren so klein, dass er sie nicht entziffern konnte. Vorsichtig blies er den Staub von dem Bild.

Das Mädchen war nur vier Jahre alt gewesen, als es starb.

Erlendur blickte auf und nahm plötzlich das Toben des Wetters wahr. Es war zwar mitten am Tag, aber der Himmel war in dieser Zeit der kürzer werdenden Tage dunkel, und der Herbstregen peitschte gegen das Haus.

6

Der große Lastwagen schwankte im Sturm wie ein Urweltviech, auf das der Regen einschlug. Die Polizei brauchte eine geraume Zeit, um den Wagen zu finden, denn er stand nicht in der Nähe von Holbergs Haus, sondern auf einem Parkplatz auf der anderen Seite der Snorrabraut in der Nähe des Ärztezentrums Domus Medica, ein paar Minuten zu Fuß von Holbergs Haus. Es war darauf hinausgelaufen, dass im Radio nach dem Wagen gefahndet werden musste. Streifenpolizisten fanden ihn ungefähr zur gleichen Zeit, als Erlendur und Sigurður Óli mit dem Foto Holbergs Wohnung verließen. Die Spurensicherung wurde herbeibeordert, um den Wagen auf der Suche nach Hinweisen, die für die Ermittlung wichtig sein konnten, zu durchkämmen. Ein M.A.N. mit rotem Führerhaus. Das Einzige, was bei der Schnelldurchsuchung gefunden wurde, war ein Stapel Hardcore-Pornos. Es wurde beschlossen, das Auto auf dem Gelände der Kriminalpolizei einer weiteren Durchsuchung zu unterziehen.

Währenddessen arbeitete die Spurensicherung mit dem Foto. Es stellte sich heraus, dass es auf einem Ilford-Papier abgezogen war, das in den sechziger Jahren viel verwendet, aber heute nicht mehr hergestellt wurde. Höchstwahrscheinlich war das Foto vom Fotografen selbst oder einem Amateur entwickelt worden; es war schon ziemlich verblasst, als hätte man wenig Mühe darauf verwendet. Es gab keine Aufschrift auf der Rückseite, und es war schwierig festzustellen, auf welchem Friedhof es aufgenommen worden war. Er konnte überall in Island sein.

Der Fotograf hatte etwa drei Meter von dem Grab entfernt dem Grabstein genau gegenüber gestanden; wahrscheinlich hatte er etwas in die Knie gehen müssen, falls er nicht besonders kleinwüchsig gewesen war. Trotz dieser Entfernung war der Blickwinkel stark eingeschränkt. Bepflanzung war nicht zu erkennen, es lag eine dünne Schneedecke. Es waren auch keine anderen Gräber zu sehen. Hinter dem Grabstein sah man nur einen weißlichen Dunst. Man konzentrierte sich auf die Grabschrift, die wegen der Entfernung zum Fotografen ziemlich undeutlich war. Um sie zu vergrößern, wurde das Foto immer wieder neu ausgedruckt, bis endlich jeder Buchstabe für sich auf A5-Blätter projiziert war, die dann nummeriert und in der Reihenfolge wie auf dem Stein zusammengesetzt wurden. Die Bilder waren sehr grobkörnig, kaum mehr als abwechselnd schwarze und weiße Punkte, Nuancierungen von Licht und Schatten, aber nach dem Einscannen konnte man mit den Schatten und der Grobkörnigkeit arbeiten. Einige Buchstaben waren deutlicher als andere und halfen den Technikern, die Lücken zu füllen. Einfach waren die Buchstaben S, F und L, andere waren schwieriger.

Um die Abendessenszeit rief Erlendur zu Hause beim Abteilungsleiter des Statistischen Amts an. Der fluchte und schimpfte zwar, aber Erlendur konnte ihn trotzdem dazu bewegen, sich noch am selben Abend mit ihm vor dem Verwaltungsgebäude in der Nähe des Stadtzentrums zu treffen. Erlendur wusste, dass dort sämtliche Totenscheine aufbewahrt wurden, die seit 1916 ausgestellt worden waren. Keine Menschenseele war in dem Haus unterwegs, denn die Mitarbeiter waren schon vor geraumer Zeit nach Hause gegangen. Eine halbe Stunde später fuhr der Abteilungsleiter vor und gab Erlendur flüchtig die Hand. Er tippte den Code für die Einbruchssicherung ein und verschaffte ihnen mit seiner Security-Card Zutritt. Erlendur erklärte ihm, worum es ging, sagte aber nur das Notwendigste.

Sie gingen sämtliche Totenscheine von 1968 durch. Zwei Mal fanden sie den Namen Auður. Die eine war fast vier Jahre alt gewesen, sie war im Februar gestorben. Sie fanden den Arzt, der den Totenschein ausgestellt hatte, im Volksregister. Er wohnte in Reykjavík. Auch der Name der Mutter des Mädchens war eingetragen, die sie ebenfalls ohne Probleme fanden. Sie war zuletzt zu Beginn der siebziger Jahre in Keflavík gemeldet gewesen. Ihr Name war Kolbrún. Ein kurzer Blick ins Register ergab, dass sie 1971 gestorben war, drei Jahre nach dem Tod der Tochter. Auch ihr Totenschein wurde gefunden.

Das Mädchen war an einem bösartigen Gehirntumor gestorben.

Die Mutter hatte Selbstmord begangen.

7

Der Bräutigam empfing Erlendur in seinem Büro. Er war für »Quality Management« und Marketing in einem Großhandelsbetrieb zuständig, der amerikanische Cornflakes und Ähnliches importierte. Als Erlendur, der nie in seinem Leben Cornflakes gegessen hatte, in dem Büro Platz nahm, dachte er darüber nach, was so ein Job bei einer solchen Firma wohl beinhaltete. Aber er hatte keine Lust zu fragen. Der Bräutigam trug ein weißes, gebügeltes Hemd und breite Hosenträger. Er hatte die Ärmel aufgekrempelt, als ob das »Quality Management« seiner gesamten Tatkraft bedurfte. Er war mittelgroß und etwas untersetzt. Sein Bart war um die fleischigen Lippen kreisrund ausrasiert. Viggó hieß er.

»Ich habe nichts von Dísa gehört«, sagte Viggó hastig und setzte sich Erlendur gegenüber.

»War es etwas, das du zu ihr gesagt hast, was ...«

»Das glauben alle«, sagte der Bräutigam. »Alle glauben, dass es meine Schuld ist. Das ist das Schlimmste. Das ist das Schlimmste an der ganzen Sache. Es ist nicht zum Aushalten.«

»Hast du irgendetwas Ungewöhnliches an ihr bemerkt, bevor sie weglief? Etwas, weswegen sie ausgerastet sein könnte?«

»Wir haben uns alle einfach prima amüsiert. Du weißt, eine Hochzeit, du weißt, was ich meine.«

»Nein.«

»Du bist doch wohl schon auf einer Hochzeit gewesen?«

»Auf einer. Das ist lange her.«

»Wir sollten den ersten Tanz tanzen. Die Reden waren

vorbei, und ihre Freundinnen hatten ein paar lustige Einlagen gebracht. Der Akkordeonspieler war gerade gekommen, und dann sollte getanzt werden. Ich saß an unserem Tisch, und alle fingen an, nach Dísa zu suchen, denn da war sie schon verschwunden.«

»Wo hast du sie zuletzt gesehen?«

»Sie saß neben mir und sagte, dass sie zur Toilette müsste.«

»Und hast du irgendwas zu ihr gesagt, weswegen sie ausgerastet ist?«

»Auf gar keinen Fall! Ich habe ihr einen Kuss gegeben und gesagt, sie solle sich beeilen.«

»Nachdem sie weggegangen war, wie lange hat es dann gedauert, bis ihr angefangen habt zu suchen?«

»Puh, das weiß ich nicht. Ich habe mich zu meinen Freunden gesetzt, und dann ging ich raus, um eine zu rauchen, alle Raucher sind immer nach draußen gegangen, und ich hab mit den Leuten draußen geredet, und auf dem Weg raus und wieder ins Haus, und der Akkordeonspieler kam und unterhielt sich mit mir über die Musik und die Tänze. Dann hab ich noch mit ein paar anderen gesprochen, wahrscheinlich hat das so eine halbe Stunde gedauert, ich weiß es nicht.«

»Und du hast sie die ganze Zeit nicht gesehen?«

»Nein. Es war ein totales Desaster. Alle glotzten mich an, als wäre es meine Schuld.«

»Hast du eine Idee, wo sie hingegangen sein könnte?«

»Ich hab überall gesucht. Hab mit allen Freundinnen und Freunden gesprochen, aber niemand weiß was oder sagt was.«

»Glaubst du, dass irgendjemand lügt?«

»Irgendwo muss sie ja schließlich sein.«

»Wusstest du, dass sie eine Nachricht hinterlassen hat?«

»Nein. Was für eine Nachricht? Was meinst du eigentlich?«

»Sie hängte einen Zettel an diesen Message-Tree. ›Er ist grauenvoll, was habe ich getan?‹, stand darauf. Kannst du dir vorstellen, was sie damit gemeint haben könnte?«

»Er ist grauenvoll«, wiederholte Viggó. »Wen meint sie denn?«

»Ich hatte gehofft, dass du es wärst.«

»Ich«, sagte Viggó aufbrausend. »Ich hab ihr nichts getan, nicht das Allergeringste. Niemals. Das ist nicht meine Art. Das passt überhaupt nicht zu mir.«

»Das Auto, das sie benutzt hat, wurde in der Garðastræti gefunden. Sagt dir das etwas?«

»Sie kennt dort niemanden. Werdet ihr nach ihr fahnden?«

»Ich glaube, ihre Eltern wollen ihr Zeit lassen, freiwillig zurückzukommen.«

»Und wenn das nicht der Fall ist?«

»Dann werden wir sehen.« Erlendur zögerte. »Ich hätte angenommen, dass sie sich mit dir in Verbindung setzen würde«, sagte er dann. »Um dir zu sagen, dass alles in Ordnung ist.«

»Das hätte ich auch angenommen. Wir sind schließlich verheiratet, wenn man das so nennen kann.«

Er unterbrach sich.

»Halt, willst du damit zu verstehen geben, dass alles meine Schuld ist und dass sie nicht mit mir reden will, weil ich ihr was getan habe? Verdammte Scheiße! Kannst du dir vorstellen, wie es war, hier am Montag zur Arbeit zu kommen? Alle meine Kollegen waren auf der Feier. Der Direktor war auf der Feier! Glaubst du, dass es meine

Schuld ist? Verdammt noch mal! Alle glauben, dass es meine Schuld ist.«

»Weiber«, sagte Erlendur und stand auf. »Schwierig zu managen.«

Erlendur war gerade ins Büro gekommen, als das Telefon klingelte. Er erkannte die Stimme sofort, obwohl er sie eine lange Zeit nicht gehört hatte. Trotz des hohen Alters war sie immer noch klar, fest und entschlossen. Erlendur kannte Marian Briem seit fast dreißig Jahren, und die Zusammenarbeit war keineswegs immer ein Honigschlecken gewesen.

»Ich komme gerade aus meinem Sommerhaus«, sagte die Stimme, »und habe von der Sache erst erfahren, als ich vorhin in die Stadt kam.«

»Meinst du Holberg?«, sagte Erlendur.

»Habt ihr euch die Akten über ihn angeschaut?«

»Ich weiß, dass Sigurður Óli ihn in der EDV gesucht hat, aber ich habe noch nichts von ihm gehört. Was für Akten?«

»Fraglich, ob sie im Computer zu finden sind. Vielleicht sind sie schon längst gelöscht worden. Gibt es nicht eine Verjährung für Akten? Werden sie nicht vernichtet?«

»Worauf willst du eigentlich hinaus?«

»Holberg war kein Unschuldslamm«, sagte Marian Briem.

»Inwiefern?«

»Es ist sehr wahrscheinlich, dass er ein Vergewaltiger war.«

»Sehr wahrscheinlich?«

»Er wurde wegen Vergewaltigung angezeigt, aber nie

verurteilt. Das war 1963. Ihr solltet mal eure Archive durchforsten.«

»Wer hat ihn angezeigt?«

»Eine Frau namens Kolbrún. Sie wohnte in ...«

»Keflavík?«

»Ja. Weißt du etwas über sie?«

»Wir haben ein Foto in Holbergs Schreibtisch gefunden. Es hat den Anschein, als sei es dort versteckt worden. Das Bild zeigte den Grabstein eines Mädchens, das Auður hieß, auf einem Friedhof, von dem wir noch nicht wissen, wo er sich befindet. Ich habe beim Statistischen Amt ein bisschen Wirbel gemacht und fand den Namen Kolbrún auf dem Totenschein. Sie war die Mutter des Mädchens auf dem Grabstein. Die Mutter von Auður. Sie ist tot.«

Marian schwieg.

»Marian?«, sagte Erlendur.

»Und was sagt dir das?«, fragte schließlich die Stimme am Telefon.

Erlendur dachte nach.

»Ich könnte mir vorstellen, dass Holberg, falls er die Mutter des Mädchens vergewaltigt hat, der Vater des Kindes ist, und dass er das Bild deswegen in seinem Schreibtisch aufbewahrte. Das Mädchen war noch nicht ganz vier, als es starb, geboren 1964.«

»Holberg wurde nie verurteilt«, sagte Marian Briem. »Das Verfahren wurde wegen Mangels an Beweisen eingestellt.«

»Hat sie das Ganze nur vorgetäuscht?«

»Den Eindruck hatte ich damals nicht, aber es konnte nichts bewiesen werden. Du kannst dir vorstellen, dass es nicht einfach für Frauen ist, so etwas zu melden. Du kannst dir vorstellen, was sie durchgemacht hat, diese Frau, vor fast vierzig Jahren. Es ist auch heutzutage noch schwierig genug für Frauen, damit an die Öffentlichkeit zu treten, aber damals war es noch um ein Vielfaches schwieriger. Sie hätte das wohl kaum nur zum Spaß gemacht. Das Foto ist vielleicht eine Art Bestätigung für die Vaterschaft. Weshalb hätte Holberg es sonst in seinem Schreibtisch aufbewahrt? Die Zeit scheint auch zu stimmen. Du sagst, dass Auður im Jahr darauf geboren wurde. Vier Jahre später stirbt sie. Kolbrún beerdigt ihr Kind. Holberg hat auf irgendeine Weise mit der Sache zu tun. Vielleicht hat er selber das Bild gemacht, ich weiß aber nicht, wozu. Vielleicht spielt es keine Rolle.«

»Er war bestimmt nicht bei der Beerdigung, aber er kann später beim Grab gewesen sein, um das Foto zu machen. Meinst du etwas in der Art?«

»Es gibt noch eine andere Möglichkeit.«

»Und die wäre?«

»Vielleicht hat sie das Foto gemacht und ihm geschickt.«

Erlendur dachte einen Augenblick nach.

»Aber wozu? Wenn er sie vergewaltigt hat, warum schickt sie ihm dann ein Foto?«

»Das ist die Frage.«

»War dem Totenschein zu entnehmen, was die Todesursache bei Auður war?«, fragte Marian Briem. »Woran starb das Mädchen? War es ein Unfall?«

»Da stand, dass sie einen Hirntumor hatte. Glaubst du, dass das wichtig ist?«

»Wurde sie obduziert?«

»Bestimmt. Der Name des Arztes steht auf dem Totenschein.«

»Und die Mutter?«

»Starb eines plötzlichen Todes.«

»Selbstmord?«

»Ja.«

»Du hast dich schon lange nicht mehr bei mir blicken lassen«, sagte Marian Briem nach einer kurzen Pause.

»Ich ersticke in Arbeit«, sagte Erlendur. »Verfluchte Scheißarbeit.«

8

Der Regen, der auf die Straße nach Keflavík niederging, sammelte sich in tiefen Spurrillen, denen die Autofahrer tunlichst auswichen. Es waren derartige Wassermassen, dass man kaum durch die Scheiben blicken konnte. Sie waren von einem dichten Schleier überzogen und vibrierten unter den stürmischen Böen aus Südost. Die Scheibenwischer konnten nicht gegen diese Fluten ankommen, und Erlendur umklammerte das Steuer so fest, dass die Knöchel weiß wurden. Undeutlich sah er die roten Rücklichter des Autos vor ihm und versuchte, ihnen so gut wie möglich auf den Fersen zu bleiben.

Er war allein unterwegs. Er hielt es für das Beste, nachdem er am Vormittag mit Kolbrúns Schwester telefoniert hatte. Sie stand auf dem Totenschein als nächste Angehörige. Die Schwester war alles andere als kooperativ. Sie hatte es abgelehnt, ihn zu treffen. Weigerte sich rundheraus. Die Zeitungen hatten das Bild des Toten mitsamt seinem Namen veröffentlicht. Erlendur fragte, ob sie das gesehen hätte und wollte hinzufügen, ob sie sich an den Mann erinnerte, aber sie legte mitten im Satz auf. Er beschloss, es darauf ankommen zu lassen, wie sie reagieren würde, wenn er vor ihrer Tür stand. Er wollte sie ungern polizeilich vorführen lassen.

Erlendur hatte in der Nacht schlecht geschlafen. Er machte sich Sorgen wegen Eva Lind und befürchtete, dass sie irgendetwas völlig Verrücktes machen würde. Sie besaß ein Handy, aber jedes Mal wenn er anrief, kam diese Maschinenstimme und erklärte, dass das Telefon entweder außerhalb des Netzbereichs oder abgestellt sei oder dass alle Kanäle besetzt seien.

Erlendur erinnerte sich nur selten an das, was er geträumt hatte, aber als er aufwachte, fühlte er sich irgendwie miserabel, und Fetzen eines unangenehmen Traums gingen ihm durch den Sinn, bevor sie sich verflüchtigten.

Sie hatten nur ganz wenige Informationen über Kolbrún. Sie war Jahrgang 1934 und hatte Holberg am 23. November 1963 wegen Vergewaltigung angezeigt. Bevor Erlendur nach Keflavík losfuhr, hatte Sigurður Óli ihm den Inhalt der Vergewaltigungsklage skizziert, die eine Schilderung des Vorfalls enthielt und aus der Polizeiakte stammte, die Sigurður Óli auf den Hinweis von Marian Briem hin im Archiv gefunden hatte.

Kolbrún war dreißig gewesen, als Auður geboren wurde. Die Vergewaltigung hatte neun Monate zuvor stattgefunden. Der Sachverhalt war nach Kolbrúns Aussagen der, dass sie Holberg im Vergnügungslokal Kross getroffen hatte, das zwischen Keflavík und Njarðvík lag. Es war an einem Samstagabend gewesen. Sie hatte ihn vorher nicht gekannt und ihn nie zuvor gesehen. Sie war zusammen mit zwei Freundinnen da, und Holberg und seine beiden Kumpane waren mit ihnen während der Tanzveranstaltung zusammen gewesen. Als das Lokal zumachte, hatten sie noch eine Weile bei der einen Freundin von Kolbrún weitergefeiert. Zu fortgeschrittener Stunde wollte Kolbrún aufbrechen, und Holberg erklärte, dass er sie zur Sicherheit begleiten würde. Sie hatte nichts dagegen eingewendet. Alkoholeinfluss spielte bei beiden keine Rolle. Kolbrún erklärte, während der Tanzveranstaltung zwei Sprudel mit einem kleinen Schuss Wodka getrunken zu haben, und danach nichts mehr. Holberg hatte an diesem Abend überhaupt nichts getrunken. Er sagte, und Kolbrún hatte das gehört, dass er wegen einer Ohrinfektion mit Penizillin behandelt wurde. Eine ärztliche Bescheinigung war den Anklageunterlagen beigefügt und bestätigte diese Aussagen.

Holberg fragte, ob er ein Taxi rufen dürfe. Sagte, dass er nach Reykjavík wollte. Sie zögerte einen Augenblick, zeigte ihm dann aber, wo das Telefon stand. Er ging ins Wohnzimmer, während sie sich im Flur den Mantel auszog, um dann in die Küche zu gehen und ein Glas Wasser zu trinken. Sie hörte nicht, wie er den Hörer auflegte, falls er überhaupt telefoniert hatte. Sie stand am Waschbecken und spürte plötzlich, dass er von hinten an sie herangetreten war.

Sie war so erschrocken, dass ihr das Glas in die Spüle fiel und das Wasser auf die Arbeitsplatte spritzte. Sie schrie auf, als er nach ihren Brüsten griff, und wich in die Ecke der Küche zurück.

– Was soll das?, fragte sie. –

– Wollen wir uns nicht noch ein bisschen amüsieren?, fragte er und stand unbeweglich vor ihr, kräftig gebaut, mit starken Händen und dicken Fingern.

– Mach, dass du hinauskommst, sagte sie energisch. Auf der Stelle! Verschwinde auf der Stelle!

– Wollen wir uns nicht noch ein bisschen amüsieren?, wiederholte er. Er machte einen Schritt auf sie zu, und sie hob die Hände in Abwehr.

– Komm mir bloß nicht zu nahe!, schrie sie. Ich rufe die Polizei! Sie spürte auf einmal, wie hilflos sie gegenüber diesem unbekannten Mann war, den sie in ihre Wohnung gelassen hatte. Er stand jetzt dicht vor ihr, packte ihre Hände, drehte sie ihr auf den Rücken und versuchte, sie zu küssen.

Sie kämpfte, aber das war vergeblich. Sie versuchte mit ihm zu reden. Ihn zur Vernunft zu bringen, aber sie spürte bloß, wie ihre Ohnmacht noch stärker wurde.

Erlendur schrak auf, als ein riesengroßer LKW ihn anhupte und dröhnend überholte, wobei sich sintflutartige Wasserkaskaden über das Auto ergossen. Das Steuer schlug aus, und das Auto geriet ins Schlittern. Es zog ihm die Hinterreifen weg, und für einen Augenblick glaubte Erlendur, dass er die Kontrolle über den Wagen verlieren und sich in dem Lavafeld überschlagen würde. Er verlangsamte abrupt, und es gelang ihm, sich auf der Straße zu halten. Er überschüttete den Fahrer des Lastwagens, der in einer Gischtwolke verschwand, mit Beschimpfungen.

Etwa zwanzig Minuten später fuhr er vor einem kleinen wellblechverkleideten Holzhaus im ältesten Teil von Keflavík vor. Es war weiß gestrichen und von einem niedrigen, weißen Zaun um einen sorgsam gepflegten Garten umgeben. Die Schwester hieß Elín, und sie war einige Jahre älter als Kolbrún und mittlerweile Rentnerin. Sie stand in der Garderobe, hatte einen Mantel an und war im Begriff, das Haus zu verlassen, als Erlendur klingelte. Sie schaute ihn ungläubig an. Sie war klein und schlank, ihr Gesichtsausdruck war hart, die Augen stechend, die Wangenknochen hoch und der Mund etwas faltig.

»Ich dachte, ich hätte dir am Telefon gesagt, dass ich nichts mit dir und der Polizei zu schaffen haben will«, sagte sie gereizt, als Erlendur sich vorgestellt hatte.

»Ich weiß«, sagte Erlendur, »aber ...«

»Lass mich bitte in Ruhe«, sagte sie. »Du hättest dich nicht die ganze Strecke bis zu mir zu bemühen brauchen.«

Sie trat auf den Treppenabsatz, schloss die Tür hinter sich und ging die drei Stufen hinunter, öffnete das kleine Tor am Zaun und ließ es offen, zum Zeichen dafür, dass Erlendur verschwinden sollte. Sie blickte ihn nicht an. Erlendur stand auf der Treppe und schaute hinter ihr her.

»Du weißt, dass Holberg tot ist«, rief er.

Sie antwortete ihm nicht.

»Er wurde in seiner Wohnung ermordet. Du weißt es.«

Erlendur war hinter ihr die Treppe hinuntergegangen. Sie spannte einen schwarzen Regenschirm auf, auf den der Regen nur so niederprasselte. Er hatte nur seinen Hut zum Schutz gegen den Regen. Sie beschleunigte ihre Schritte. Er folgte ihr und musste fast rennen, um sie einzuholen. Er wusste nicht, was er sagen sollte, um sie dazu zu bringen, ihn anzuhören. Wusste nicht, weswegen die Frau so auf ihn reagierte.

»Ich möchte dich nach Auður fragen«, sagte er.

Die Frau hielt plötzlich inne, drehte sich um und ging schnell auf ihn zu, während sie ihn böse fixierte.

»Du mieser Bulle«, zischte sie zwischen zusammengebissenen Zähnen. »Erlaube dir ja nicht, ihren Namen in den Mund zu nehmen. Wie kannst du es wagen! Nach all dem, was ihr ihr angetan habt! Verschwinde! Verschwinde auf der Stelle, du mieser Bulle.«

Sie schaute Erlendur hasserfüllt an, aber er hielt ihrem Blick stand.

»Nach all dem, was wir ihr angetan haben?«, fragte er. »Ihr?«

»Verschwinde«, rief sie, drehte sich auf dem Absatz um und ließ ihn einfach stehen. Er gab die Verfolgungsjagd auf und schaute zu, wie sie im Regen verschwand, ein klein wenig gebückt, in grünem Mantel und mit Stiefeln, die ihr über die Knöchel gingen. Er drehte sich um und ging nachdenklich zum Haus und zum Auto zurück. Er setzte sich hinein und zündete sich eine Zigarette an, öffnete das Fenster einen Spalt und ließ den Motor an. Er setzte langsam aus dem Parkplatz zurück, legte den ersten Gang ein und fuhr an dem kleinen Haus vorbei.

Er inhalierte den Rauch und verspürte wieder diesen schwachen Schmerz auf der Brust. Das war nichts Neues, sondern beunruhigte Erlendur schon seit bald einem Jahr. Ein schwacher Schmerz, mit dem er morgens erwachte, der nach dem Aufstehen aber meistens schnell wieder nachließ. Die Matratze, auf der er schlief, war nicht gut. Wenn er zu lange im Bett gelegen hatte, verspürte er manchmal Schmerzen am ganzen Leib.

Er inhalierte den Rauch.

Hoffte, dass es die Matratze wäre.

Das Handy klingelte in der Manteltasche, als er gerade die Zigarette ausmachte. Es war der Chef der Spurensicherung mit der Nachricht, dass sie die Grabschrift entschlüsselt und die Bibelstelle gefunden hätten.

»Es ist ein Zitat aus dem 64. Psalm Davids.«

»Ja«, sagte Erlendur.

»Vor dem Schrecken der Feinde behüte mein Leben.«

»Wie bitte?«

»Auf dem Grabstein steht: Vor dem Schrecken der Feinde behüte mein Leben. Das steht in den Psalmen Davids.«

»Vor dem Schrecken der Feinde behüte mein Leben.«

»Hilft dir das etwas?«

»Keine Ahnung.«

»Zweierlei Fingerabdrücke waren auf dem Bild.«

»Ja, das hat mir schon Sigurður Óli gesagt.«

»Die einen sind von dem Toten, aber die anderen sind bei uns nicht registriert. Sie sind ziemlich undeutlich. Sehr alte Fingerabdrücke.«

»Könnt ihr herauskriegen, mit was für einem Apparat das Bild gemacht wurde?«, fragte Erlendur.

»Schwer zu sagen. Ich glaube aber nicht, dass es eine besondere Kamera war.«

9

Sigurður Óli parkte das Auto auf dem Gelände der Islandspedition an einer Stelle, wo er hoffte, dass es niemandem im Weg sein würde. Auf dem Betriebsgelände standen reihenweise Lastwagen. Einige wurden beladen, andere wurden weggefahren, und wieder andere rangierten rückwärts an die Rampe der Lagerhalle heran. Es stank nach Benzin und Öl, und die Motorengeräusche der LKWs waren ohrenbetäubend. Mitarbeiter und Kunden der Firma eilten geschäftig zwischen Betriebsgelände und Lagerhalle hin und her.

Das Wetteramt prophezeite anhaltende Regenfälle. Sigurður Óli versuchte, sich mit seinem Mantel gegen den Regen zu schützen, indem er ihn sich über den Kopf zog und zur Lagerhalle hinüberrannte. Er wurde an den Betriebsmeister verwiesen, der in einer kleinen Glaskabine saß und Papiere durchblätterte. Er machte einen überaus beschäftigten Eindruck.

Der Betriebsmeister war ein reichlich massiger Mann in einem blauen Anorak, der mit einem Knopf über dem Bauch zugeknöpft war. Zwischen seinen Fingern klemmte ein Zigarrenstummel. Er hatte von Holbergs Tod gehört und erklärte, ihn flüchtig gekannt zu haben. Beschrieb ihn als zuverlässigen Mann und tüchtigen Fernfahrer, der jahrzehntelang kreuz und quer durch Island gefahren war und das isländische Verkehrsnetz wie seine Westentasche kannte. Er war sehr verschlossen gewesen, hatte niemanden an sich herangelassen, hatte keine Freunde in dieser Firma. Der Betriebsmeister wusste nicht, was er früher gemacht hatte, glaubte, dass er schon immer LKW-Fahrer gewesen sei. So hörte er sich an. Unverheiratet und kinderlos, soweit bekannt. Sprach niemals über irgendwelche nächsten Angehörigen.

»Ja genau«, sagte der Betriebsmeister, als wolle er das Gespräch beenden, nahm ein kleines Feuerzeug aus der Jackentasche und zündete den Zigarrenstummel an. »So eine Scheiße«, – paff, paff –, »so über den Jordan zu gehen«, paff.

»Mit wem hier hatte er am meisten Kontakt?«, fragte Sigurður Óli und versuchte es zu vermeiden, den widerlichen Zigarrenrauch einzuatmen.

»Du kannst mit Hilmar oder Guðjón sprechen, die haben ihn wohl am besten gekannt. Hilmar ist irgendwo da vorne. Er stammt aus Reyðarfjörður und hat manchmal bei Holberg in Nordermoor übernachtet, wenn er hier in der Stadt einen Ruhetag einlegen musste. Da gibt's genaue Vorschriften für die Fahrer, und dann brauchen sie ein Quartier in der Stadt.«

»Hat er am letzten Wochenende bei ihm übernachtet?«

»Nein, da hat er in den Ostfjorden gearbeitet. Aber er könnte vielleicht das Wochenende davor bei ihm gewesen sein.«

»Hast du irgendeine Vorstellung, wer Holberg etwas Böses gewünscht haben könnte? Irgendwelchen Ärger hier am Arbeitsplatz, oder ...«

»Nein, nein, nichts«, – paff –, »dergleichen«, paff, paff. Der Mann hatte Probleme, die Glut in der Zigarre am Leben zu halten. »Sprich mal mit«, – paff –, »Hilmar, mein Lieber. Vielleicht kann er dir weiterhelfen.«

Sigurður fand Hilmar mit Hilfe der Beschreibung des Betriebsmeisters. Er stand an einem Tor der Lagerhalle und schaute zu, wie ein Lastwagen entladen wurde. Hilmar war ein ziemlicher Koloss, fast zwei Meter groß, athletisch, rothaarig, bärtig. Behaarte Arme guckten aus einem kurzärmeligen T-Shirt hervor. Er schien um die fünfzig zu sein. Die abgewetzten Jeans hielten altmodische blaue Hosenträger. Der LKW wurde mit einem kleinen Gabelstapler entladen. Am nächsten Tor fuhr mit entsprechendem Lärm ein LKW rückwärts an die Rampe heran, und gleichzeitig hupten sich zwei Fahrer auf dem Gelände an und überschütteten sich mit Beschimpfungen.

Sigurður ging zu Hilmar hin und tippte ihm leicht auf die Schulter, aber der nahm ihn gar nicht wahr. Er tippte fester, und endlich drehte sich Hilmar zu ihm um. Er sah, dass Sigurður Óli mit ihm sprach, konnte aber nicht hören, was er sagte, und blickte ihn verständnislos an. Sigurður Óli erhob die Stimme, aber das nutzte nichts. Er sprach noch lauter, und es schien ihm, als zuckte so etwas wie ein Blitz des Verstehens in Hilmars Augen auf, aber das war eine Täuschung. Hilmar schüttelte nur den Kopf und deutete auf seine Ohren.

Sigurður Óli kam in Fahrt, richtete sich auf, stellte sich auf die Zehenspitzen und brüllte in voller Lautstärke los, doch im gleichen Augenblick verstummte der Krach so plötzlich, dass seine Worte mit geballter Kraft zwischen den Wänden der riesigen Lagerhalle widerhallten:

»HAST DU BEI HOLBERG GESCHLAFEN?«

10

Er harkte gerade Laub in seinem Garten zusammen, als Erlendur herantrat. Schaute erst auf, als Erlendur schon eine ganze Weile dagestanden und die langsamen Bewegungen des alten Mannes mitverfolgt hatte. Wischte sich einen Tropfen von der Nase ab. Es schien keine Rolle zu spielen, dass es regnete und dem nassen und pappigen Laub schwer beizukommen war. Er ging sehr bedächtig vor, setzte immer wieder die Harke an und versuchte, kleine Häufchen zu machen. Er wohnte immer noch in Keflavík. War dort geboren und aufgewachsen.

Erlendur hatte Elinborg gebeten, Informationen über ihn einzuholen, und sie hatte das Wichtigste über den alten Mann im Garten zusammengetragen, seine Polizeilaufbahn, die Verweise, die er wegen seines Auftretens und seiner Arbeitsmethoden erhalten hatte, und das waren in langen Dienstjahren viele gewesen; wegen der Angelegenheit mit Kolbrún hatte er eine Abmahnung bekommen. Elinborg hatte Erlendur noch einmal telefonisch Informationen durchgegeben, als er in Keflavík gerade einen Imbiss zu sich nahm. Er hatte überlegt, ob er den Besuch auf den nächsten Tag verschieben sollte, fand aber, dass er keine Lust hatte, bei dem widerlichen Wetter ständig nach Keflavík zu fahren.

Der Mann trug einen grünen Winteranorak und eine Basketballkappe auf dem Kopf. Die weißen, knochigen Hände umklammerten den Schaft der Harke. Er war groß und war früher sicher muskulöser und imposanter gewesen, aber jetzt war er alt und zusammengefallen, und die Nase triefte ihm. Erlendur schaute zu, wie der Greis in seinem Garten hinter dem Haus werkelte. Der Mann blickte nicht von seinem Laub hoch und schenkte ihm keinerlei Beachtung. So verging eine ganze Weile, bis Erlendur beschloss, zur Tat zu schreiten.

»Weshalb will die Schwester nicht mit mir reden?«, sagte er und sah, wie der Alte hochschreckte.

»Was? Was soll denn das?« Der Mann schaute zu ihm hoch. »Wer bist du?«, fragte er.

»Wie habt ihr reagiert, als Kolbrún die Strafanzeige bei euch erstatten wollte?«

Der alte Mann schaute auf diesen Unbekannten, der in seinem Garten stand, und wischte mit dem Handrücken den Tropfen unter der Nase weg. Er blickte auf Erlendur hinunter.

»Kennen wir uns?«, fragte er. »Wovon redest du eigentlich? Wer bist du?«

»Ich heiße Erlendur. Ich untersuche den Mord an einem Mann namens Holberg in Reykjavík. Er ist vor fast vierzig Jahren wegen Vergewaltigung angezeigt worden. Damals hast du die Ermittlung geleitet. Kolbrún hieß die Frau, die vergewaltigt wurde. Sie ist tot. Ihre Schwester weigert sich, mit der Polizei zu sprechen, aus Gründen, die ich gerade herauszufinden versuche. Sie sagte zu mir: ›Nach dem, was ihr ihr angetan habt.‹ Ich hätte gern, dass du mir erzählst, was es war, das wir ihr angetan haben.«

Der Mann schaute Erlendur an, ohne ein Wort zu sagen. Schaute ihm in die Augen und schwieg.

»Was war es, das wir ihr angetan haben?«, wiederholte Erlendur.

»Ich kann mich nicht erinnern ... Was für eine Befugnis hast du eigentlich? Was soll diese Unverschämtheit?« Die Stimme zitterte ein wenig. »Mach, dass du aus meinem Garten kommst, oder ich rufe die Polizei.«

»Hör mal, Rúnar, ich bin die Polizei. Und ich hab keine Zeit für albernes Geschwätz.«

Der Mann dachte nach.

»Ist das die neueste Methode? Leute mit Andeutungen und Unverschämtheiten zu behelligen?«

»Gut, dass du Methoden und Unverschämtheiten erwähnst«, sagte Erlendur. »Du hast innerhalb eines vergleichsweise kurzen Zeitraums acht Dienstaufsichtsbeschwerden wegen Fehlverhaltens bekommen, unter anderem wegen Brutalität. Ich weiß nicht, vor wem du gebuckelt hast, um den Job zu behalten, aber anscheinend hast du zum Schluss etwas nachgelassen, denn du bist mit Schimpf und Schande aus dem Polizeidienst entlassen worden. Gefeuert ...«

»Halt die Schnauze«, sagte der Mann und schaute sich um. »Wie kannst du es wagen ...«

»... wegen wiederholter und grober sexueller Belästigung.«

Die weißen, knochigen Hände umklammerten den Schaft der Harke, die farblose Haut straffte sich, und die Knöchel traten hervor. Das Gesicht verhärtete sich, hasserfüllte Linien bildeten sich um den Mund, die Augen zogen sich zusammen, bis sie halb geschlossen waren. Erlendur hatte auf dem Weg nach Keflavík, als Elinborgs Informationen wie Stromstöße durch sein Bewusstsein jagten, überlegt, ob es richtig war, diesem Mann etwas vorzuhalten, was er in einem anderen Leben, zu einer anderen Zeit, getan hatte. Erlendur war lange genug bei der Polizei gewesen, um sich an Geschichten über diesen Mann zu erinnern, über die Probleme, die er verursacht hatte. Er erinnerte sich an Rúnar. Er hatte ihn vor vielen Jahren zwei- oder dreimal getroffen, aber jetzt war er so alt und senil geworden, dass Erlendur, als er bei ihm im Garten stand, eine ganze Zeit brauchte, um sich darüber klar zu werden, dass es sich um denselben Mann handelte. Geschichten über Rúnar waren lange bei der Polizei in Umlauf gewesen. Irgendwo hatte Erlendur gelesen, dass die Vergangenheit ein anderes Land sei, und das leuchtete ihm ein. Ihm war klar, dass sich die Zeiten änderten und die Menschen auch. Aber er war nicht bereit, die Vergangenheit auszustreichen.

Sie standen einander im Garten gegenüber.

»Was war mit Kolbrún?«, fragte Erlendur.

»Verschwinde!«

»Erst sagst du mir, was mit Kolbrún war.«

»Sie war eine verdammte Hure!«, stieß der Mann auf einmal zwischen zusammengebissenen Zähnen hervor. »So, und jetzt reicht's, zieh endlich Leine! Alles, was sie über mich gesagt hat, war erlogen, verdammt noch mal. Das war verdammt noch mal keine Vergewaltigung. Sie hat die ganze Zeit gelogen!«

Erlendur sah Kolbrún, wie sie vor diesem Mann stand, vor vielen, vielen Jahren, als sie die Anzeige erstattete. Er stellte sich vor, wie sie ihren ganzen Mut zusammengerafft hatte, bis sie es nicht länger aushielt und zur Polizei ging, um zu erzählen, was ihr passiert war, das Grauen zu beschreiben, das sie durchgemacht hatte und am liebsten vergessen wollte, als ob das Ganze nur ein Albtraum gewesen wäre, aus dem sie unbeschadet erwachen würde. Sie würde aber nie mehr heil und unbeschadet erwachen. Ihr war Gewalt angetan worden. Er war über sie hergefallen und in sie eingedrungen ...

»Sie kam drei Tage nach dem Vorfall und zeigte den Mann wegen Vergewaltigung an«, sagte der alte Mann zu Erlendur. »Das war nicht sehr glaubwürdig.«

»Und du hast sie vor die Tür gesetzt«, sagte Erlendur.

»Sie hat gelogen.«

»Und hast sie ausgelacht und erniedrigt und ihr geraten, sie sollte das Ganze vergessen. Aber sie hat es nicht vergessen, oder?«

Der alte Mann blickte Erlendur hasserfüllt an.

»Sie ging bis nach Reykjavík, nicht wahr?«, sagte Erlendur.

»Holberg wurde nie verurteilt.«

»Und wem war das deiner Meinung nach zu verdanken?«

Erlendur sah Kolbrún vor sich, wie sie mit Rúnar aneinander geriet. Mit ihm aneinander geraten! Mit diesem Mann! Sich mit ihm anzulegen wegen dem, was sie durchgemacht hatte. Zu versuchen, ihn davon zu überzeugen, dass sie die Wahrheit sagte, als sei er der oberste Richter in ihrer Angelegenheit.

Sie musste ihre ganze Kraft aufbieten, als sie ihm von den Vorfällen der Nacht berichtete, und sie versuchte, alles der Reihe nach zu erzählen, aber es war einfach zu entsetzlich. Sie konnte es nicht beschreiben. Konnte nicht davon erzählen, von dem, was so unbeschreiblich, Abscheu erregend, pervers war. Irgendwie schaffte sie es, ihre bruchstückhafte Darstellung zu Ende zu bringen. War das ein Grinsen? Sie konnte nicht begreifen, warum der Polizist grinste. Es schien ihr ein Grinsen zu sein, aber das konnte nicht sein. Dann begann er, sie nach Einzelheiten auszufragen.

Sag mir genau, wie es vor sich gegangen ist.

Sie schaute ihn an. Begann wieder zögernd mit ihrem Bericht.

Nein, das habe ich schon gehört. Sag mir, was genau passiert ist.

Du hast doch eine Unterhose angehabt. Wie hat er dir die Unterhose ausgezogen? Wie hat er den Schwanz in dich hineinbekommen?

Konnte das sein Ernst sein? Schließlich fragte sie, ob es bei der Polizei denn keine weiblichen Mitarbeiter gäbe.

»Nein ... Wenn du diesen Mann wegen Vergewaltigung anzeigen willst, musst du schon etwas mehr ins Detail gehen, verstehst du. Hast du vielleicht mit ihm geflirtet, sodass er Grund hatte zu glauben, du wärst zu allem bereit?«

Sie erklärte so leise, dass es kaum zu hören war, dass sie das keinesfalls getan hätte.

Du musst lauter sprechen. Wie hat er dir die Unterhose ausgezogen?

Jetzt war sie sich sicher, dass es ein Grinsen war. Er fragte sie rüde, bezweifelte ihre Aussage, war brutal, einige Fragen waren eine reine Unverschämtheit, geradezu obszön; er versuchte, es so aussehen zu lassen, als habe sie der Sache Vorschub geleistet, als habe sie Geschlechtsverkehr mit diesem Mann haben wollen, dann aber einen Rückzieher gemacht, aber da war es zu spät, verstehst du, zu spät, um bei so etwas einen Rückzieher zu machen. Hat keinen Sinn, beim Tanzen mit Männern zu flirten und mittendrin einen Rückzieher zu machen.

Zum Schluss weinte sie leise, als sie eine kleine Handtasche öffnete und eine Plastiktüte herauszog und ihm reichte. Er öffnete die Tüte und holte ihren zerrissenen Schlüpfer heraus.

Rúnar ließ den Harkenstiel los und wollte an Erlendur vorbeigehen, aber Erlendur stellte sich ihm in den Weg und drängte ihn an die Hauswand. Sie sahen einander in die Augen.

»Sie hat dir ein Beweisstück übergeben«, sagte Erlendur. »Das einzige Beweisstück, das sie hatte. Sie war sicher, dass Spuren von Holberg daran waren.«

»Sie hat mir nie irgendwas gegeben«, zischte Rúnar. »Lass mich in Ruhe.«

»Sie hat dir den Schlüpfer gegeben.«

»Das war gelogen.«

»Sie hätten dich damals gleich schassen sollen, verflucht noch mal«, sagte Erlendur. »Erbärmliches Dreckstück, das du bist.«

Er trat langsam und mit angewiderter Miene zurück. Rúnar stand zusammengesackt vor der Hauswand, ein armseliger Tattergreis.

»Ich habe ihr bloß klargemacht, was sie zu erwarten hätte, wenn sie die Sache weiter verfolgen würde«, sagte er, und seine Stimme überschlug sich. »Ich habe ihr einen Gefallen getan. Bei Gericht lachen sie doch bloß über solche Fälle.«

Erlendur drehte sich um und ging weg. Er fragte sich, wieso Gott, so es ihn denn gäbe, Gefallen daran finden könnte, einen Mann wie Rúnar so alt werden zu lassen, aber das Leben eines vierjährigen Mädchens zu vernichten.

Er wollte noch einmal zu Elín, stattete aber erst der Bibliothek in Keflavík einen Besuch ab. Er ging zwischen den Buchregalen umher und ließ die Blicke an den Buchrücken entlanggleiten, bis er die Bibel fand. Erlendur kannte sich mit dem Wort Gottes gut aus. Er öffnete das Buch bei den Psalmen von David, Nummer 64. Dort fand er die Zeile, die auf dem Grabstein stand. *Vor den Schrecken des Feindes bewahre mein Leben.*

Er hatte das richtig behalten. Die Grabinschrift war die Fortsetzung der ersten Zeile des Psalms. Erlendur stand am Regal, las sie einige Male, strich gedankenverloren mit der Hand über die Seiten und sagte den Satz halblaut vor sich hin.

Die erste Zeile des Psalms war eine Anrufung an Gott, und Erlendur schien es, als höre er nach all den Jahren den stummen Ruf der Frau.

Höre, Gott, meine Stimme in meiner Klage.

11

Erlendur hielt vor dem kleinen, weiß gestrichenen und mit Wellblech verkleideten Haus und stellte den Motor ab. Er blieb noch eine Weile im Auto sitzen, um die Zigarette zu Ende zu rauchen. Er versuchte, das Rauchen zu reduzieren, und wenn nichts dazwischen kam, war er bei fünf pro Tag angelangt. Das hier war die achte an diesem Tag, und es war noch nicht einmal drei Uhr.

Er stieg aus, ging die Treppen zum Eingang hoch und klingelte. Er wartete eine ganze Weile, ohne dass etwas geschah. Er klingelte wieder, aber auch das zeitigte keinen Erfolg. Er schaute durch das Fenster hinein und sah den grünen Mantel und den Regenschirm und die Stiefel. Er klingelte zum dritten Mal, stand auf dem Treppenabsatz und versuchte, sich gegen den Regen zu schützen. Auf einmal ging die Tür auf und Elín starrte ihm direkt ins Gesicht.

»Lass mich in Ruhe, hörst du! Verschwinde! Hau ab!« Sie wollte die Tür zuknallen, aber Erlendur hatte seinen Fuß dazwischen.

»Wir sind nicht alle wie Rúnar«, sagte er. »Ich weiß, dass deiner Schwester übel mitgespielt worden ist. Ich habe mit Rúnar gesprochen. Was er getan hat, ist unentschuldbar, aber es ist nicht mehr rückgängig zu machen. Er ist ein seniler Tattergreis und wird nie einsehen, dass er etwas falsch gemacht hat.«

»Lass mich gefälligst in Ruhe!«

»Ich muss mit dir reden. Wenn es so nicht geht, dann muss ich dich zu einer Vernehmung vorladen lassen. Das möchte ich vermeiden.« Er nahm das Foto vom Friedhof aus seiner Manteltasche und schob es durch den Türspalt. »Dieses Foto habe ich zu Hause bei Holberg gefunden«, sagte er.

Elín antwortete nicht. Es verging eine geraume Zeit. Erlendur hielt das Foto durch den Türspalt, ohne dass er Elín sehen konnte, die sich immer noch gegen die Tür stemmte. Aber nach und nach spürte er, wie der Druck auf seinen Fuß nachließ, und Elín nahm das Foto entgegen. Bald stand die Tür offen. Die Frau ging mit dem Bild in der Hand in die Wohnung. Erlendur trat ein und machte die Tür vorsichtig zu.

Elín ging in ein kleines Wohnzimmer, und einen Augenblick überlegte Erlendur, ob er sich die nassen Schuhe ausziehen sollte. Er putzte sie sich auf der Matte gründlich ab und folgte Elín ins Wohnzimmer, vorbei an einer ordentlichen kleinen Küche und einem Arbeitszimmer. Im Wohnzimmer hingen Bilder an der Wand, eine Stickerei in goldenem Rahmen, und eine kleine elektrische Orgel stand in einer Ecke.

»Kennst du dieses Bild?«, fragte Erlendur behutsam.

»Ich habe es nie zuvor gesehen«, sagte sie.

»Hat deine Schwester nach dem ... Vorfall Verbindung zu Holberg gehabt?«

»Nicht dass ich wüsste. Niemals. Das kannst du dir doch denken.«

»Ist denn keine Blutuntersuchung gemacht worden, um festzustellen, ob er der Vater war?«

»Wozu?«

»Um die Aussage deiner Schwester zu stützen. Dass es Vergewaltigung war.«

Sie schaute von dem Bild hoch, starrte ihn eine ganze Weile an und sagte dann:

»Ihr seid doch alle gleich, ihr Polizisten. Bei euch gibt's immer nur halbe Arbeit.«

»Wieso?«

»Hast du dich nicht mit dem Fall befasst?«

»In groben Zügen. Dachte ich jedenfalls.«

»Holberg hat nie bestritten, dass der Geschlechtsverkehr stattgefunden hat. Dazu war er zu schlau. Er bestritt einfach, dass es Vergewaltigung war. Er sagte aus, dass meine Schwester ihm zu Willen gewesen sei. Er sagte, dass sie ihn scharf gemacht und zu sich nach Hause eingeladen habe. Das war seine großartige Verteidigung. Dass Kolbrún aus freien Stücken Sex mit ihm hatte. Spielte den Unschuldigen, das Schwein.«

»Aber ...«

»Meine Schwester hatte nur diese zerrissene Unterhose«, fuhr Elín fort. »Man sah ihr nichts an. Sie war nicht stark, konnte nicht viel Widerstand leisten, und sie sagte mir, sie wäre vor Angst wie gelähmt gewesen, als er anfing, sie in der Küche zu betatschen. Dann zerrte er sie ins Schlafzimmer, und dort hat er ihr Gewalt angetan. Zwei Mal. Hatte sie unter sich und begrapschte sie unter Obszönitäten, bis er ihn wieder hochgekriegt hatte. Sie hat drei Tage gebraucht, bevor sie den Mut fand, zur Polizei zu gehen. Und es half auch nichts, dass sie später ärztlich untersucht wurde. Sie hat nie verstanden, weswegen er über sie hergefallen ist. Sie machte sich Selbstvorwürfe, ihn zu seiner Tat verleitet zu haben. Sie glaubte, dass sie ihm vielleicht auf dieser Party irgendwelche Hoffnungen gemacht hätte. Dass sie irgendetwas gesagt oder angedeutet hätte, was ihn aufgereizt hat. Sie gab sich selbst die Schuld an allem. Ich nehme an, dass das eine verbreitete Reaktion ist.«

Elín schwieg eine Weile.

»Als sie sich dann endlich aufgerafft hatte, traf sie auf Rúnar. Ich wäre ja mit ihr gegangen, aber sie schämte sich so, dass sie mir erst viel, viel später erzählte, was passiert war. Holberg hatte ihr gedroht, hatte ihr gesagt, dass er wiederkommen und sie fertig machen würde, falls sie etwas in der Sache unternehmen würde. Als sie zur Polizei ging, glaubte sie, dort Schutz zu finden. Dass sie unterstützt würde. Dass man ihr beistehen würde. Erst als Rúnar sie wieder nach Hause schickte, nachdem er sein Spiel mit ihr getrieben, den Schlüpfer genommen und ihr gesagt hatte, sie solle das alles vergessen, erst danach kam sie zu mir.«

»Der Schlüpfer ist nie wieder aufgetaucht«, sagte Erlendur. »Rúnar hat es abgestritten ...«

»Kolbrún sagte, dass sie ihm die Unterhose gegeben hätte, und meine Schwester hat nie in ihrem Leben gelogen. Ich weiß nicht, was mit diesem Mann los war. Ich sehe ihn manchmal hier in der Stadt, im Lebensmittelgeschäft oder im Fischladen. Einmal habe ich ihn angeschrien. Ich hatte die Kontrolle über mich verloren. Er schien das richtig zu genießen. Grinste. Kolbrún hat einmal über dieses Grinsen von ihm gesprochen. Er erklärte, dass Kolbrún ihm niemals eine Unterhose gegeben hatte, und dass ihre Aussage so unklar gewesen sei, dass er den Eindruck hatte, sie sei betrunken gewesen. Deswegen hätte er sie nach Hause geschickt.«

»Er bekam zum Schluss eine Abmahnung«, sagte Erlendur, »aber das hatte letztlich auch keinen Einfluss. Rúnar bekam dauernd Verweise. Er war bei der Polizei als ziemlich scharfer Hund bekannt, aber irgendjemand hielt seine schützende Hand über ihn, bis es nicht länger möglich war, ihn zu verteidigen, und dann wurde er gefeuert.«

»Es gab keinen Grund, die Sache weiterzuverfolgen, so hieß es damals. Kolbrún sollte die Sache schlicht und ergreifend vergessen, wie Rúnar ganz richtig gesagt hatte. Sie hatte natürlich viel zu lange gewartet, und außerdem war sie dumm genug gewesen, die ganze Wohnung von oben bis unten zu putzen, unter anderem wusch sie auch die Bettwäsche. Zerstörte damit alles Beweismaterial. Sie hob nur den Schlüpfer auf. Trotz allem hob sie dieses einzige Beweisstück auf. Als glaubte sie, dass das genügen würde. Als würde es genügen, einfach nur die Wahrheit zu sagen. Sie wollte diesen Vorfall aus ihrem Leben herausschrubben. Sie wollte nicht damit leben. Und wie gesagt, angesehen hat man ihr nicht viel. Sie hatte eine gesprungene Lippe, weil er ihr den Mund zugehalten hatte, und eine kleine Blutung am Auge.«

»Hat sie sich je davon erholt?«

»Nie. Sie war eine sehr sensible Frau, meine Schwester. Sie war so zart und arglos, und deswegen ein leichtes Opfer für jemanden, der ihr Böses wollte. Für jemanden wie Holberg. Wie Rúnar. Sie haben es beide gespürt. Jeder hat auf seine Weise angegriffen. Sich über das Opfer hergemacht.«

Sie blickte zu Boden.

»Diese Schweine«, sagte sie.

Erlendur ließ einen Augenblick verstreichen, bevor er fortfuhr.

»Wie war ihre Reaktion, als sie feststellte, dass sie schwanger war?«

»Da hat sie meiner Meinung nach sehr vernünftig reagiert. Sie war gleich von Anfang an entschlossen, sich trotz der Umstände über das Kind zu freuen, und auf ihre Liebe zu Auður ist nie ein Schatten gefallen. Sie war mehr als eine vorbildliche Mutter. Für das Kind tat sie alles, was in ihrer Macht stand. Das arme, kleine Ding.«

»Wusste Holberg denn, dass er ein Kind hatte?«

»Er wusste es natürlich, aber er stritt es ab. Verleugnete es. Erklärte, dass das Kind nicht von ihm sei. Beschuldigte meine Schwester eines lockeren Lebenswandels.«

»Sie hatten also keine Verbindung miteinander, wegen der Tochter, oder ...?«

»Verbindung! Niemals. Wie kommst du auf so eine Idee? Das wäre nie in Frage gekommen.«

»Kolbrún könnte ihm nicht dieses Bild geschickt haben?«

»Nein. Nein, das kann ich mir nicht denken. Das ist ausgeschlossen.«

»Dann muss er es selbst aufgenommen haben. Oder jemand, der von der Sache wusste, hat das Foto geknipst und es ihm geschickt. Vielleicht hat er in der Zeitung die Todesanzeige gesehen. Gab es Nachrufe auf Auður?«

»Die Todesanzeige stand in der Zeitung, und ich habe damals einen kurzen Nachruf für Morgunblaðið geschrieben. Das könnte jemand gelesen haben.«

»Ist Auður hier in Keflavík begraben?«

»Nein. Wir stammen aus Sandgerði, und in der Nähe von Sandgerði ist ein kleiner Friedhof. Kolbrún wollte, dass sie dort beerdigt würde. Es war mitten im Winter. Es war schwierig, das Grab auszuheben.«

»Auf dem Totenschein steht, dass sie einen Hirntumor gehabt hat.«

»Das war die Erklärung, die meine Schwester bekam. Sie ist einfach gestorben, uns unter den Händen weggestorben, das arme Würmchen, und wir konnten nichts ausrichten. Keine vier Jahre alt.«

Elín schaute von dem Foto hoch und blickte Erlendur an.

»Einfach gestorben.«

Im Haus war es ganz dunkel geworden, und die beiden Worte raunten voller Fragen und Trauer durch die Dunkelheit. Elín erhob sich langsam, knipste eine schwach leuchtende Stehlampe an und ging dann durch den Flur in die Küche. Erlendur hörte, wie sie den Wasserhahn aufdrehte, Wasser in ein Gefäß laufen ließ und dann eingoss, eine Dose aufmachte, er roch Kaffeeduft. Er stand auf und betrachtete die Bilder an der Wand. Es waren Zeichnungen und Gemälde. Ein mit Wasserfarben gemaltes Bild von einem Kind steckte in einem schmalen schwarzen Rahmen. Endlich fand er, wonach er suchte. Es gab zwei Aufnahmen, zwischen denen wahrscheinlich zwei Jahre lagen. Fotos von Auður.

Das ältere Bild war beim Fotografen aufgenommen. Schwarz-weiß. Das Mädchen war vielleicht gerade ein Jahr alt und saß auf einem großen Kissen, hübsch herausgeputzt in einem Kleidchen. Es hatte eine Schleife im Haar und eine kleine Rassel in der einen Hand. Das andere Bild zeigte sie im Alter von etwa drei Jahren. Erlendur nahm an, dass es von ihrer Mutter aufgenommen worden war. Es war ein Farbfoto. Die Kleine stand in einem niedrigen Birkengebüsch mitten in strahlendem Sonnenschein. Sie trug einen dicken, roten Pullover und ein Röckchen, weiße Söckchen und schwarze Schuhe mit hübschen Schnallen. Sie schaute beinahe grüblerisch in die Kamera. Mit ernster Miene. Vielleicht hatte sie sich geweigert zu lächeln.

»Kolbrún hat sich nie davon erholt«, sagte Elín, die wieder zur Wohnzimmertür hereingekommen war. Erlendur richtete sich auf.

»Es gibt wahrscheinlich nichts Schlimmeres als das«, sagte er und nahm eine Kaffeetasse entgegen. Elín setzte sich mit ihrer Tasse wieder auf das Sofa, und Erlendur nahm erneut ihr gegenüber Platz und trank einen Schluck.

»Falls du rauchen möchtest, bitte sehr«, sagte sie.

»Eigentlich will ich aufhören«, sagte Erlendur und versuchte, das nicht wie eine Entschuldigung klingen zu lassen, dachte aber an den Schmerz, den er in der Brust verspürte. Kramte dann eine zerknitterte Zigarettenpackung aus der Manteltasche und zündete sich eine an. Die neunte Zigarette des Tages. Sie schob ihm einen Aschenbecher hin.

»Nein«, sagte sie, »wahrscheinlich gibt es nichts Schlimmeres. Der Todeskampf hat glücklicherweise nicht lang gedauert. Der Kopf tat ihr weh. Als ob sie Kopfschmerzen hätte, und der Arzt, der sie behandelte, sprach immer nur von Kindermigräne. Er gab ihr irgendwelche Pillen, aber die hatten überhaupt keine Wirkung. Er war kein guter Arzt. Kolbrún sagte mir, dass sie bei ihm eine Fahne gerochen hatte, und sie machte sich Sorgen deswegen. Aber dann kam alles so plötzlich. Der Zustand des Mädchens verschlimmerte sich immer mehr. Es war die Rede von Hautwucherungen, die der Arzt hätte bemerken müssen. Flecken. Im Krankenhaus nannten sie das Kaffeeflecken. Die waren in den Achselhöhlen. Zum Schluss wurde sie hier in Keflavík ins Krankenhaus eingeliefert, und da fanden sie heraus, dass es sich um eine Art Nerventumor handelte. Es stellte sich als Hirntumor heraus. Insgesamt hat es ungefähr sechs Monate gedauert.«

Elín verstummte.

»Wie ich schon sagte, Kolbrún war seitdem nie wieder sie selbst«, seufzte sie. »Ich glaube nicht, dass sich irgendjemand von solchen Schicksalsschlägen erholen kann.«

»Wurde Auður obduziert?«, fragte Erlendur und sah ein kleines Mädchen auf einem kalten Stahltisch vor sich, die Brust Y-förmig aufgeschnitten.

»Kolbrún war ganz und gar dagegen«, sagte Elín, »aber sie hatte da nichts zu bestimmen. Sie war außer sich, als sie erfuhr, dass man Auður geöffnet hatte. War natürlich wie von Sinnen vor Kummer nach dem Tod des Kindes, und es war zwecklos, ihr zureden zu wollen. Der Gedanke, dass ihr kleines Mädchen aufgeschnitten worden war, war ihr ein Horror. Das Kind war tot, und niemand konnte etwas daran ändern. Die Obduktion bestätigte die Diagnose. Sie fanden einen bösartigen Tumor im Gehirn.«

»Und deine Schwester?«

»Kolbrún hat sich drei Jahre später umgebracht. Sie verfiel in schwere Depressionen und war in ärztlicher Behandlung. War eine Zeit lang in der Nervenklinik in Reykjavík und kam dann wieder hierher nach Keflavík. Ich habe mich um sie gekümmert, so gut ich konnte, aber sie war wie erloschen. Keinerlei Lebenswille mehr. Auður war ihr Glück gewesen, trotz der entsetzlichen Umstände. Und sie war nicht mehr da.«

Elín schaute Erlendur in die Augen.

»Jetzt denkst du vermutlich darüber nach, wie sie es gemacht hat.«

Erlendur antwortete nicht.

»Sie legte sich in die Badewanne und schnitt sich beide Pulsadern auf. Kaufte sich deswegen Rasierklingen, zum ersten Mal in ihrem Leben.«

Elín schwieg, und sie waren umgeben vom Dämmerlicht des Wohnzimmers.

»Weißt du, was mir in den Sinn kommt, wenn ich an den Selbstmord denke? Es ist nicht das Blut im Badezimmer. Nicht meine Schwester in dem rot gefärbten Wasser. Nicht die Schnitte. Es ist Kolbrún im Laden, wie sie sich die Rasierklingen kauft. Holt Geld heraus für Rasierklingen. Zählt die Kronen ab.«

Elín verstummte.

»Findest du es nicht merkwürdig, wie das Gehirn funktioniert?«, fragte sie so, als redete sie mit sich selbst.

Erlendur wusste nicht, was er antworten sollte.

»Ich habe sie gefunden«, fuhr Elín fort. »Sie hatte es so vorbereitet. Rief mich an und bat mich, abends zu ihr zu kommen. Wir telefonierten kurz miteinander. Ich war immer auf der Hut wegen ihrer Depressionen, aber seit einiger Zeit hatte es den Anschein gehabt, als ginge es ihr besser. Als lichte sich der Nebel allmählich. Als sei sie wieder im Stande, sich im Leben zurechtzufinden. In ihrer Stimme war nichts, was darauf hingedeutet hätte, dass sie sich umbringen wollte. Ganz im Gegenteil. Wir redeten über die Zukunft. Wir wollten zusammen reisen. Als ich sie fand, lag sie so friedlich da, wie ich sie lange nicht gesehen hatte. Friedlich und ausgesöhnt. Dennoch weiß ich, dass sie weit davon entfernt war, sich mit allem ausgesöhnt zu haben, denn sie fand keinen Frieden in ihrer Seele.«

»Eine Frage muss ich dir jetzt noch stellen, und dann ist es vorbei«, sagte Erlendur. »Ich muss die Antwort von dir hören.«

»Um was geht es?«

»Weißt du irgendetwas über den Mord an Holberg?«

»Ich weiß gar nichts.«

»Du hast damit also nichts zu tun, direkt oder indirekt?«

»Nein.«

Sie schwiegen eine Weile.

»Die Grabinschrift, die sie für ihre Tochter gewählt hat, handelt von Feinden«, sagte Erlendur.

»Bewahre mein Leben vor dem Schrecken der Feinde. Sie hat auch eine Grabschrift für sich selbst ausgewählt, aber die kam nicht auf ihren Grabstein«, sagte Elín, stand auf und ging zu einem schönen Glasschrank, zog eine

Schublade auf und nahm eine schwarze Schachtel heraus. Sie öffnete sie mit einem Schlüssel, entnahm ihr einige Umschläge und ein kleines Blatt.

»Das habe ich am Abend, als sie starb, auf dem Küchentisch gefunden, aber ich war mir nicht sicher, ob sie wollte, dass ich das auf den Grabstein meißeln lasse. Ich zweifle daran. Ich glaube, dass ich gar keine Vorstellung davon hatte, wie sehr sie gequält war, bevor ich das hier sah.«

Sie reichte Erlendur das Blatt, und er las die ersten Worte aus dem Psalm, den er zuvor in der Bibel nachgeschlagen hatte:

Höre, Gott, meine Stimme in meiner Klage.

12

Als Erlendur abends nach Hause kam, hockte seine Tochter Eva Lind oben vor der Wohnungstür und schien zu schlafen. Er redete sie an und versuchte, sie zu wecken. Als sie keinerlei Reaktion zeigte, packte er sie unter den Armen und schleppte sie in die Wohnung hinein. Er wusste nicht, ob sie nur schlief oder mit irgendetwas zugedröhnt war. Er legte sie auf das Sofa im Wohnzimmer. Sie atmete regelmäßig, und der Puls schien in Ordnung zu sein. Er blickte sie eine gute Weile an und überlegte, was zu tun sei. Am liebsten hätte er sie in die Badewanne gesteckt. Ein übler Geruch strömte von ihr aus, ihre Hände waren verdreckt, und die Haare waren schmutzig und verklebt.

»Wo hast du dich wieder herumgetrieben?«, knurrte Erlendur.

Er setzte sich in einen Sessel neben sie, immer noch im Mantel und mit dem Hut auf dem Kopf, und dachte über seine Tochter nach, bis er tief und fest einschlief.

Er wollte nicht aufwachen, als Eva Lind ihn am nächsten Morgen wachrüttelte, und er versuchte, sich an die Fetzen eines Traums zu klammern, der ihm dieselbe Angst eingeflößt hatte wie der Traum in der Nacht zuvor. Er wusste, dass es der gleiche Traum war, konnte ihn aber genau wie gestern nicht ins Gedächtnis zurückrufen, konnte ihm nicht beikommen. Was blieb, war dieses unangenehme Gefühl und Unwohlsein, das ihn bis ins Wachen verfolgte.

Es war noch vor acht, und draußen war es immer noch stockfinster. Erlendur hatte den Eindruck, als würde es immer noch in Strömen gießen. Zu seiner Verwunderung stieg ihm aus der Küche Kaffeeduft in die Nase, und aus dem Badezimmer roch es, als habe jemand gebadet. Er bemerkte, dass Eva Lind sich eines seiner Hemden angezogen hatte und alte Jeans, die sie mit einem Gürtel in der Taille zusammengerafft hatte. Sie war barfuß und sauber.

»Du warst ja gut drauf gestern Abend«, sagte er, bereute es aber augenblicklich. Dachte dann bei sich, dass er es schon längst aufgegeben haben sollte, ihr so viel Beachtung zu schenken.

»Ich hab mir die Sache überlegt«, sagte Eva Lind und ging in die Küche. »Ich werde dich zum Großvater machen. Opa Erlendur. Das bist du.«

»Und bist du dann gestern Abend das letzte Mal ausgeflippt, oder was?«

»Ist es in Ordnung, wenn ich hier eine Zeit lang wohne, bloß solange, bis ich was Neues gefunden habe?«

»Meinetwegen.«

Er setzte sich zu ihr an den Küchentisch und trank einen Schluck von dem Kaffee, den sie für ihn eingegossen hatte.

»Und wie bist du zu dieser Entscheidung gekommen?«

»Einfach so.«

»Einfach so?«

»Kann ich bei dir bleiben?«

»So lange du willst. Das weißt du.«

»Hörst du dann auf, mir Fragen zu stellen? Hörst du auf mit diesen Verhören? Es ist, als ob du ständig auf der Arbeit bist.«

»Ich bin ständig auf der Arbeit.«

»Hast du das Mädchen aus Garðabær schon gefunden?«

»Nein. Das hat keine Priorität. Hab gestern mit ihrem Mann gesprochen. Der weiß nichts. Das Mädchen hat eine Nachricht hinterlassen und geschrieben, dass irgendjemand grauenvoll sei, und dann gefragt, was habe ich getan?«

»Vielleicht hat jemand auf der Party versucht, sie aufzureißen.«

»Aufreißen«, sagte Erlendur. »Soll das ein Wort sein?«

»Was kann man einer Braut auf der Hochzeit antun, das sie dazu bringt, abzuhauen?«

»Ich weiß es nicht«, sagte Erlendur desinteressiert. »Es könnte höchstens sein, dass der Bräutigam die Brautjungfern betatschelt hat, und sie hat es beobachtet. Ich finde es gut, dass du das Kind haben willst. Vielleicht hilft dir das aus diesem Teufelskreis heraus. Es wird langsam Zeit.«

Er verstummte.

»Erstaunlich, wie munter du bist, verglichen mit deinem Zustand gestern«, sagte er dann.

Er drückte das so vorsichtig aus, wie er konnte. Er wusste, wenn alles mit rechten Dingen zuging, dürfte Eva Lind nicht strahlen wie ein Honigkuchenpferd, dann würde sie sich nicht gebadet und Kaffee gekocht haben und so tun, als habe sie nie etwas anderes gemacht, als sich um ihren Vater zu kümmern. Sie blickte ihn an, und er sah, wie sie die Möglichkeiten abwägte. Er wartete auf einen Ausbruch, wartete darauf, dass sie ihn zusammenstauchen würde. Das tat sie aber nicht.

»Ich habe ein paar Pillen dabei«, sagte sie betont ruhig. Das geht nicht von selbst. Und nicht von heute auf morgen. Es braucht eine lange Zeit, und ich mach das so, wie ich will.«

»Und das Kind?«

»Das, was ich nehme, ist völlig unschädlich. Ich will ihm nicht schaden. Ich will das Kind haben.«

»Was weißt du darüber, ob diese Scheißpillen Auswirkungen auf den Embryo haben oder nicht?«

»Ich weiß es.«

»Mach, was du willst. Nimm etwas, törn dich runter oder wie ihr das nennt, bleib hier in der Wohnung, pfleg dich. Ich kann ...«

»Nein«, sagte Eva Lind. »Du kannst überhaupt nichts. Du kümmerst dich gefälligst um deinen eigenen Kram und hörst auf, mir nachzuspionieren. Kümmer dich nicht darum, was ich mache. Wenn ich nicht zu Hause bin, wenn du nach Hause kommst, spielt das überhaupt keine Rolle. Wenn ich spät nach Hause komme oder überhaupt nicht, dann geht dich das nichts an. Dann bin ich nicht hier, und damit basta.«

»Aha, das geht mich also nichts an.«

»Das ist dich nie etwas angegangen«, sagte Eva Lind und trank einen Schluck Kaffee.

In dem Moment klingelte das Telefon, und Erlendur

stand auf und nahm den Hörer ab. Es war Sigurður Óli, der von zu Hause anrief.

»Ich konnte dich gestern nicht erreichen«, sagte er. Erlendur erinnerte sich, dass er das Handy abgestellt hatte, während er mit Elín in Keflavík sprach, und vergessen hatte, es wieder anzustellen.

»Ist was passiert?«, fragte Erlendur.

»Ich habe gestern mit einem Mann namens Hilmar gesprochen. Ebenfalls LKW-Fahrer, der manchmal in Nordermoor bei Holberg übernachtet hat. Wegen der gesetzlich vorgeschriebenen Ruhepausen oder wie sie das nennen. Er sagte mir, dass Holberg ein guter Kumpel war, und hatte nichts Negatives über ihn zu berichten. Am Arbeitsplatz ist Holberg anscheinend mit allen gut ausgekommen, er war hilfsbereit und umgänglich, blablabla. Hilmar konnte sich nicht vorstellen, dass er irgendwelche Feinde hatte, betonte aber, dass er ihn nicht sonderlich gut kannte. Nachdem ich mir diesen ganzen Lobgesang angehört hatte, sagte er mir, dass Holberg das letzte Mal, als er bei ihm übernachtete, vor zehn Tagen etwa, ziemlich anders gewesen sei als sonst. Sich sogar ziemlich merkwürdig benommen hätte.«

»Wie, merkwürdig?«

»Hilmar beschrieb es so, als hätte Holberg irgendwie Angst gehabt, ans Telefon zu gehen. Erzählte ihm, dass er von irgendeinem Scheißkerl, wie er es ausdrückte, belästigt würde, der ständig anrief. Hilmar sagte, dass er in der Nacht von Samstag auf Sonntag bei ihm übernachtet hätte, und Holberg hätte ihn einmal gebeten, für ihn ans Telefon zu gehen. Hilmar hat das gemacht, aber als der Anrufer merkte, dass es nicht Holberg war, legte er sofort auf.«

»Können wir herausfinden, wer in der letzten Zeit bei Holberg angerufen hat?«

»Ich bin dabei, das überprüfen zu lassen. Und dann ist da noch was. Ich habe vom Telefonamt eine Übersicht über die Telefonate bekommen, die Holberg getätigt hat, und da kam etwas Interessantes ans Licht.«

»Was?«

»Du erinnerst dich an seinen Computer?«

»Ja.«

»Wir haben nie reingeguckt.«

»Nein, das ist Sache der Spurensicherung.«

»Hast du bemerkt, dass er einen Netzanschluss hatte?«

»Nein.«

»Die meisten Anrufe von Holberg, die allermeisten, gingen an einen Server. Er muss stunden- und tagelang im Internet gehangen haben.«

»Was bedeutet das?«, fragte Erlendur, der in allem, was Computer betraf, ein völlig unbeschriebenes Blatt war.

»Das sehen wir vielleicht, wenn wir seinen Computer hochfahren«, sagte Sigurður Óli.

Sie kamen gleichzeitig bei Holbergs Wohnung in Nordermoor an. Das gelbe Absperrband der Polizei war verschwunden, und es gab keinen Hinweis auf ein Verbrechen mehr. In den oberen Wohnungen brannte nirgends Licht. Die anderen Hausbewohner schienen nicht zu Hause zu sein. Erlendur hatte einen Schlüssel zur Wohnung. Sie gingen direkt zum Computer und schalteten ihn ein.

»Der hat ganz schön Power«, sagte Sigurður Óli und überlegte einen Augenblick, ob er Erlendur Größe und Kapazität erklären sollte, ließ es aber bleiben. Nach einigem Hin und Her hatte er Holbergs Passwort zum Server heraus.

»O.K.«, sagte er, »am besten schauen wir mal nach, ob er Netscape hat, damit wählt man sich ins Internet ein, wenn man telefonisch mit dem Server verbunden ist. Dann gehen wir auf START und dann hierher auf PROGRAMS, guck mal, hier ist das Internetprogramm, und da ist auch Netscape. Lass mal sehen, ob er nicht ein paar URLs hier unter Bookmarks hat, aha, jede Menge, verdammt noch mal, das sind wirklich Mengen. Unter Bookmark kann man sich die Adressen speichern, die man häufiger im Internet besucht. Du siehst, wie lang die Liste ist. Wenn ich das richtig sehe, sind das alles Pornoanbieter, deutsche, holländische, schwedische, amerikanische. Es kann sein, dass er sich einiges davon hier auf das C-Laufwerk runtergeladen hat, auf die Festplatte. Dann tun wir das mal hier unten hin, gehen wieder auf START und PROGRAMS, und dann hier in den Windows Explorer, den machen wir auf. Hier ist das ganze Zeugs auf dem C-Laufwerk. Du lieber Himmel.«

»Was?«, fragte Erlendur.

»Die Festplatte ist proppenvoll.«

»Und das bedeutet?«

»Es braucht verdammt viele Dateien, um die Festplatte voll zu kriegen. Da scheinen ganze Spielfilme drauf zu sein. Hier ist etwas, was er ›T-Filme 3‹ genannt hat. Wollen wir mal sehen, was das ist?«

»Unbedingt.«

Sigurður Óli öffnete die Datei, und in einem kleinen Rahmen erschien ein Film. Sie schauten eine Weile hin. Es war eine kurze Szene aus einem Pornofilm.

»War das eine Ziege, die die über sie gehalten haben?«, fragte Erlendur.

»Es gibt 312 T-Filme-Dateien«, sagte Sigurður Óli. »Wahrscheinlich Sodomie-Filme, Pornos mit Tieren. Hier sind G-Filme. Sollen wir uns mal ›G-Filme 88‹ ansehen? Doppelklick auf die Datei, Bildausschnitt vergrößern ...«

»Was ...«, sagte Erlendur, hörte aber mitten im Satz auf, als sich vier kopulierende Männer auf dem 17-Zoll-Bildschirm ausbreiteten.

»G-Filme bedeutet dann wahrscheinlich Gay-Filme«, sagte Sigurður Óli, als die Szene beendet war. »Schwulenpornos.«

»Der konnte wohl den Hals nicht voll kriegen, der Kerl«, sagte Erlendur.

»Wie viele Filme sind es insgesamt?«

»Hier sind weit über tausend Dateien, aber es können noch viel mehr sein.«

Erlendurs Handy klingelte in der Manteltasche. Es war Elinborg. Sie hatte ermittelt, wo man die beiden Männer erreichen konnte, die mit Holberg zusammen auf der Party in Keflavík gewesen waren, in der Nacht, als Kolbrún Gewalt angetan wurde. Elinborg teilte Erlendur mit, dass Grétar, der eine von ihnen, seit Jahren verschollen war.

»Verschollen?«, fragte Erlendur.

»Ja, einer von diesen Fällen, wo die Leute verschwinden.«

»Und der andere?«, fragte Erlendur.

»Der andere sitzt in Litla-Hraun im Knast«, sagte Elinborg. »Ein Problemfall zeit seines Lebens. Hat noch ein Jahr von vier abzusitzen.«

»Für was?«

»Für weiß der Teufel was.«

13

Als sie in der Spurensicherung die Sprache auf den Computer brachten, hieß es, es würde eine ganze Weile dauern, alle Daten zu untersuchen. Erlendur bestand darauf, dass jede einzelne Datei geöffnet und alles bis ins Kleinste registriert würde, und dazu verlangte er einen detaillierten Bericht über den Inhalt. Nachdem sie mit den Leuten in der Spurensicherung gesprochen hatten, machten sich Sigurður Óli und er auf den Weg nach Litla-Hraun. Sie brauchten ungefähr eine Stunde für die Strecke. Die Sicht war schlecht, die Straße stellenweise vereist, und da das Auto noch Sommerreifen hatte, fuhren sie sehr vorsichtig. Als sie vom Pass herunterkamen, wurde es wärmer. Nachdem sie die Brücke bei der Mündung der Ölfusá überquert hatten, kamen bald die beiden Gefängnisgebäude in Sicht, die aus dem Grau-in-Grau der Umgebung aufragten. Das ältere war weiß gestrichen, hatte drei Stockwerke und die typisch isländische mehrgiebelige Fassade. Jahrelang war das Wellblechdach rot gestrichen gewesen, sodass das Ganze aus der Entfernung wie ein überdimensionaler isländischer Bauernhof ausgesehen hatte. Jetzt war das Dach grau analog zu dem neuen Gebäude, das daneben errichtet worden war. Ein stahlverkleideter, blaugrauer Bau mit einem Turmaufbau, modern und trutzig, gar nicht unähnlich gewissen Finanzinstitutionen in Reykjavík.

Wie sich die Zeiten wandeln, dachte Erlendur bei sich.

Elinborg hatte sie bei der Gefängnisdirektion angemeldet und angegeben, mit wem sie sprechen wollten. Der Gefängnisdirektor nahm sie in Empfang und führte sie in sein Büro, wo sie Platz nahmen. Er sagte, dass er ihnen Informationen über den Häftling geben müsste, bevor sie selbst mit ihm sprechen könnten. Sie kämen zu einer denkbar schlechten Zeit. Der Gefangene war in Isolationshaft, nachdem er zusammen mit zwei anderen Insassen einen Kinderschänder attackiert und beinahe umgebracht hatte. Es widerstrebte ihm, in die Details zu gehen, er wollte aber diese Informationen an die Polizei weitergeben, damit ganz klar sei, dass dieser Besuch die Isolationshaft unterbrechen würde und dass der Gefangene bestenfalls in labiler Verfassung sei. Nach dieser Besprechung wurden sie in den Besuchsraum geführt. Da saßen sie und warteten auf den Gefangenen.

Er hieß Elliði und war 56 Jahre alt, wiederholt straffällig. In seinem verpfuschten Leben hatte er hier und da gearbeitet und war zur See gefahren, sowohl auf Trawlern als auch auf Frachtern. Hatte Alkohol und Drogen geschmuggelt, wofür er schließlich verurteilt wurde. Elliði hatte es mit Versicherungsschwindel versucht, indem er ein Fischerboot vor Reykjanes anzündete, um es zu versenken. Es gab drei »Überlebende«. Aus Achtlosigkeit war der vierte Mann an Bord zurückgelassen worden, im Maschinenraum eingeschlossen ging er mit dem Boot unter. Die Straftat wurde aufgeklärt, als man nach dem Wrack tauchte und feststellte, dass das Feuer an drei Stellen zugleich ausgebrochen war. Elliði bekam vier Jahre in Litla-Hraun, für Versicherungsschwindel, fahrlässige Tötung und einige kleinere Vergehen, die sich beim Staatsanwalt angesammelt hatten und für die er gleich mit verurteilt wurde. Damals saß er zweieinhalb Jahre.

Elliði war als Gewalttäter bekannt, und wenn er zuschlug, führte es in den schlimmsten Fällen zu Verstümmelung und dauerhafter Behinderung. Erlendur erinnerte sich besonders an einen Fall, den er unterwegs Sigurður Óli geschildert hatte. Elliði war der Meinung gewesen, einem jungen Mann, der auf Snorrabraut wohnte, einen Denkzettel verpassen zu müssen, und bevor die Polizei zur Stelle war, hatte er es geschafft, ihm so zu Leibe zu rücken, dass sein Opfer vier Tage lang zwischen Leben und Tod schwebte. Er hatte den Mann an einen Stuhl gefesselt und sich einen Spaß daraus gemacht, ihm mit einer Glasscherbe das Gesicht zu zerschneiden. Bevor Elliði überwältigt werden konnte, hatte er einen Polizisten k.o. geschlagen und einem zweiten den Arm gebrochen. Für diese Tat und ein paar kleinere Vergehen war er zu zwei Jahren Gefängnis verurteilt worden. Er hatte gelacht, als das Urteil verkündet wurde.

Die Tür öffnete sich, und Elliði wurde in den Raum geführt, begleitet von zwei Wärtern. Trotz seines Alters war er immer noch kräftig gebaut. Er war glatzköpfig und dunkelhäutig. Die Ohrläppchen seiner kleinen Ohren waren direkt am Hals angewachsen. Trotzdem hatte er geschafft, in das eine Ohr ein Loch stechen zu lassen, von dem ein kleines Hakenkreuz herunterbaumelte. Er hatte ein Gebiss, weswegen beim Sprechen ein pfeifendes Geräusch entstand. Er trug schäbige Jeans und ein schwarzes, kurzärmeliges T-Shirt, sodass man die kräftigen tätowierten Oberarme sehen konnte. Er war fast zwei Meter groß. Sie bemerkten, dass er Handschellen trug. Das eine Auge war rot, das Gesicht verschrammt und die Oberlippe geschwollen.

»Hirnloser Sadist«, sagte Erlendur leise zu sich selbst.

Die Wärter bezogen Stellung an der Tür, Elliði ging zum Tisch und setzte sich Erlendur und Sigurður Óli gegenüber. Er musterte sie völlig desinteressiert aus grauen, farblosen Augen.

»Kennst du einen Mann namens Holberg?«, fragte Erlendur.

Elliði zeigte keinerlei Reaktion. Tat, als hätte er die Frage nicht gehört. Starrte weiter mit dem gleichen leeren Blick abwechselnd auf Erlendur und Sigurður Óli. Die Gefängniswärter an der Tür sprachen leise miteinander. Von irgendwoher im Gebäude hörte man Gebrüll. Türenschlagen. Erlendur wiederholte die Frage. Seine Worte hallten in dem leeren Raum wider. »Holberg! Erinnerst du dich an ihn?«

Der Gefangene zeigte noch immer keine Reaktion, sondern begann sich umzuschauen und tat so, als seien sie nicht anwesend. Erlendur und Sigurður Óli blickten sich an, und Erlendur wiederholte die Frage. Ob er Holberg nicht gekannt hatte, was für eine Verbindung sie gehabt hatten. Holberg sei tot. Ermordet.

Als er das hörte, erwachte Elliðis Interesse. Er stützte die kräftigen Arme auf den Tisch, sodass die Handschellen klirrten. Er konnte sein Erstaunen nicht verhehlen. Er blickte Erlendur fragend an.

»Holberg wurde am Wochenende in seiner Wohnung ermordet«, sagte Erlendur. »Wir sprechen mit allen, die mal mit ihm zu tun gehabt haben, und es hat sich herausgestellt, dass du mit ihm bekannt warst.«

Elliði hatte angefangen, Sigurður Óli anzustarren, der zurückstarrte. Er antwortete Erlendur nicht.

»Das ist reine Routine ...«

»In Handschellen red ich nicht mit euch«, sagte Elliði plötzlich, ohne den Blick von Sigurður Óli abzuwenden.

Die Stimme war heiser, rau und provozierend. Erlendur überlegte, stand schließlich auf und ging zu den beiden Wärtern. Er erklärte ihnen, was Elliði verlangte, und fragte, ob sie die Handschellen abnehmen könnten. Sie zögerten erst, gingen dann aber zu ihm hin, nahmen ihm die Handschellen ab und postierten sich wieder an der Tür.

»Was kannst du uns über Holberg sagen?«, fragte Sigurður Óli.

»Erst müssen die raus«, sagte Elliði und nickte mit dem Kopf in Richtung der Wärter.

»Ausgeschlossen«, sagte Erlendur.

»Bist du schwul?«, wollte Elliði von Sigurður Óli wissen.

»Red keinen Scheiß«, sagte Erlendur. Sigurður Óli gab keine Antwort. Sie schauten einander an.

»Nichts ist ausgeschlossen«, sagte Elliði. »Erzähl mir bloß nicht, dass etwas ausgeschlossen ist.«

»Die bleiben hier drin«, sagte Erlendur.

»Bist du schwul?«, fragte Elliði wieder und starrte immer noch Sigurður Óli an, der keinerlei Reaktion zeigte.

Sie schwiegen eine ganze Weile. Schließlich stand Erlendur auf, ging zu den Wärtern und wiederholte die Forderung von Elliði. Er fragte, ob es irgendwie einzurichten sei, dass sie mit ihm allein bleiben könnten. Die Wärter sagten, das sei ausgeschlossen, sie hätten ihre Anweisungen. Nach einigem Hin und Her durfte Erlendur durch eine Gegensprechanlage mit dem Gefängnisdirektor sprechen. Er erklärte, dass es wohl kaum einen Unterschied mache, auf welcher Seite der Tür die Wärter stünden, sie seien die ganze Strecke aus Reykjavík gekommen und der Gefangene zeige zu bestimmten Konditionen eine gewisse Kooperationsbereitschaft. Der Gefängnisdirektor sprach mit seinen Leuten und erklärte, dass er persönlich die Verantwortung für die beiden Kriminalbeamten übernehmen würde. Daraufhin verließen die Gefängniswärter den Raum, und Erlendur setzte sich wieder an den Tisch.

»Wirst du jetzt mit uns sprechen?«, fragte er.

»Ich wusste nicht, dass Holberg umgebracht worden ist«, sagte Elliði. »Diese Faschisten hier haben mich auf Isolation gesetzt wegen irgendeinem Scheiß, mit dem ich nichts zu tun hatte. Wie wurde er umgebracht?« Elliði fixierte immer noch Sigurður Óli.

»Das tut nichts zur Sache«, sagte Erlendur.

»Mein Vater hat immer gesagt, ich wäre der neugierigste Hund auf der Welt. Das hat er immer gesagt. Tut nichts zur Sache. Das tut nichts zur Sache! Er ist tot. Der Blödmann. Wurde er erstochen? Wurde Holberg erstochen?«

»Das geht dich nichts an.«

»Geht dich nichts an!«, wiederholte Elliði. »Dann könnt ihr euch am Arsch lecken.«

Erlendur dachte nach. Niemand außerhalb der Kriminalpolizei kannte die Einzelheiten in diesem Mordfall. Es ärgerte ihn, dass er diesem Mann Zugeständnisse machen musste.

»Er bekam einen Hieb auf den Kopf. Die Schädeldecke zersplitterte. Der Tod trat wohl auf der Stelle ein.«

»Mit einem Hammer?«

»Aschenbecher.«

Elliði blickte langsam von Sigurður Óli zu Erlendur hinüber.

»Welcher Idiot verwendet einen Aschenbecher?«, sagte er. Erlendur bemerkte, dass sich auf der Stirn von Sigurður Óli kleine Schweißtropfen gebildet hatten.

»Das versuchen wir herauszufinden«, sagte Erlendur. »Hast du Verbindung zu Holberg gehabt?«

»Hat er große Schmerzen gehabt?«

»Nein.«

»Der Idiot.«

»Erinnerst du dich an Grétar?«, fragte Erlendur. »Er war mit dir und Holberg in Keflavík.«

»Grétar?«

»Erinnerst du dich an ihn?«

»Wieso fragst du nach dem?«, sagte Elliði. »Was ist mit ihm?«

»Es scheint, als sei Grétar vor vielen Jahren spurlos verschwunden«, sagte Erlendur. »Weißt du etwas darüber?«

»Was soll ich darüber wissen?«, sagte Elliði. »Wieso glaubst du, dass ich was darüber weiß?«

»Was habt ihr drei, du, Grétar und Holberg in Keflavík ...«

»Grétar war ein Spinner«, unterbrach Elliði.

»Was habt ihr drei in Keflavík gemacht, als ...«

»... er die Tussi vergewaltigt hat?«, beendete Elliði den Satz.

»Entschuldigung, was hast du gesagt?«, fragte Erlendur.

»Kommt ihr deswegen hierher? Wegen der Tussi in Keflavík?«

»Du kannst dich also daran erinnern?«

»Was hat die mit der Sache zu tun?«

»Ich habe nie gesagt, dass ...«

»Holberg hatte Spaß daran, darüber zu reden, du dämlicher Bulle. Gab damit an. Und anhaben konnten sie ihm nichts.«

»Was ...«

»Er hat sie zweimal gefickt, wusstet ihr das?«, platzte Elliði plötzlich heraus und blickte sie abwechselnd aus farblosen Augen an.

»Du sprichst von der Vergewaltigung in Keflavík?«

»Was hast du für eine Unterhose an?«, sagte Elliði auf einmal zu Sigurður Óli und fing wieder an, ihn anzustarren. Erlendur blickte auf seinen Kollegen, der seine Augen nicht von Elliði abwandte.

»Keine Anzüglichkeiten hier, verdammt noch mal«, sagte Erlendur.

»Er hat sie danach gefragt, Holberg. Fragte nach der Unterhose. Er war noch durchgeknallter als ich.« Elliði kicherte. »Und mich schicken sie nach Litla-Hraun.«

»Wen hat er nach der Unterhose gefragt?«

»Die Tussi in Keflavík.«

»Hat er dir das erzählt?«

»Haarklein«, sagte Elliði. »Er hat immerzu davon geredet. Warum fragt ihr nach Keflavík? Was hat das mit der Sache zu tun? Und warum fragt ihr jetzt nach Grétar? Was ist eigentlich los?«

»Das gehört zu unserer bescheuerten Arbeit«, sagte Erlendur.

»Ja, schon, aber was springt für mich dabei heraus?«

»Du kannst alles haben, was du willst. Wir sitzen hier allein mit dir, und die Handschellen sind weg. Wir müssen uns deinen abartigen Quatsch anhören. Mehr können wir nicht für dich tun. Entweder beantwortest du jetzt die Fragen, oder wir gehen.«

Er konnte der Versuchung nicht widerstehen, lehnte sich quer über den Tisch, packte Elliði mit seinen kräftigen Pranken beim Kopf und drehte sein Gesicht zu sich.

»Hat dein Vater dir nie gesagt, dass es unverschämt ist, Leute anzustarren«, sagte er. Sigurður Óli blickte Erlendur an.

»Ich werd schon mit ihm fertig. Du brauchst mir nicht zu helfen«, sagte er.

Erlendur ließ Elliði los.

»Wie hast du Holberg kennen gelernt?«, fragte er. Elliði

massierte sich den Kiefer. Er wusste, dass er schon einen kleinen Sieg errungen hatte. Und er war noch nicht am Ende.

»Glaub bloß nicht, dass ich mich nicht an dich erinnern kann«, sagte er zu Erlendur, »glaub bloß nicht, dass ich nicht wüsste, wer du bist. Glaub bloß nicht, dass ich nicht über Eva Bescheid wüsste.«

Erlendur starrte den Gefangenen wie vom Donner gerührt an. Es war nicht das erste Mal, dass er so etwas Ähnliches von Straftätern zu hören bekam, und immer traf es ihn völlig unvorbereitet. Er wusste nicht genau, welchen Umgang Eva Lind hatte, Kriminelle, Drogenhändler, Einbrecher, Nutten, Kioskknacker, Gewalttäter waren dabei. Die Liste war lang. Auch sie selbst war schon mit dem Gesetz in Konflikt gekommen. Sie war einmal verhaftet worden, nachdem sie angezeigt worden war, weil sie an einer Grundschule mit Drogen gedealt hatte. Es konnte gut sein, dass sie einen Mann wie Elliði kannte. Es konnte gut sein, dass ein Mann wie Elliði sie kannte.

»Wie hast du Holberg kennen gelernt?«, wiederholte Erlendur.

»Eva ist prima«, sagte Elliði. Seine Bemerkung ließ sich auf die verschiedenste Weise auslegen.

»Wenn du sie noch einmal erwähnst, hauen wir ab«, sagte er, »und dann ist hier niemand mehr, mit dem du deine dämlichen Spielchen spielen kannst.«

»Zigaretten, einen Fernseher in der Zelle, keine Zwangsarbeit und raus aus der Isolation. Ist das zu viel verlangt? Können zwei Superbullen das nicht hinkriegen? Außerdem wär's nicht schlecht, wenn ich so einmal im Monat eine Nutte hier in die Zelle kriegen könnte. Seine Tussi beispielsweise«, sagte er und schaute auf Sigurður Óli.

Erlendur stand auf, und auch Sigurður Óli erhob sich langsam. Elliði fing an, heiser zu lachen. Tief in ihm drin begann es zu brodeln und endete in lautem Röcheln. Zum Schluss hustete er gelblichen Schleim und spuckte auf den Boden. Sie wandten sich ab und gingen zur Tür.

»Er hat oft über die Vergewaltigung in Keflavík geredet!«, rief er hinter ihnen her. »Hat mir alles haarklein erzählt. Wie die Tussi grunzte und kreischte wie ein gestochenes Schwein, und was er ihr ins Ohr geflüstert hat, als er warten musste, bis er ihn wieder hochkriegte. Wollt ihr wissen, was das war? Wollt ihr wissen, was er zu ihr gesagt hat?! Ihr Saftärsche! Wollt ihr wissen, was er gesagt hat?!!«

Erlendur und Sigurður Óli blieben stehen. Sie drehten sich um und sahen, wie Elliði den Kopf hin und her warf. Er schäumte vor Wut und stieß Verwünschungen der übelsten Sorte aus. Er war aufgestanden, hatte die Hände auf den Tisch gestemmt und lehnte sich darüber, reckte den dicken Kopf in ihre Richtung und brüllte wie ein angestochener Stier.

Die Tür ging auf, und die beiden Gefängniswärter kamen herein.

»Er hat ihr von der anderen erzählt!«, brüllte Elliði. »Er hat ihr gesagt, wir er die andere dämliche Tussi abgefertigt hat, der er in die Muschel gerotzt hat!«

14

Als Elliði die Wärter sah, wurde er wild. Er sprang über den Tisch, rannte brüllend auf die vier Männer zu und warf sich auf sie. Erlendur und Sigurður Óli landeten unter ihm, und beide gingen zu Boden, bevor sie überhaupt reagieren konnten. Er rammte Sigurður Óli seinen Kopf mitten ins Gesicht, sodass beiden Blut aus der Nase spritzte, und hatte schon die Faust erhoben, um sie in Erlendurs ungeschütztes Gesicht zu pflanzen, als einer der Wärter ein kleines schwarzes Gerät zückte und ihm einen Stromstoß in die Seite verpasste. Das nahm Elliði etwas die Fahrt, konnte ihn aber nicht stoppen. Erst als der andere Wärter ihm ebenfalls einen Stromstoß versetzte, brach er zusammen und fiel auf Erlendur.

Sie krochen unter ihm hervor. Sigurður hielt sich ein Taschentuch vor die Nase und versuchte, die Blutung zu stillen. Elliði bekam einen dritten Stromstoß, und danach bewegte er sich nicht mehr. Die Wärter legten ihm Handschellen an und konnten ihn nur unter größten Anstrengungen hochkriegen. Sie wollten ihn wegschleppen, aber Erlendur bat sie, noch etwas zu warten. Er ging auf Elliði zu.

»Welche andere?«, fragte er.

Elliði zeigte keine Reaktion.

»Welche andere hat er vergewaltigt?«, wiederholte Erlendur.

Elliði versuchte zu lächeln, benommen von den Stromstößen, und sein Gesicht verzerrte sich zu einer Grimasse. Das Blut lief ihm aus der Nase in den Mund und färbte sein Gebiss rot. Erlendur versuchte, keine Erregung in seiner Stimme durchklingen zu lassen. Als interessiere es ihn nicht im Geringsten, was Elliði wusste. Er versuchte, sich keine Blöße zu geben, denn er wusste, dass das geringste Anzeichen von Schwäche das Herz bei Kerlen wie Elliði schneller schlagen ließ, dafür lebten sie, das gab ihrer erbärmlichen Lebenslüge einen Sinn. Die kleinste Abweichung genügte. Ein zu eifriger Ton in der Stimme, ein Blick, Handbewegungen, Anzeichen von Ungeduld. Elliði war es gelungen, ihn aus der Fassung zu bringen, als er Eva Lind erwähnte. Doch die Genugtuung, sich von ihm erniedrigen zu lassen, wollte er ihm nicht gönnen.

Sie schauten sich in die Augen.

»Raus mit ihm«, sagte Erlendur endlich und wandte sich von Elliði ab. Die Wärter wollten den Gefangenen abführen, aber er versteifte sich, und sie konnten ihn keinen Schritt von der Stelle bewegen. Er glotzte Erlendur eine ganze Weile an, als ob er irgendetwas im Schilde führte, gab dann aber endlich nach, und die Tür schloss sich hinter ihnen. Sigurður war immer noch damit beschäftigt, die Blutung zu stillen. Seine Nase war geschwollen, und das Taschentuch war voller Blut.

»Das blutet ja ganz schön«, sagte Erlendur und untersuchte die Nase von Sigurður Óli. »Sonst sehe ich nichts, jedenfalls nichts Schlimmes. Keine Platzwunden, und die Nase ist nicht gebrochen.« Er kniff ziemlich fest hinein, und Sigurður Óli brüllte vor Schmerz.

»Vielleicht ist sie doch gebrochen, ich bin kein Arzt«, sagte Erlendur.

»Du Schwein«, stöhnte Sigurður Óli. »Du widerliches, verdammtes Schwein.«

»Macht er sich über uns lustig, oder weiß er wirklich was von einer anderen Frau?« Erlendur öffnete die Tür, und sie verließen den Raum. »Wenn da eine andere war, gab es dann vielleicht noch mehr, die Holberg vergewaltigt hat, die sich aber nie gemeldet haben?«

»Keine Chance, vernünftig mit diesem Kerl zu reden«, sagte Sigurður Óli. »Er hat sich nur über uns lustig gemacht, er wollte uns provozieren. Er hat Katz und Maus mit uns gespielt. Kein Wort von dem, was er sagt, stimmt. Der verdammte Idiot. Dieser beschissene, abartige Idiot.«

Sie gingen ins Büro des Gefängnisdirektors und erstatteten ihm kurz Bericht über das Vorgefallene. Sie gaben ihrer Meinung Ausdruck, dass Elliði am besten in einer gepolsterten Zelle in der Gefängnispsychiatrie untergebracht wäre. Resigniert pflichtete der Gefängnisdirektor dem bei, sagte aber, dass die Behörden keine andere Möglichkeit hätten, als ihn auf Litla-Hraun zu verwahren. Es war nicht das erste Mal, dass Elliði wegen Brutalität innerhalb der Gefängnismauern zu Isolierungshaft verdonnert worden war, und ganz gewiss nicht das letzte Mal.

Dann verabschiedeten sie sich und gingen nach draußen. Als sie losfuhren und darauf warteten, dass sich das große blau lackierte Tor öffnete, bemerkte Sigurður Óli einen Wärter, der hinter ihnen herrannte und heftig winkte. Sie warteten, bis er beim Auto war.

»Er will mit dir reden«, sagte der Wärter atemlos nach dem Spurt, als Erlendur die Scheibe herunterließ.

»Wer?«, fragte Erlendur.

»Elliði. Elliði will mit dir reden.«

»Wir haben mit Elliði geredet«, sagte Erlendur, »sag ihm, er kann uns mal.«

»Er sagt, dass er dir die Informationen gibt, die du haben willst.«

»Das ist doch gelogen.«

»Das hat er aber gesagt.«

Erlendur blickte Sigurður Óli an, der mit den Achseln zuckte. Er überlegte eine kleine Weile.

»Gut, wir kommen«, sagte er schließlich.

»Er will nur dich, nicht ihn«, sagte der Wärter und schaute auf Sigurður Óli.

Elliði wurde diesmal nicht aus seiner Zelle herausgelassen, sodass Erlendur durch ein kleines Loch in der Tür der Isolierzelle mit ihm sprechen musste. Es öffnete sich, wenn man eine Klappe zur Seite schob. In der Zelle war es dunkel, und Erlendur konnte den Häftling nicht sehen. Er hörte nur seine heisere und röchelnde Stimme. Der Wärter war Erlendur bis zur Tür gefolgt und hatte ihn dann allein gelassen.

»Wie geht's dem Schwulen?«, war das Erste, was Elliði fragte. Er stand offenbar nicht vor dem Loch an der Tür, sondern im Inneren der Zelle. Vielleicht hatte er sich auch auf dem Bett ausgestreckt. Vielleicht saß er an der Wand. Erlendur hatte den Eindruck, als käme die Stimme tief aus der Dunkelheit. Elliði hatte sich wieder beruhigt.

»Das hier ist kein Kaffeekränzchen«, antwortete Erlendur. »Du wolltest mir was sagen.«

»Was glaubt ihr, wer Holberg umgebracht hat?«

»Wir wissen es nicht. Was willst du von mir? Was ist mit Holberg?

»Sie hieß Kolbrún, das Mädchen da in Keflavík. Er hat oft darüber geredet. Redete davon, dass es ihn damals um Haaresbreite erwischt hätte, weil die blöde Tussi ihn angezeigt hat. Er hat alles haarklein beschrieben. Willst du hören, was er gesagt hat?«

»Nein«, sagte Erlendur. »Wie war deine Verbindung zu ihm?«

»Wir haben uns ab und zu mal getroffen. Ich habe ihm Schnaps verkauft und Pornos beschafft, als ich auf See war. Wir haben uns kennen gelernt, als wir beide in einer Arbeitskolonne für die Leuchtturm- und Hafenbehörde arbeiteten. Bevor er Lastwagenfahrer wurde. Wir sind in allen Fischerdörfern herumgekommen. Ein verpasster Fick kommt nie wieder, das war das Erste, was er mir beigebracht hat. Er konnte sich ausdrücken. Machte ganz schön was her bei den Weibern. Ein prima Kumpel.«

»Ihr seid also in den Fischerdörfern rumgekommen?«

»Deswegen waren wir damals in Keflavík. Haben den Leuchtturm auf Reykjanes angestrichen. Da drin hat's höllisch gespukt. Noch schlimmer als in dem dreckigen Loch hier. Holberg hatte keine Angst vor Gespenstern. Er hatte vor nichts Angst.«

»Und er hat dir gleich davon erzählt, dass er Kolbrún vergewaltigt hat, obwohl du ihn erst ganz kurz kanntest?«

»Er zwinkerte mir zu, als er mit ihr zusammen die Party verließ. Ich wusste, was das zu bedeuten hatte. Konnte den Kavalier raushängen lassen. Er amüsierte sich darüber, dass ihm nichts angehängt werden konnte. Lachte sich kaputt über den Bullen, der mit dem Mädchen sprach und die Anklage zunichte machte.«

»Kannten sie sich, Holberg und der Polizist?«

»Keine Ahnung.«

»Hat er jemals über die Tochter gesprochen, die Kolbrún nach der Vergewaltigung bekommen hat?«

»Tochter? Ne. Hat sie ein Kind bekommen?«

»Du weißt von noch einer Vergewaltigung«, sagte Erlendur und antwortete nicht auf die Frage. »Eine andere Frau, die er vergewaltigt hat. Wer war das? Welche Frau war das?«

»Das weiß ich nicht.«

»Warum hast du mich dann holen lassen?«

»Ich weiß nicht, wer sie war, aber ich weiß so ungefähr, wann es war und wo sie gewohnt hat. Das reicht, um sie zu finden.«

»Wo? Und wann?«

»Ja, genau. Aber was bekomme ich dafür?«

»Du?«

»Was wirst du für mich tun?«

»Ich kann nichts für dich tun, und ich habe auch keine Lust, irgendwas für dich zu tun.«

»Doch. Dann sage ich dir, was ich weiß.«

Erlendur überlegte.

»Ich kann nichts versprechen«, sagte er.

»Die Isolierhaft macht mich kaputt.«

»Hast du mich deshalb rufen lassen?«

»Du hast keine Ahnung, wie einen das fertig macht. Ich schnapp noch über in dieser Zelle. Nie machen sie Licht an. Ich weiß nie, was für ein Tag es ist. Man wird wie ein Tier in einem Käfig gehalten. Man behandelt Menschen wie Tiere.«

»Na, du bist mir ja ein schöner Graf von Monte Christo!«, sagte Erlendur höhnisch. »Du bist ein Sadist, Elliði. Ein gottverdammter Sadist von der übelsten Sorte. Ein saudummes Arschloch, das nur auf Brutalität aus ist und Homosexuelle hasst. Rassist außerdem. Du bist der schlimmste Fall von Vollidiot, der mir je untergekommen ist. Ist mir ziemlich egal, ob du hier lebenslänglich hocken musst. Ich werd mal zu denen nach oben gehen und das anregen.«

»Wenn du mich hier rausbringst, sage ich dir, wo sie gewohnt hat.«

»Ich kann dich hier nicht herausbringen, du Blödmann. Dazu habe ich keinerlei Befugnis, und ich habe auch keine Lust dazu. Wenn du aus der Isolationshaft raus willst, solltest du nicht über Leute herfallen.«

»Du könntest einen Deal mit denen machen. Du könntest sagen, dass ihr mich provoziert habt. Du könntest sagen, dass der Schwule angefangen hat. Dass ich kooperationswillig gewesen bin, aber dann ist er anzüglich geworden. Und dann hätte ich dir bei der Ermittlung geholfen. Sie hören auf dich. Ich weiß, wer du bist. Sie hören auf dich.«

»Hat Holberg außer diesen beiden noch andere erwähnt?«

»Wirst du das für mich machen?«

Erlendur überlegte.

»Ich werde sehen, was ich tun kann. Hat er noch andere erwähnt?«

»Nein. Ich weiß bloß von diesen beiden.«

»Du lügst.«

»Nein, tu ich nicht. Die andere hat nie Anzeige erstattet. Es war kurz nach neunzehnhundertsechzig. Er ist nie wieder in den Ort gekommen.«

»Wie heißt der Ort?«

»Bringst du mich hier raus?«

»Wie heißt der Ort?«

»Versprich es!«

»Ich kann nichts versprechen«, sagte Erlendur, »aber ich werde mit ihnen reden. Wo war das?«

»In Húsavík.«

»Wie alt war sie?«

»So ungefähr wie die in Keflavík. Es ist ziemlich ähnlich abgelaufen. Bloß brutaler«, sagte Elliði.

»Brutaler?«

»Willst du hören, wie es war?«, sagte Elliði und konnte seine Erregung kaum verhehlen. »Willst du wissen, was er mit ihr gemacht hat?«

Elliði wartete nicht auf die Antwort. Seine Stimme drang durch die Luke hinaus, und Erlendur sah sich gezwungen, in die Dunkelheit hineinzulauschen.

Sigurður Óli hatte im Auto auf ihn gewartet, und sie fuhren los. Erlendur unterrichtete ihn kurz über sein Gespräch mit Elliði, verschwieg aber den Monolog des Gefangenen zum Schluss. Sie beschlossen, das Einwohnerverzeichnis von Húsavík aus den Jahren um 1960 durchforsten zu lassen. Wenn die Frau in Kolbrúns Alter gewesen war, wie Elliði zu verstehen gegeben hatte, war es vielleicht möglich, sie ausfindig zu machen.

»Und was ist mit Elliði?«, fragte Sigurður Óli, als sie wieder auf dem Pass auf dem Weg nach Reykjavík waren.

»Ich habe gefragt, ob sie die Isolationshaft verkürzen würden, aber das wurde abgelehnt. Mehr kann ich nicht tun.«

»Du hast dein Bestes getan«, sagte Sigurður Óli und lächelte. »Wenn Holberg diese beiden vergewaltigt hat, könnten es dann nicht noch mehr sein?«

»Ja, es könnten noch mehr sein«, sagte Erlendur zerstreut.

»Worüber denkst du jetzt nach?«

»Über zwei Punkte, die mir keine Ruhe lassen«, sagte Erlendur.

»Immer ist da etwas, was dir keine Ruhe lässt«, sagte Sigurður Óli.

»Ich möchte gern genau wissen, woran die Kleine gestorben ist«, sagte Erlendur und hörte, wie Sigurður Óli neben ihm aufstöhnte. »Und ich möchte wissen, ob sie wirklich die Tochter von Holberg war.«

»Worauf willst du eigentlich hinaus?«

»Elliði sagte mir, dass Holberg eine Schwester gehabt hatte.«

»Eine Schwester?«

»Die jung gestorben ist. Wir müssen die Krankenberichte über sie finden. Such die Krankenhäuser ab. Sieh zu, was du findest.«

»Woran ist sie gestorben? Die Schwester von Holberg?«

»Vielleicht an etwas Ähnlichem wie Auður. Holberg hat irgendwann einmal etwas erwähnt, dass sie was am Kopf hatte. So hat Elliði es jedenfalls ausgedrückt. Ich habe gefragt, ob es ein Hirntumor gewesen sein könnte, aber Elliði wusste es nicht.«

»Und was sagt uns das?«, fragte Sigurður Óli.

»Ich glaube, es geht um Verwandtschaft«, sagte Erlendur.

»Verwandtschaft? Warte mal, du meinst wegen der Botschaft, die wir gefunden haben?«

»Ja«, sagte Erlendur, »wegen der Botschaft. Vielleicht dreht sich das Ganze um Verwandtschaft und Erbgut.«

15

Der Arzt wohnte in einem kleinen Reihenhaus im ältesten Teil von Grafarvogur. Er praktizierte nicht mehr und empfing Erlendur selbst an der Tür. Er führte ihn in ein geräumiges Vorzimmer, das er als Büro benutzte. Erlendur erfuhr, dass er hin und wieder als Vertrauensarzt für Rechtsanwälte arbeitete, wenn es um Gutachten über Behinderungen ging. Das Büro war ordentlich und funktional eingerichtet, es gab nur einen kleinen Schreibtisch mit einer Schreibmaschine darauf. Der Arzt war nicht groß, er wirkte klein und drahtig. In der Brusttasche seines Hemds steckten zwei Stifte. Sein Name war Frank.

Erlendur hatte sich telefonisch angemeldet. Es war am Nachmittag des gleichen Tages, und es fing an, dunkel zu werden. Sigurður Óli und Elinborg brüteten über der Fotokopie eines vierzig Jahre alten Einwohnerverzeichnisses von Húsavík, die ihnen vom Bezirksamt im Norden zugefaxt worden war. Der Arzt bot ihm einen Stuhl an.

»Sind das nicht alles Betrüger, die zu dir kommen?«, fragte Erlendur und blickte sich in dem Büro um.

»Betrüger? So würde ich das nicht ausdrücken«, sagte der Arzt zögernd. »Einige zweifellos. Halsverletzungen sind am schlimmsten. Da kann man eigentlich nur den Kranken Glauben schenken, die sich über Halsverletzungen nach einem Autounfall beklagen. Sie sind am schwierigsten zu behandeln. Einige haben schlimmere Schmerzen als andere. Ich glaube, es sind in Wirklichkeit nicht viele, die etwas vortäuschen.«

»Als ich dich gestern anrief, hast du dich gleich an das Mädchen in Keflavík erinnert.«

»Es ist nicht leicht, so etwas zu vergessen. Schwierig, die Mutter zu vergessen. Kolbrún hieß sie, nicht wahr? Ich hörte, dass sie Selbstmord begangen hat.«

»Das Ganze ist eine einzige gottverdammte Tragödie«, sagte Erlendur. Er überlegte, ob er den Arzt wegen der Schmerzen fragen sollte, die er morgens beim Aufwachen in der Brust verspürte, ließ es aber bleiben. Der Arzt würde bestimmt diagnostizieren, dass es rapide mit ihm zu Ende ging, und ihn schleunigst ins Krankenhaus einliefern, und noch vor dem Wochenende würden ihm die Englein im Himmel was vorsingen. Erlendur ging schlechten Nachrichten aus dem Weg, wenn es sich irgendwie machen ließ, und auf etwas positive Nachrichten, was ihn selbst betraf, machte er sich keinerlei Hoffnungen.

»Du hast erwähnt, dass es mit dem Mord in Nordermoor zusammenhängt«, sagte der Arzt und brachte Erlendur auf den Boden der Tatsachen zurück.

»Holberg, das ist der Ermordete, war höchstwahrscheinlich der Vater des Mädchens in Keflavík«, sagte Erlendur. »Die Mutter hat das die ganze Zeit behauptet, aber Holberg hat das nie zugegeben. Er hat zugegeben, Geschlechtsverkehr mit Kolbrún gehabt zu haben. Vergewaltigung konnte ihm nicht nachgewiesen werden. Bei solchen Fällen hat man meist nicht viel Konkretes in der Hand. Wir befassen uns jetzt mit der Vergangenheit dieses Mannes. Das Mädchen erkrankte und starb im vierten Lebensjahr. Was ist damals passiert?«

»Ich sehe nicht, wieso das irgendwas mit der Mordsache zu tun hat.«

»Das lass mal meine Sorge sein.«

Der Arzt schaute Erlendur eine ganze Weile an.

»Ich sage es dir lieber gleich, Erlendur«, sagte er schließlich, so als ob er sich einen Ruck geben müsste. »Damals war ich ein anderer.«

»Ein anderer?«

»Und schlechterer. Ein anderer und schlechterer Mensch. Ich habe jetzt fast dreißig Jahre lang keinen Alkohol mehr angerührt. Ich will es dir gleich sagen, damit du dir nicht die Mühe machen musst herauszufinden, dass mir in den Jahren von 1969 bis 1972 zeitweilig die Zulassung aberkannt wurde.«

»Wegen des Mädchens?«

»Nein, nein, nicht wegen ihr, obwohl das allein schon ein ausreichender Grund gewesen wäre. Es war wegen Alkoholproblemen und Disziplinarvergehen. Ich möchte auf das Thema nicht weiter eingehen, es sei denn, es ist absolut notwendig.«

Erlendur wollte es dabei bewenden lassen, konnte es sich aber nicht verkneifen zu fragen:

»Dann bist du damals die ganzen Jahre mehr oder minder betrunken gewesen?«

»Mehr oder weniger.«

»Hast du dann die Zulassung wiederbekommen?«

»Ja.«

»Und seitdem ist nichts gewesen?«

»Nein, seitdem ist nichts vorgefallen«, sagte der Arzt und schüttelte den Kopf. »Aber wie gesagt, ich war in keiner guten Verfassung, als ich die kleine Tochter von Kolbrún behandelte. Auður. Sie verspürte Schmerzen im Kopf, und ich war der Meinung, dass es sich um Kindermigräne handelte. Als die Schmerzen schlimmer wurden, gab ich ihr stärkere Schmerztabletten. Für mich liegt das alles wie im Nebel. Ich habe mich dafür entschieden, diese Zeit möglichst zu verdrängen. Alle machen Fehler, Ärzte auch.«

»Was war die Todesursache?«

»Es hätte wahrscheinlich keine Rolle gespielt, auch wenn ich schneller reagiert und sie ins Krankenhaus überwiesen hätte«, sagte der Arzt wie zu sich selbst. »Das habe ich mir jedenfalls eingeredet. Es gab damals nur wenige Kinderärzte, und von Computertomographie war noch keine Rede. Wir mussten uns zum größten Teil auf unser Gespür und unsere Kenntnisse verlassen, und wie ich schon sagte, hatte ich in diesen Jahren für fast nichts anderes Gespür als für Schnaps. Eine schlimme Scheidung hat die Sache auch nicht besser gemacht. Ich will mich nicht entschuldigen«, sagte er und blickte auf Erlendur, obwohl er ganz augenscheinlich dabei war.

Erlendur nickte verständnisvoll.

»Nach zwei Monaten, glaube ich, kam mir der Verdacht, dass hier etwas Schlimmeres als kindliche Migräne im Spiel war. Dem Mädchen ging es nicht besser, es gab keine Pausen zwischen den Anfällen, es ging ihr zusehends schlechter. Sie wurde immer weniger, fiel vom Fleisch. Das eine oder andere kam in Betracht. Ich dachte an so etwas wie akute Hirntuberkulose. Früher, als man im Grunde genommen keine Ahnung hatte, nannte man so etwas Kopfgrippe. Zum Schluss tippte ich auf Hirnhautentzündung, aber da fehlten einige Symptome, und da ist auch der Krankheitsverlauf wesentlich beschleunigter. Das Mädchen bekam so genannte Kaffeeflecken auf der Haut, und dann endlich zog ich einen Tumor in Betracht.«

»Kaffeeflecken!«, sagte Erlendur und erinnerte sich, dass er das schon mal gehört hatte.

»Die können eine Begleiterscheinung von Tumorerkrankungen sein.«

»Du hast sie ins Krankenhaus nach Keflavík eingewiesen.«

»Da ist sie gestorben«, sagte Frank. »Ich kann mich gut daran erinnern, wie sehr sich ihre Mutter ihren Tod zu Herzen genommen hat. Sie war wie von Sinnen. Wir mussten ihr Beruhigungsspritzen geben. Sie weigerte sich strikt, einer Obduktion zuzustimmen. Schrie uns an, dass sie das nicht zulassen würde.«

»Aber sie wurde trotzdem obduziert.«

Der Arzt zögerte.

»Da führte kein Weg dran vorbei. Auf keinen Fall.«

»Und was stellte sich heraus?«

»Eine Tumorerkrankung, wie ich schon sagte.«

»Was meinst du mit Tumorerkrankung?«

»Ein Hirntumor«, sagte der Arzt. »Es war ein Hirntumor, der den Tod herbeiführte.«

»Was für ein Hirntumor?«

»Ich bin da nicht sehr bewandert«, sagte der Arzt. »Ich weiß nicht, ob das sehr genau untersucht wurde, es scheint mir aber doch wahrscheinlich. Ich meine, man hätte damals von einer Art Erbkrankheit gesprochen.«

»Erbkrankheit!« Erlendur erhob die Stimme.

»Ist das nicht ein Modewort? Genforschung und so. Aber was hat das alles mit dem Mord an Holberg zu tun?«, fragte der Arzt.

Erlendur saß tief in Gedanken versunken und hörte nicht, was der Arzt sagte.

»Warum fragst du mich nach diesem Mädchen?«

»Ich träume«, sagte Erlendur.

16

Eva Lind war nicht in der Wohnung, als Erlendur am Abend nach Hause kam. Er versuchte, sich an ihren Rat zu halten und nicht zu viel darüber nachzudenken, wo sie hingegangen war oder wo sie sich aufhielt oder ob sie wiederkäme und in welchem Zustand sie sein würde, wenn. Er hatte aus einer Imbissstube ein paar Chicken-Nuggets für sie beide mitgebracht. Er warf die Tüte in einen Sessel und zog sich gerade den Mantel aus, als ihm ein altvertrauter Essensgeruch in die Nase stieg. Er hatte schon lange keine Gerüche aus der Küche wahrgenommen. Er ernährte sich von Gerichten, ähnlich dem, das auf dem Stuhl lag, Hamburger, Kantinenessen aus Múlakaffi, Fertigmahlzeiten aus den Supermärkten, kalte gekochte Schafsköpfe, Quark aus Bechern, geschmacksfreie Mikrowellengerichte. Er konnte sich nicht erinnern, wann er zuletzt in dieser Küche ein Essen für sich gekocht hatte. Er konnte sich nicht erinnern, wann er zuletzt Lust dazu gehabt hatte.

Erlendur pirschte sich so vorsichtig in die Küche, als seien dort Schwerverbrecher zu erwarten, und er sah, dass der Tisch festlich für zwei gedeckt war, und dunkel erinnerte er sich daran, dass er ein solches Geschirr besaß. Zwei langstielige Weingläser standen neben den Tellern, auf denen gefaltete Servietten lagen, und rote Kerzen brannten in zwei nicht zusammenpassenden Kerzenständern, die Erlendur noch nie gesehen hatte.

Er ging zum Herd und sah, dass da in einem großen Topf etwas vor sich hin blubberte. Er hob den Deckel und schaute auf eine äußerst appetitliche Fleischsuppe. Da schwammen Rüben, Kartoffeln, Fleischstücke, Kräuter und etwas Fett, und der Duft breitete sich in der ganzen Wohnung aus. Er steckte die Nase in den Topf und sog den Wohlgeruch von gekochtem Fleisch und Gemüse ein.

»Ich hatte die Möhren vergessen«, sagte Eva Lind in der Küchentür. Erlendur hatte nicht bemerkt, dass sie hereingekommen war. Sie trug einen seiner Anoraks und hielt eine kleine Tüte mit Möhren in der Hand.

»Wo hast du gelernt, Fleischsuppe zu kochen?«, fragte Erlendur.

»Mama hat immer Fleischsuppe gekocht«, sagte Eva Lind. »Irgendwann, als sie gerade mal nicht allzu schlecht auf dich zu sprechen war, hat sie erwähnt, dass Fleischsuppe das Beste sei, was du dir vorstellen könntest. Dann fügte sie hinzu, du seist ein widerlicher Kerl.«

»Und mit beidem hat sie mal wieder Recht, die Alte«, sagte Erlendur. Er sah Eva Lind zu, wie sie die Möhren klein schnitt und zu dem anderen Gemüse in den Topf warf. Der Gedanke beschlich ihn, dass er so etwas wie ein richtiges Familienleben erlebte, und er war froh und traurig zugleich. Er gestattete sich nicht den Luxus zu glauben, dass das Glück von Dauer sei.

»Und, hast du den Mörder geschnappt?«, fragte Eva Lind.

»Elliði lässt dich grüßen«, sagte Erlendur. Es war ihm herausgerutscht, bevor ihm einfiel, dass Scheißkerle wie der in dieser Szene nichts zu suchen hatten.

»Elliði. Der sitzt in Litla-Hraun ein. Weiß er, wer ich bin?«

»Die Typen, mit denen ich mich unterhalten muss, erwähnen dich manchmal«, sagte Erlendur. »Sie glauben, dass sie mir damit etwas anhaben können«, fügte er hinzu.

»Und, können sie das?«

»Manche. Wie Elliði. Woher kennst du ihn?«, fragte Erlendur vorsichtig.

»Ich habe das eine oder andere über ihn gehört. Hab ihn vor vielen Jahren mal getroffen. Damals hatte er sich das Gebiss mit Sekundenkleber an den Gaumen geleimt.«

»Er ist ein absoluter Vollidiot.«

An diesem Abend sprachen sie nicht mehr über Elliði. Als sie sich setzten, goss Eva Lind Wasser in die Weingläser, und Erlendur aß so viel von der Suppe, dass er sich kaum ins Wohnzimmer schleppen konnte. Dort schlief er in seinen Klamotten ein und erwachte erst am Morgen nach einem unruhigen Schlaf.

Diesmal erinnerte er sich an das meiste aus seinem Traum. Es war derselbe Traum, den er in den vergangenen Nächten geträumt hatte, den er aber nicht zu fassen bekommen hatte, bevor er sich im Aufwachen verflüchtigte.

EVA LIND ERSCHIEN IHM WIE ER SIE NOCH NIE ZUVOR GESEHEN HATTE UMSPIELT VON LICHT VON DEM ER NICHT WUSSTE WOHER ES KAM IN EINEM SCHÖNEN SOMMERKLEID DAS IHR BIS ZU DEN KNÖCHELN REICHTE UND DAS VOLLE DUNKLE HAAR FIEL BIS AUF DEN RÜCKEN UND DER ANBLICK WAR VOLLKOMMEN DUFTETE FAST NACH SOMMER UND SIE GING AUF IHN ZU ODER VIELLEICHT SCHWEBTE SIE DENN IHM FIEL AUF DASS SIE NIE DIE ERDE BERÜHRTE ER KONNTE DIE UMGEBUNG NICHT ERKENNEN DAS EINZIGE WAS ER SAH WAR EIN HELLES LICHT UND EVA LIND MITTEN IM LICHT NÄHERTE SICH IHM MIT EINEM STRAHLENDEN LÄCHELN UND ER SAH SICH

SELBST WIE ER SEINE ARME AUSBREITETE UND DARAUF WARTETE SIE UMARMEN ZU KÖNNEN UND ER SPÜRTE DIE UNGEDULD IN SICH ABER SIE KAM NIE IN SEINE ARME SONDERN REICHTE IHM EIN FOTO UND DAS LICHT VERSCHWAND UND EVA LIND VERSCHWAND UND ER HIELT DAS FOTO VOM FRIEDHOF DAS ER SO GUT KANNTE UND DAS FOTO WURDE LEBENDIG UND ER STAND MITTENDRIN UND SCHAUTE ZUM SCHWARZEN HIMMEL HOCH UND ER SPÜRTE WIE DER REGEN SEIN GESICHT PEITSCHTE UND ALS ER NACH UNTEN SCHAUTE SAH ER WIE DER GRABSTEIN UMFIEL UND DAS GRAB SICH IN DIE DUNKELHEIT HINEIN ÖFFNETE BIS DER SARG ANS LICHT KAM UND SICH ÖFFNETE UND ER SAH DAS MÄDCHEN IM SARG DEN LEIB LÄNGS AUFGESCHNITTEN BIS AN DIE SCHULTERN UND AUF EINMAL ÖFFNETE DAS MÄDCHEN DIE AUGEN UND STARRTE ZU IHM HINAUF UND SIE ÖFFNETE DEN MUND UND EIN GRAUENVOLLER ANGSTSCHREI ERTÖNTE AUS DEM GRAB.

Aus diesem Albtraum schrak er mit allen Anzeichen des Entsetzens hoch und starrte vor sich hin, bis er sich wieder gefangen hatte. Er rief nach Eva Lind und bekam keine Antwort. Er ging in ihr Zimmer, spürte aber die Leere darin, noch bevor er die Tür öffnete. Er wusste, dass sie weg war.

Nach Durchsicht des Einwohnerverzeichnisses von Húsavík hatten Elinborg und Sigurður Óli eine Liste von 176 Frauen zusammengestellt, die möglicherweise von Holberg hätten vergewaltigt werden können. Der einzige Anhaltspunkt war die Aussage von Elliði, dass die Sache »ganz ähnlich gelegen habe«, und deswegen gingen sie von Kolbrúns Alter aus, plus/minus 10 Jahre. Bei der ersten Sichtung stellte sich heraus, dass man eine grobe Einteilung in drei Gruppen vornehmen konnte: Ein Viertel wohnte noch in Húsavík, die Hälfte war nach Reykjavík gezogen und ein Viertel übers ganze Land verstreut.

»Wir enden alle in der Klapsmühle«, stöhnte Elinborg und ließ ihre Blicke über die Liste schweifen, bevor sie sie Erlendur reichte. Sie bemerkte, dass er noch ungepflegter war als gewöhnlich. Die Bartstoppeln waren einige Tage alt, die rotbraunen Haare standen in alle Richtungen, der abgewetzte und zerknitterte Anzug hätte in die Reinigung gemusst; Elinborg überlegte, ob sie ihm anbieten solle, das Zeug für ihn zu entsorgen, aber Erlendurs Miene lud nicht zu Witzen ein.

»Wie schläfst du denn dieser Tage, lieber Erlendur?«, fragte sie vorsichtig.

»Auf dem Arsch«, sagte Erlendur.

»Und was nun«, sagte Sigurður Óli. »Sollen wir einfach zu all diesen Frauen hingehen und sie fragen, ob sie zufälligerweise vor einem Vierteljahrhundert vergewaltigt worden sind? Ist das nicht ziemlich ... plump?«

»Ich sehe nicht, wie es anders gemacht werden könnte. Fangen wir mit denen an, die weggezogen sind«, sagte Erlendur. »Wir beginnen in Reykjavík mit der Suche und sehen zu, ob wir dabei nicht weitere Informationen über die Frau kriegen. Wenn Elliði nicht gelogen hat, dieser Vollidiot, hat Holberg sie Kolbrún gegenüber erwähnt. Vielleicht hat sie ihrer Schwester etwas davon gesagt, oder sogar Rúnar. Ich muss noch mal nach Keflavík fahren.«

Erlendur dachte einen Augenblick nach.

»Wir können vielleicht die Gruppe etwas eingrenzen«, sagte er.

»Eingrenzen? Wie denn?«, sagte Elinborg. »Wie meinst du das?«

»Mir ist da gerade was eingefallen.«

»Was?« Sie war in einem neuen, blassgrünen Kostüm zur Arbeit gekommen, das von niemandem bemerkt zu werden schien.

»Verwandtschaft, Erbgut und Krankheiten«, sagte Erlendur.

»Ja«, sagte Sigurður Óli.

»Wir gehen davon aus, dass Holberg ein Vergewaltiger war. Wir haben keine Ahnung, wie viele Frauen er vergewaltigt hat. Wir wissen von zweien und eigentlich mit Bestimmheit nur von einer. Obwohl er das abgestritten hat, deutet alles darauf hin, dass er Kolbrún vergewaltigt hat. Auður ist seine Tochter, davon müssen wir ausgehen, und genauso gut kann es sein, dass er auch mit der Frau aus Húsavík ein Kind hat.«

»Noch ein Kind?«, fragte Elinborg.

»Vor Auður«, antwortete Erlendur.

»Ist das nicht eher unwahrscheinlich?«, warf Sigurður Óli ein.

Erlendur zuckte mit den Achseln.

»Willst du, dass wir die Gruppe auf die Frauen reduzieren, die kurz vor, wann war das noch, 1964 ein Kind bekommen haben?«

»Meiner Meinung nach wäre das nicht das Dümmste.«

»Vielleicht hat er Kinder an allen Ecken und Enden«, sagte Elinborg.

»Es muss nicht sein, dass er mehr als eine Frau vergewaltigt hat«, sagte Erlendur. »Hast du herausgefunden, woran seine Schwester gestorben ist?«

»Nein, ich arbeite noch daran«, sagte Sigurður Óli. »Ich habe versucht, etwas über die Familienangehörigen von Holberg herauszufinden, aber da ist nichts dabei herausgekommen.«

»Ich habe die Sache mit diesem Grétar überprüft«, sagte Elinborg. »Er verschwand ganz plötzlich, so als sei er vom Erdboden verschluckt worden. Kein Mensch hat ihn vermisst. Seine Mutter rief die Polizei an, als sie ganze zwei Monate lang nichts von ihm gehört hatte. Ein Bild von ihm erschien in den Zeitungen und im Fernsehen, aber das hatte keinen Erfolg. Es war 1974, als die Jubiläumsfeier zur elfhundertjährigen Besiedlung war. Im Sommer. Wart ihr damals in Þingvellir?«

»Ich schon«, sagte Erlendur. »Was hat das mit Þingvellir zu tun? Glaubst du, dass er dort verschwunden ist?«

»Mehr weiß ich nicht«, sagte Elinborg. »Man hat damals diese übliche Vermisstenfahndung angeleiert. Man sprach mit Leuten, von denen seine Mutter wusste, dass er Kontakt zu ihnen hatte, unter anderem Holberg und Elliði. Außerdem wurden noch drei andere verhört, aber niemand wusste etwas. Niemand machte sich über sein Verschwinden Gedanken, außer seiner Mutter und seiner Schwester. Er ist in Reykjavík geboren, hatte weder Frau noch Kinder, keine Freundin, keine Verwandtschaft. Die Angelegenheit war einige Monate in Bearbeitung und fiel dann sang- und klanglos unter den Tisch. Er war 34 Jahre alt.«

»Wenn er ein genauso unerfreulicher Zeitgenosse war wie seine Kumpel Elliði und Holberg, dann wundert es mich nicht, dass niemand ihn vermisst hat«, sagte Sigurður Óli.

»In den siebziger Jahren, als Grétar spurlos verschwand,

sind dreizehn Menschen als vermisst gemeldet worden«, sagte Elinborg. »Zwölf in den achtziger Jahren, und wohlgemerkt, es geht hier nicht um Leute, die auf See umkamen.«

»Dreizehn Vermisste«, sagte Sigurður Óli, »ist das nicht ein bisschen viel? Wurde keiner der Fälle aufgeklärt?«

»Da muss nicht unbedingt ein Verbrechen dahinter stecken«, sagte Elinborg. »Leute verschwinden, machen sich aus dem Staub, lösen sich in Luft auf, verschwinden einfach.«

»Wenn ich das richtig verstehe«, sagte Erlendur, »sieht die Sache so aus: An einem Wochenende im Herbst 1963 gehen Elliði, Holberg und Grétar in Keflavík zum Tanzen.«

Er sah, dass Sigurður Óli wie ein einziges Fragezeichen dreinschaute.

»Das Tanzlokal war ein altes Lazarett von den Amis, das man in einen Beatschuppen umgewandelt hatte. Ein Bumslokal der wildesten Sorte.«

»Haben da nicht damals die SOUNDS angefangen?«

»In diesem Schuppen treffen sie ein paar Frauen, und bei einer von ihnen geht es hinterher zu Hause weiter«, fuhr Erlendur fort. »Wir müssen diese Frauen finden. Holberg geht mit einer, nämlich Kolbrún, nach Hause und vergewaltigt sie. Er scheint mit dieser Tour schon früher einmal Erfolg gehabt zu haben. Er geilt sich damit auf, ihr zu sagen, wie er eine andere Frau behandelt hat. Es kann sein, dass sie in Húsavík wohnt oder gewohnt hat, und wahrscheinlich hat sie ihn nicht angezeigt. Drei Tage später rafft Kolbrún sich endlich auf und will Anzeige wegen der Vergewaltigung erstatten, trifft aber auf einen Polizisten, der wenig Mitgefühl mit Frauen hat, die Männer nach dem Tanzen zu sich nach Hause einladen und dann behaupten, dass sie vergewaltigt worden sind. Kolbrún bekommt ein Kind. Holberg hätte von diesem Kind wissen können, wir finden ein Foto von dem Grabstein des Mädchens in seinem Schreibtisch. Wer hat es geknipst? Weswegen? Das Mädchen stirbt an einer unheilbaren Krankheit, und seine Mutter begeht ein paar Jahre später Selbstmord. Einer von Holbergs Kumpeln verschwindet drei Jahre später. Holberg wird vor einigen Tagen ermordet aufgefunden, und bei der Leiche hat jemand eine unverständliche Nachricht hinterlassen.«

Erlendur machte eine kurze Pause.

»Warum wird Holberg erst jetzt ermordet, wo er schon so alt ist? Steht der Täter mit dieser Vorgeschichte in Verbindung? Und falls das der Fall ist, warum hat er sich dann Holberg nicht früher vorgeknöpft? Warum dieses Abwarten? Oder hat der Mord nichts mit der Tatsache zu tun, falls es denn eine Tatsache ist, dass Holberg ein Vergewaltiger war?«

»Ich finde, wir dürfen nicht die Tatsache übersehen, dass es kein vorsätzlicher Mord war«, warf Sigurður Óli ein. »Wie Elliði schon ganz richtig gesagt hat, welcher Armleuchter benutzt einen Aschenbecher? Es hat nicht den Anschein, als gäbe es da eine lange Vorgeschichte. Die Nachricht ist irgendwie ein Witz, irgendwas, woraus wir nicht schlau werden. Der Mord an Holberg hat nichts mit irgendwelchen Vergewaltigungen zu tun. Unsere ganze Abteilung sucht nach dem jungen Mann im grünen Parka.«

»Holberg war kein Engel«, sagte Elinborg. »Vielleicht ist der Mord aus Rache erfolgt, oder wie immer man das nennen will. Jemand fand vielleicht, dass er das verdient hatte.«

»Die Einzige, von der wir wissen, dass sie Holberg gehasst hat, ist Elín in Keflavík. Aber die kann ich mir schwerlich vorstellen, wie sie jemanden mit einem Aschenbecher umbringt.«

»Hätte sie jemanden beauftragen können?«, fragte Sigurður Óli.

»Wen?«, fragte Erlendur.

»Ich weiß es nicht. Andererseits hat es den Anschein, und irgendwie tendiere ich dazu, als hätte sich jemand in dem Viertel herumgetrieben, um irgendwo einzubrechen, zu stehlen oder seine Zerstörungswut auszulassen. Dabei hat ihn Holberg überrascht und einen Aschenbecher an den Kopf gekriegt. Das ist irgendein Junkie gewesen, der völlig von der Rolle war. Das hat nichts mit der Vergangenheit zu tun, sondern das ist ganz im Gegenteil die heutige Zeit. Reykjavík today.«

»Zumindest hat es jemand für richtig gehalten, diesen Mann abzumurksen«, sagte Elinborg. »Wir müssen diese Nachricht ernst nehmen. Das ist kein blöder Witz.«

Sigurður Óli schaute Erlendur nachdenklich an.

»Als du davon geredet hast, dass du ganz genau wissen wolltest, woran das Mädchen gestorben ist, hast du das gemeint, wovon ich glaube, dass du es gemeint hast?«, fragte er.

»Ich fürchte, ja«, sagte Erlendur.

17

Rúnar kam selbst zur Tür und schaute Erlendur eine ganze Weile an, ohne ihn wiederzuerkennen. Erlendur stand in dem engen Hausflur, wieder einmal klatschnass vom Regen. Zu seiner Rechten führte eine Treppe nach oben. Auf der Treppe war Teppichboden verlegt, der an den Trittstellen völlig verschlissen war. Es roch muffig, und Erlendur fragte sich, ob hier Leute wohnten, die Pferde hielten. Erlendur fragte Rúnar, ob er sich an ihn erinnerte, und so schien es zu sein, denn er versuchte im gleichen Augenblick, die Tür zuzumachen, aber Erlendur war schneller. Er war in der Wohnung, bevor Rúnar irgendetwas dagegen tun konnte.

»Gemütlich«, sagte Erlendur, indem er sich in der dämmrigen Wohnung umschaute.

»Lass mich gefälligst in Ruhe!« Rúnar versuchte, Erlendur anzubrüllen, aber die Stimme überschlug sich und wurde zu einem Falsett.

»Denk an deinen Blutdruck. Ich habe nicht die geringste Lust, Mund-zu-Mund-Beatmung bei dir zu machen, wenn du hier umkippst. Ich muss dich nach einigen Details fragen, und dann bin ich weg, und du kannst hier weiter dahinvegetieren. Lange wirst du's ja wohl nicht mehr machen. Du schaust nicht gerade wie der rüstigste Senior des Jahres aus.«

»Mach, dass du rauskommst«, sagte Rúnar so wütend, wie ihm das Alter erlaubte, drehte sich auf dem Absatz um, ging in ein kleines Wohnzimmer und setzte sich auf das Sofa. Erlendur ging hinter ihm her und ließ sich schwerfällig ihm gegenüber in einen Sessel fallen. Rúnar schaute ihn nicht an.

»Sprach Kolbrún von einer weiteren Vergewaltigung, als sie wegen Holberg zu dir kam?«

Rúnar gab keine Antwort.

»Je schneller du antwortest, desto eher bist du mich los.«

Rúnar hob den Kopf und blickte Erlendur an.

»Sie hat nie eine andere Vergewaltigung erwähnt. Verschwinde.«

»Wir haben Grund zu der Annahme, dass Holberg vergewaltigt hat, bevor er Kolbrún traf. Er kann damit auch weitergemacht haben, wir haben keine Ahnung. Kolbrún ist die einzige Frau, die ihn angezeigt hat, obwohl das dank dir abgeschmettert wurde.«

»Verschwinde!«

»Bist du sicher, dass sie keine andere Frau erwähnt hat? Es ist denkbar, dass Holberg sich mit einer anderen Vergewaltigung gebrüstet und Kolbrún davon erzählt hat.«

»Sie hat nichts dergleichen erwähnt«, sagte Rúnar und schaute hinunter auf den Couchtisch.

»Holberg war an dem Abend mit zwei Kumpeln zusammen. Der eine davon ist Elliði, ein Wiederholungstäter, von dem du vielleicht gehört hast. Er sitzt auf Litla-Hraun ein und schlägt sich in einer kleinen Dunkelkammer mit Phantomen und Spukgestalten herum. Der andere war Grétar. Er ist seit der großen Jubiläumsfeier wie vom Erdboden verschluckt. Weißt du etwas über diese Männer?«

»Nein. Lass mich in Ruhe!«

»Was haben die hier im Ort gemacht, an dem Abend, als Kolbrún vergewaltigt wurde?«

»Ich weiß es nicht.«

»Hast du mit keinem von ihnen gesprochen?«

»Nein.«

»Wer hat die Ermittlung in Reykjavík geleitet?«

Rúnar schaute Erlendur an.

»Das war Marian Briem.«

»Marian Briem!«

»Diese dämliche Person!«

Elín war nicht zu Hause, als Erlendur bei ihr vorbeischaute. Er setzte sich deshalb wieder ins Auto, zündete sich eine Zigarette an und überlegte, ob er weiter nach Sandgerði fahren sollte. Der Regen prasselte auf das Dach des Autos, und Erlendur, der nie die Wetternachrichten mitbekam, dachte darüber nach, ob das überhaupt noch ein Ende nehmen würde. Vielleicht war das eine Miniausgabe der Sintflut, dachte er bei sich durch den blauen Zigarettenrauch. Vielleicht war es ganz sinnvoll, ab und zu die Sünden der Menschen wegzuspülen.

Erlendur hatte einigen Bammel vor dieser Begegnung mit Elín, und insofern war er halbwegs froh, als sich herausstellte, dass sie nicht zu Hause war. Er wusste, dass sie sich ganz und gar gegen ihn stellen würde, und er wollte sie am liebsten nicht wieder in diese Verfassung bringen, in der sie ihn einen miesen Bullen genannt hatte. Es würde aber nicht zu umgehen sein. Wenn nicht jetzt, dann später. Er stöhnte laut vor sich hin, während die Zigarette aufbrannte, bis er auf einmal die Hitze an den Fingern spürte. Er hielt den Rauch in den Lungen, während er sie ausdrückte, um ihn dann vehement von sich zu blasen. Ein Satz aus einer Antirauchkampagne ging ihm durch den Sinn: Es bedürfe nur einer einzigen anfälligen Zelle, um Krebs entstehen zu lassen.

Er hatte morgens wieder den Schmerz in der Brust verspürt, aber jetzt war er weg.

Erlendur setzte gerade zurück, als Elín an die Scheibe klopfte.

»Wolltest du zu mir?«, fragte sie unter ihrem Regenschirm, als er das Fenster herunterließ.

Erlendur setzte ein grimassenartiges Lächeln auf, eine fratzenartige Miene, die man nicht enträtseln konnte, und nickte schwach mit dem Kopf. Er wusste, dass seine Leute bereits unterwegs zum Friedhof waren.

Sie machte ihm die Tür auf, und er kam sich wie ein Verräter vor. Er nahm den Hut ab und hängte ihn an einen Haken, zog Mantel und Schuhe aus und ging dann in seinem zerknitterten Anzug ins Wohnzimmer. Unter dem Jackett trug er eine braune Strickweste, die er aber schief zugeknöpft hatte, sodass das letzte Knopfloch offen war. Er setzte sich in denselben Sessel wie bei seinem ersten Besuch in diesem Haus, und sie setzte sich ihm gegenüber, nachdem sie in der Küche den Kaffee aufgesetzt hatte, dessen Duft durch das Haus zu strömen begann.

Der Verräter räusperte sich.

»Einer von denen, die sich an dem Abend, als Kolbrún vergewaltigt wurde, mit Holberg einen lustigen Abend gemacht hatten, heißt Elliði und sitzt im Knast. Er ist bereits seit langem ein guter Bekannter der Polizei. Der dritte, der mit ihnen war, hieß Grétar. Er ist 1974 spurlos verschwunden. Das Jubiläumsjahr, du weißt.«

»Ich war dabei in Þingvellir«, sagte Elín. »Habe Tómas und Halldór gesehen.«[1] Erlendur räusperte sich.

»Und hast du mit diesem Elliði gesprochen?«, fuhr Elín fort.

»Ein ganz besonders widerwärtiger Zeitgenosse«, sagte Erlendur.

Elín entschuldigte sich, stand auf und ging in die Küche. Er hörte Tassen klappern. Sein Handy klingelte in der Jackentasche, und er zog eine Grimasse, als er antwortete.

[1] Die bekannten isländischen Dichter Tómas Guðmundsson und Halldór Laxness.

Auf dem Display hatte er gesehen, dass es Sigurður Óli war.

»Bei uns ist alles klar«, sagte Sigurður Óli, und Erlendur hörte den Regen in der Leitung.

»Es wird nichts unternommen, bevor ich mich nicht wieder bei dir melde«, sagte Erlendur. »Verstanden? Es wird nichts angerührt, bis du nicht entweder von mir hörst oder ich selber da bin.«

»Hast du mit der Alten gesprochen?«

Erlendur gab keine Antwort, sondern brach das Gespräch ab und steckte das Telefon wieder in die Tasche. Elín brachte den Kaffee, deckte die Tassen und schenkte ein. Beide tranken den Kaffee schwarz. Sie stellte die Thermoskanne auf den Tisch und setzte sich wieder Erlendur gegenüber. Er räusperte sich.

»Elliði sagte, dass Holberg vor Kolbrún noch eine andere Frau vergewaltigt hat und dass er Kolbrún das gesagt hat«, sagte er und bemerkte Elíns verwunderten Gesichtsausdruck.

»Falls Kolbrún von einer anderen gewusst hat, dann hat sie mir jedenfalls nie etwas davon erzählt«, sagte sie und schüttelte nachdenklich den Kopf. »Ob er wirklich die Wahrheit sagt?«

»Das müssen wir einkalkulieren«, sagte Erlendur. »Elliði ist allerdings so abgebrüht, dass er so etwas wohl auch zusammenlügen könnte. Andererseits haben wir nichts in der Hand, was seiner Aussage widerspricht.«

»Wir haben nicht oft über die Vergewaltigung gesprochen«, sagte Elín. »Ich glaube, das war wegen Auður. Unter anderem. Kolbrún war sehr zurückhaltend, sie war schüchtern und verschlossen, und das verstärkte sich noch nach der Tat. Und natürlich kam es überhaupt nicht in Frage, über diesen grauenvollen Vorfall zu reden, solange sie das Kind unter dem Herzen trug, und erst recht nicht, nachdem es auf die Welt gekommen war. Kolbrún hat alles getan, was in ihrer Macht stand, um zu vergessen, dass die Vergewaltigung jemals stattgefunden hatte. Alles, was damit zusammenhing.«

»Ich bilde mir ein, dass Kolbrún es vielleicht der Polizei erzählt hätte, wenn sie etwas von einer anderen gewusst hätte, und sei es nur, um ihre Aussage zu stützen. In den Berichten, die ich gelesen habe, wird das aber nirgendwo erwähnt.«

»Vielleicht hat sie es dieser Frau ersparen wollen«, sagte Elín.

»Ersparen?«

»Kolbrún wusste, was es heißt, vergewaltigt zu werden. Sie wusste, was es heißt, zur Polizei zu gehen. Sie hatte lange genug mit sich gekämpft, und dann stellte es sich heraus, dass es zu nichts anderem führte als zu Erniedrigungen auf irgendeiner Polizeidienststelle irgendwo in der Stadt. Wenn die andere Frau sich nicht gemeldet hat, dann hat Kolbrún vielleicht ihre Einstellung respektiert. Das könnte ich mir vorstellen. Aber eigentlich weiß ich nicht so recht, wovon du redest.«

»Sie braucht ja keine Details gewusst zu haben, keinen Namen, ein unklarer Verdacht hätte bereits genügt. Falls er sich darüber ausgelassen hat.«

»Über so etwas hat sie nie mit mir gesprochen.«

»Wenn ihr über die Vergewaltigung gesprochen habt, worum ging es da eigentlich?«

»Es ging nie direkt um den Hergang«, sagte Elín.

Wieder klingelte es in Erlendurs Jackentasche, und Elín verstummte. Erlendur riss das Telefon mit einer heftigen

Bewegung aus der Tasche und sah die Nummer. Schon wieder Sigurður Óli. Erlendur stellte das Handy ab und ließ es wieder in der Jackentasche verschwinden.

»Entschuldigung«, sagte er.

»Sind diese Handys nicht unerträglich?«

»Sie sind das Letzte«, sagte Erlendur. Er stand jetzt unter Zeitdruck.

»Sie sprach darüber, wie sehr sie ihre Tochter liebte. Zwischen ihnen war ein ganz besonderes Verhältnis, trotz der entsetzlichen Umstände. Auður war alles für sie. Es ist natürlich schrecklich, so etwas zu sagen, aber ich glaube, dass sie nicht auf Auður hätte verzichten wollen. Verstehst du? Ich hatte irgendwie den Eindruck, als sei Auður so etwas wie eine Entschädigung, oder wie soll ich das sagen, für die Vergewaltigung. Ich weiß, das ist ungeschickt formuliert, aber es war so, als sei das Mädchen wie ein Glück im Unglück gewesen. Ich kann dir nicht sagen, was meine Schwester dachte, wie es ihr ging oder was in ihr vorging, denn ich selbst weiß nur einen Bruchteil davon. Ich bin nicht so vermessen, mich zu ihrem Sprachrohr zu machen. Sie vergötterte die Kleine mehr und mehr und wich nie von ihrer Seite. Niemals. Ihre Verbindung war in hohem Maße davon geprägt, was ihr widerfahren war, aber Kolbrún hat niemals in diesem Mädchen das Scheusal gesehen, das ihr Leben zerstört hat. Sie sah nur das hübsche Kind, das Auður war. Meine Schwester hat das Mädchen übermäßig behütet, und das ging sogar über das Grab hinaus, wie die Grabschrift zeigt. Vor den Schrecken des Feindes bewahre mein Leben.«

»Weißt du, was genau deine Schwester mit diesen Worten gemeint hat?«

»Es ist ein Anruf an Gott, das siehst du, wenn du den

Psalm liest. Der Tod des kleinen Mädchens hat natürlich etwas damit zu tun. Wie es dazu kam und wie grauenvoll das war. Für Kolbrún war es eine Qual, sich vorzustellen, dass Auður obduziert wurde. Eine Qual.«

Erlendur schloss die Augen, und das Gesicht verzog sich zu einer Grimasse. Elín bemerkte es nicht.

»Man kann gut verstehen«, sagte Elín, »dass diese entsetzlichen Dinge, die Kolbrún erlebt hat, sowohl die Vergewaltigung als auch der Tod ihrer Tochter, schlimme Auswirkungen auf ihre psychische Verfassung gehabt haben. Sie bekam einen Nervenzusammenbruch. Als von einer Obduktion gesprochen wurde, steigerten sich bei ihr dieser Verfolgungswahn und das Gefühl, Auður gegen alles abschirmen zu müssen. Sie bekam unter grauenvollen Umständen eine Tochter, nur um sie gleich wieder zu verlieren. Sie sah das als den Willen Gottes an. Meine Schwester wollte, dass ihre Tochter in Frieden ruhen dürfte.«

Erlendur saß eine Weile nachdenklich da, bevor er sich ein Herz fasste.

»Ich glaube, ich bin einer von diesen Feinden.«

Elín blickte ihn an und verstand nicht, worauf er hinauswollte.

»Ich glaube, es ist notwendig, den Sarg auszugraben und eine genauere Obduktion vorzunehmen, falls das möglich ist.«

Erlendur sagte das so behutsam, wie er konnte. Es brauchte eine Zeit, bis Elín seine Worte begriffen und in einen Zusammenhang gebracht hatte, und als ihr die Bedeutung klar geworden war, blickte sie Erlendur verständnislos an.

»Was um alles in der Welt meinst du damit?«

»Es kann sein, dass wir die Erklärung dafür finden, warum sie gestorben ist.«

»Erklärung? Es war ein Hirntumor!«

»Das kann sein ...«

»Wovon sprichst du eigentlich? Sie ausgraben? Das Kind? Das ist ja nicht zu fassen! Ich habe dir gerade erklärt ...«

»Es gibt zwei Gründe dafür.«

»Zwei Gründe?«

»Für eine Obduktion«, sagte Erlendur.

Elín war aufgestanden und ging erregt im Wohnzimmer hin und her. Erlendur blieb sitzen, war aber noch tiefer in den Sessel gesunken.

»Ich habe mit den Ärzten im Krankenhaus hier in Keflavík gesprochen. Sie haben keine Krankenberichte über Auður gefunden, nur das vorläufige Protokoll des Gerichtsmediziners. Der lebt nicht mehr. Das Jahr, in dem er starb, war sein letztes Jahr am Krankenhaus. Er wies nur auf einen Hirntumor hin und führte die Todesursache darauf zurück. Ich muss wissen, was für eine Krankheit das war, die den Tod des Mädchen herbeigeführt hat. Ich muss wissen, ob es eine Erbkrankheit war.«

»Erbkrankheit! Ich weiß nichts von einer Erbkrankheit!«

»Wir suchen bei Holberg danach«, sagte Erlendur. »Ein zweiter Grund für die Exhumierung ist, dass wir mit absoluter Gewissheit feststellen wollen, dass Auður seine Tochter war. Das geschieht mit einer DNA-Untersuchung.«

»Zweifelt ihr daran?«

»Eigentlich nicht, aber wir müssen Gewissheit haben.«

»Aber warum denn?«

»Holberg hat abgestritten, dass es sein Kind war. Er erklärte, Geschlechtsverkehr mit Kolbrún mit ihrer Einwilligung gehabt zu haben, aber er stritt die Vaterschaft ab. Als die Sache niedergeschlagen wurde, bestand kein stichhaltiger Grund, das weiterzuverfolgen. Deine Schwester hat das nie verlangt. Sie hatte bestimmt genug davon und wollte Holberg aus ihrem Leben streichen.«

»Wessen Kind sollte es sonst sein?«

»Wir brauchen Beweise wegen des Mordes.«

»Des Mordes an Holberg?«

»Ja.«

Elín stand neben Erlendur und starrte auf ihn hinunter.

»Muss dieses Scheusal einen noch über Tod und Grab hinaus verfolgen?«

Erlendur wollte antworten, aber sie schnitt ihm das Wort ab.

»Ihr glaubt womöglich, dass meine Schwester gelogen hat«, sagte Elín. »Ihr habt ihr ja nie geglaubt. Du bist nicht besser als dieser widerliche Rúnar. Keinen Deut besser.«

Sie beugte sich über ihn, wie er da im Sessel saß.

»Du mieser Bulle!«, fauchte sie. »Ich hätte dich nie in mein Haus lassen sollen.«

18

Sigurður Óli sah durch den Regen, wie sich die Autoscheinwerfer näherten, und wusste, dass es Erlendur war. Der Bagger fuhr mit Gedröhn vor dem Grab vor, bereit, mit dem Ausheben anzufangen, sobald das Zeichen gegeben würde. Es war ein Minibagger, der sich ruckartig und holpernd zwischen den Gräbern durchlaviert hatte.

Die Ketten rutschten in dem Matsch ab. Er spuckte schwarzen Qualm aus und verpestete die Luft mit penetrantem Dieselgestank.

Sigurður Óli und Elinborg standen am Grab, und bei ihnen waren der Gerichtsmediziner im Auftrag des Staatsanwalts, ein Jurist der Kriminalpolizei, ein Pfarrer mit einem Küster, einige Polizisten aus Keflavík und einige Arbeiter von der Stadtverwaltung. Die Leute standen im Regen da und beneideten Elinborg, die als Einzige einen Regenschirm dabei hatte und es Sigurður Óli gestattet hatte, sich halb unterzustellen. Sie bemerkten, dass Erlendur allein war, als er aus dem Auto stieg und langsamen Schritts zu ihnen herüberkam. Sie hatten die notwendigen Papiere dabei, auf denen die Behörden die Exhumierung genehmigten, aber es durfte erst dann angefangen werden, wenn Erlendur seine Zustimmung gegeben hatte.

Erlendur schaute sich um, und im Stillen bedauerte er zutiefst die Beschädigung, die Zerstörung, die Entweihung. Der Grabstein war entfernt und auf einen Pfad oberhalb des Grabs gelegt worden. Eine grünliche Vase mit einem langen Spieß, der in die Erde gebohrt werden konnte, lag auch da. In der Vase befand sich ein kleiner, verwelkter Rosenstrauß, und Erlendur dachte bei sich, dass Elín ihn am Grabstein hinterlassen hatte. Er blieb stehen, las die Inschrift noch einmal und schüttelte den Kopf. Ein Lattenzaun aus weiß gestrichenem Holz, der kaum zwanzig Zentimeter hoch war, lag kaputt neben dem Grabstein. Erlendur hatte solche Zäune auf Kindergräbern gesehen und stöhnte. Er blickte zum schwarzen Himmel hoch. Der Regen strömte ihm von der Hutkrempe in den Nacken, und er kniff die Augen zu. Er schaute auf die Menschen, die am Grab standen, und dann sah er Sigurður Óli an und nickte mit dem Kopf. Der gab dem Baggerführer ein Zeichen. Die Schaufel hob sich, um sich dann in die weiche Erde zu senken.

Erlendur sah zu, wie der Bagger eine dreißig Jahre alte Wunde aufriss. Jeder Schaufelstich tat ihm weh. Der Erdhaufen wurde immer größer, und je tiefer das Loch wurde, desto mehr Dunkelheit verschwand darin. Plötzlich überkam ihn ein Gefühl wie ein Déjà-vu, so als hätte er das alles schon einmal im Traum gesehen, und für einen Augenblick bekam die Szene vor ihm etwas von einer Vision; seine Kollegen von der Kripo, die dastanden und in das Grab hinunterschauten, die städtischen Angestellten in ihren orangefarbenen Overalls, die sich auf ihre Schaufeln lehnten, der Priester, der einen dicken schwarzen Mantel trug, der Regen, der in das Grab strömte und wieder in der Baggerschaufel hochkam, so als ob das Loch blutete.

Hatte er das wirklich genauso geträumt?

Dann wich dieses Gefühl, aber wie immer, wenn ihm dies passierte, konnte er überhaupt nicht verstehen, woher es kam. Warum er Ereignisse wiedererlebte, die nie zuvor passiert waren. Erlendur glaubte nicht an Zeichen, Gesichte und Träume, er glaubte nicht an Reinkarnation oder Karma, er glaubte nicht an Gott, obwohl er häufig in der Bibel las, nicht an ein ewiges Leben oder daran, dass sein Verhalten in diesem Leben Einfluss darauf hatte, ob er im Himmelreich oder in der Hölle landen würde. Er fand, dass das Leben als solches einem sowieso schon eine gute Mischung aus beidem bot.

Aber dann erlebte er manchmal dieses unerklärliche und übernatürliche Déjà-vu, erlebte Ort und Zeit, als habe er das alles schon einmal gesehen, als steige er aus sich selbst heraus, verwandle sich plötzlich in einen Zuschauer an seinem eigenen Leben. Er konnte sich überhaupt nicht erklären, was da geschah und warum, warum sein Geist auf diese Weise mit ihm spielte.

Erlendur kam wieder zu sich, als die Baggerschaufel an den Sargdeckel stieß, was einen hohlen Klang erzeugte. Er trat einen Schritt näher. Der Regen strömte in das Loch, doch er konnte den Sarg erkennen.

»Vorsichtig!«, rief Erlendur dem Baggerführer zu und hob die Hände wie in Abwehr.

Aus den Augenwinkeln bemerkte er die Scheinwerfer eines Autos, das sich näherte. Alle blickten in Richtung der Lichter und sahen, wie das Auto langsam im Regen vorwärts kroch, bis es am Friedhofstor anhielt. Sie sahen das Taxischild auf dem Dach. Eine ältere Frau in grünem Mantel stieg aus. Das Taxi verschwand, und die Frau kam auf das Grab zugestürmt. Als Erlendur in Hörweite war, schrie sie auf ihn ein und drohte ihm mit der geballten Faust.

»Grabschänder!«, hörte er Elín rufen. »Grabschänder! Leichenschänder!«

»Versucht sie zu beschwichtigen«, sagte Erlendur ruhig zu den Polizisten, die auf Elín zugingen und sie anhielten, als sie einige Meter vom Grab entfernt war. Sie versuchte sich in wildem Zorn zu wehren, aber sie packten sie bei den Händen und hielten sie fest.

Die beiden städtischen Angestellten stiegen jetzt mit ihren Schaufeln in das Loch, gruben den Sarg frei und befestigten Traggurte an seinen Enden. Der Sarg war ziemlich heil geblieben. Der Regen trommelte auf den Deckel und wusch die Erde ab. Erlendur stellte sich vor, dass er weiß gewesen war. Ein kleiner weißer Sarg mit Messinggriffen an den Seiten und einem kleinen Kreuz auf dem Deckel. Die Männer befestigten die Traggurte an der Schaufel des

Baggers, der den Sarg ganz vorsichtig hochhievte. Er war zwar unversehrt, wirkte aber äußerst zerbrechlich. Erlendur sah, dass Elín aufgehört hatte, um sich zu schlagen und ihn zu beschimpfen. Sie hatte angefangen zu weinen, als der Sarg zum Vorschein kam und einen Augenblick bewegungslos über dem offenen Grab schwebte. Ein kleiner Lieferwagen fuhr langsam rückwärts an das Grab heran. Der Sarg wurde auf den Boden gestellt und die Traggurte gelöst. Der Pfarrer trat heran, machte das Zeichen des Kreuzes darüber und bewegte die Lippen in einem Gebet. Die Arbeiter hoben den Sarg in das Auto und schlossen die Tür. Elinborg setzte sich vorn neben den Fahrer, der losfuhr in Richtung Friedhofstor und auf die Straße hinaus, bis die roten Rücklichter im dunklen Regen verschwanden.

Der Pfarrer trat zu Elín und bat die Polizisten, sie loszulassen, was sofort geschah. Er fragte, ob er etwas für sie tun könne. Sie kannten sich offensichtlich gut und sprachen halblaut miteinander. Elín schien etwas ruhiger zu sein. Erlendur und Sigurður Óli blickten sich an und schauten dann hinunter in das Grab. Das Regenwasser begann sich auf dem Boden anzusammeln.

»Ich wollte versuchen, diesen Skandal, diese Entweihung zu stoppen«, hörte Erlendur Elín zu dem Pfarrer sagen. Er war erleichtert zu sehen, dass sie sich etwas beruhigt hatte. Er ging auf sie zu, dicht gefolgt von Sigurður Óli.

»Das verzeihe ich dir nie«, sagte Elín zu Erlendur. Der Pfarrer stand an ihrer Seite. »Niemals!«, sagte sie. »Das sag ich dir.«

»Das verstehe ich«, sagte Erlendur, »aber die Ermittlung geht vor.«

»Die Ermittlung! Zum Kuckuck mit deiner Ermittlung«, zischte Elín. »Wohin wird die Leiche gebracht?«

»Nach Reykjavík.«

»Wann bringst du sie zurück?«

»In zwei Tagen.«

»Sieh nur, was du mit ihrem Grab gemacht hast«, seufzte Elín ratlos und resigniert, als hätte sie immer noch nicht ganz verstanden, was geschehen war. Sie ging an Erlendur vorbei auf den Grabstein, den kleinen Holzzaun, die Vase und das offene Grab zu.

Erlendur beschloss, ihr von der Nachricht zu erzählen, die sie in Holbergs Wohnung gefunden hatten.

»Bei Holbergs Leiche lag eine Nachricht, als wir ihn fanden«, sagte Erlendur und ging hinter Elín her. »Wir konnten kaum etwas damit anfangen, bevor wir von Auður wussten und mit ihrem ehemaligen Arzt gesprochen hatten. Isländische Mörder hinterlassen normalerweise nichts als Chaos, aber wer auch immer Holberg ermordet hat, der wollte uns etwas an die Hand geben, über das wir uns den Kopf zerbrechen sollten. Als der Arzt über die Möglichkeit sprach, dass es sich eventuell um eine Erbkrankheit handeln könne, bekam diese Nachricht auf einmal eine bestimmte Bedeutung. Es passte auch zu dem, was Elliði mir im Gefängnis gesagt hat. Holberg hatte überhaupt keine Anverwandten, die am Leben sind. Er hatte eine Schwester, die mit neun Jahren starb. Sigurður Óli hier«, sagte Erlendur und deutete auf seinen Kollegen, »hat die medizinischen Berichte über sie gefunden, und es war richtig, was Elliði andeutete. Sie starb genau wie Auður an einem Hirntumor. Höchstwahrscheinlich an derselben Krankheit.«

»Was sagst du da? Was war das für eine Nachricht?«, fragte Elín.

Erlendur zögerte. Er schaute auf Sigurður Óli, der zu Elín blickte und dann wieder zu Erlendur.

»Ich bin er«, sagte Erlendur.

»Was meinst du damit?«

»So lautete die Botschaft: *Ich bin er.* Mit Betonung auf dem letzten Wort. ER.«

»Ich bin er«, wiederholte Elín. »Was bedeutet das?«

»Das ist wahrhaftig schwer zu sagen. Ich überlege, ob das ein Hinweis auf irgendwelche verwandtschaftlichen Bande ist«, sagte Erlendur. »Wer auch immer *Ich bin er* geschrieben hat, geht davon aus, dass er irgendetwas mit Holberg gemeinsam hat. Theoretisch könnten es natürlich auch die Spinnereien irgendeines Verrückten sein, der Holberg gar nicht gekannt hat. Unverständlicher Quatsch. Aber das glaube ich nicht. Ich glaube, dass die Krankheit uns weiterbringen wird. Ich glaube, wir müssen herauskriegen, was für eine Krankheit das genau war.«

»Was für verwandtschaftliche Beziehungen?«

»Den offiziellen Angaben zufolge hatte Holberg keine Kinder. Auður ist nicht nach ihrem Vater benannt worden. Sie war nur die Tochter von Kolbrún. Aber falls es wahr ist, was Elliði sagt, dass Holberg außer Kolbrún auch noch andere vergewaltigt hat, die aber darüber geschwiegen haben, dann kann es genauso gut sein, dass er weitere Kinder hat. Dass Kolbrún nicht das einzige Opfer ist, das ein Kind von ihm bekam. Wir haben die Suche nach einem möglichen Opfer in Húsavík inzwischen auf die Frauen eingeengt, die innerhalb eines bestimmten Zeitraums Kinder zur Welt brachten, und wir machen uns Hoffnungen, dass bald etwas dabei herauskommt.«

»Húsavík?«

»Holbergs anderes Opfer war von dort.«

»Was ist mit der Erbkrankheit?«, fragte Elín. »Was ist das für eine Krankheit? Die Krankheit, die Auður umgebracht hat?«

»Wir müssen Holberg noch genauer untersuchen und nachweisen, dass er der Vater von Auður war, und dann können wir das Ganze irgendwie zusammenfügen. Und wenn die Theorie stimmt, handelt es sich vermutlich um eine seltene Krankheit, die mit den Genen weitergegeben wird.«

»Und war das die Krankheit von Auður?«

»Es kann sein, dass schon zu viel Zeit seit ihrem Tod verstrichen ist, um zu schlüssigen Ergebnissen zu kommen, aber wir müssen alles versuchen.«

Sie waren bis zur Kirche gegangen. Elín an der Seite von Erlendur, während Sigurður Óli ihnen folgte. Elín bestimmte das Tempo. Die Kirche war offen, sie traten aus dem Regen hinein, standen im Vorraum und schauten hinaus in die Finsternis.

»Ich bin überzeugt, dass Holberg der Vater von Auður war«, sagte Erlendur. »Ich habe faktisch nicht den geringsten Grund, deine Worte und das, was du von deiner Schwester gesagt hast, anzuzweifeln. Aber wir brauchen eine Bestätigung dafür. Das ist in einer polizeilichen Ermittlung unabdingbar. Falls es sich um eine Krankheit handelt, die Auður von Holberg geerbt hat, könnte sie auch woanders auftauchen. Es ist denkbar, dass diese Krankheit mit dem Mord an Holberg in Verbindung steht.«

Sie nahmen das Auto nicht wahr, das sich auf einem alten Weg langsam von der Kirche entfernte, denn es hatte keine Scheinwerfer eingeschaltet und war in der Dunkelheit schwer auszumachen. Als es in den Ort kam, wurde das Tempo beschleunigt, die Scheinwerfer gingen an, und bald hatte es den Lieferwagen mit dem Sarg erreicht. Auf der Straße nach Reykjavík achtete der Fahrer darauf, zwei oder manchmal drei Autos zwischen sich und dem Lieferwagen zu haben. Auf diese Weise folgte er dem Sarg nach Reykjavík.

Als der Lieferwagen vor dem Leichenschauhaus am Barónsstígur hielt, parkte er das Auto in einiger Entfernung und beobachtete, wie der Sarg hineingetragen wurde und sich die Türen hinter ihm schlossen. Er sah, wie der Lieferwagen abfuhr und die Frau, die den Sarg begleitet hatte, aus dem Haus kam und in ein Taxi stieg.

Als alles wieder ruhig war, fuhr er langsam davon.

19

Marian Briem nahm ihn an der Tür in Empfang. Erlendur hatte sich nicht angemeldet. Er kam direkt aus Sandgerði und beschloss, mit Marian zu reden, bevor er nach Hause fuhr. Es war sechs Uhr, und draußen war es stockfinster. Marian bat Erlendur herein und entschuldigte sich wegen der Unordnung. Es war eine kleine Wohnung, Wohnzimmer, Schlafzimmer, Bad und Küche, und sie zeugte von der Nachlässigkeit des Besitzers, ganz ähnlich wie bei Erlendur. Zeitungen, Zeitschriften und Bücher lagen im Wohnzimmer verstreut, der Teppichboden war unansehnlich und abgenutzt, beim Spülbecken in der Küche stapelte sich das Geschirr. Der schwache Schein einer Tischlampe erhellte das Dunkel des Wohnzimmers. Marian sagte Erlendur, er solle die Zeitungen im Sessel einfach auf den Boden werfen und sich setzen.

»Du hast mir nicht gesagt, dass du damals mit der Sache zu tun hattest«, sagte Erlendur.

»Das war keine Glanzleistung von mir«, sagte Marian und zündete sich einen Zigarillo an; kleine, zierliche Hände, schmerzlicher Gesichtsausdruck; der Kopf war groß, aber der Körperbau ansonsten eher zart. Erlendur wusste, dass Marian immer noch die interessanten Sachen genau mitverfolgte, sich Informationen von früheren Kollegen verschaffte, die noch bei der Polizei waren, und im Zweifelsfalle sogar etwas zu den Ermittlungen beisteuerte.

»Du willst mehr über Holberg erfahren«, sagte Marian.

»Und seine Freunde«, sagte Erlendur und setzte sich, nachdem er den Zeitungsstapel zur Seite geschoben hatte. »Und über Rúnar in Keflavík.«

»Ja, Rúnar in Keflavík«, sagte Marian. »Der hat mich schon mal umbringen wollen.«

»Wäre heute kaum noch dazu im Stande, der alte Tattergreis«, sagte Erlendur.

»Du hast ihn also getroffen«, sagte Marian. »Er hat Krebs, wusstest du das? Eher eine Frage von Wochen denn von Monaten.«

»Wusste ich nicht«, sagte Erlendur und sah im Geiste Rúnars mageres und knochiges Gesicht vor sich. Die triefende Nase, als er im Garten Laub zusammenrechte.

»Er kannte unglaublich einflussreiche Leute im Ministerium. Deswegen konnte er sich so halten. Ich hatte empfohlen, ihn zu suspendieren. Er erhielt nur eine Abmahnung.«

»Kannst du dich an Kolbrún erinnern?«

»Das bedauernswerteste Opfer, das ich je in meinem Leben gesehen habe«, sagte Marian. »Ich habe sie nie näher kennen gelernt, aber ich wusste, dass sie nicht in der Lage war, irgendwelche Lügen aufzutischen. Sie sagte gegen Holberg aus und berichtete, wie sie von Rúnar behandelt worden war, und darüber weißt du Bescheid. In der Angelegenheit mit Rúnar stand Aussage gegen Aussage, aber ihre Aussage war glaubwürdig. Er hätte sie nicht nach Hause schicken dürfen, egal, was es mit dem Schlüpfer auf sich hatte. Holberg hat sie vergewaltigt, das lag offen zu Tage. Ich habe Holberg und Kolbrún einander gegenübergestellt. Da konnte überhaupt kein Zweifel bestehen.«

»Sie einander gegenübergestellt?«

»Das war ein Fehler. Ich dachte, es würde uns weiterhelfen. Die arme Frau.«

»Inwiefern?«

»Ich versuchte, es wie zufällig oder wie ein unglückliches Zusammentreffen aussehen zu lassen. Mir war nicht klar ... eigentlich sollte ich dir das nicht erzählen. Ich kam nicht weiter mit der Ermittlung. Sie behauptete dieses, er behauptete jenes. Ich lud sie beide zur gleichen Zeit vor und sorgte dafür, dass sie sich treffen mussten.«

»Was passierte?«

»Sie wurde hysterisch, und wir mussten einen Arzt holen. So etwas habe ich nie zuvor erlebt. Und nie später.«

»Und er?«

»Stand bloß da und grinste.«

Erlendur verstummte.

»Glaubst du, dass es sein Kind war?«

Marian zuckte die Achseln.

»Kolbrún hat das immer behauptet.«

»Hat Kolbrún dir gegenüber eine andere Frau erwähnt, die Holberg vor ihr vergewaltigt hat?«

»Gab es eine andere?«

Erlendur berichtete, was Elliði gesagt hatte, und bald hatte er die wichtigsten Details der Ermittlung dargelegt. Marian Briem saß da, rauchte den Zigarillo und hörte zu. Die Augen waren starr auf Erlendur gerichtet, klein, wach und stechend. Ihnen entging nichts. Sie sahen einen müden Mann mittleren Alters vor sich, der dunkle Ringe unter den Augen hatte, Bartstoppeln, die einige Tage alt waren, buschige Augenbrauen und rötlich braunes Haar, das in alle Richtungen stand, starke Zähne, die manchmal unter blutleeren Lippen zum Vorschein kamen. Sein gequälter Gesichtsausdruck zeugte von dem menschlichen Abschaum, den er gesehen hatte. In den Augen von Marian Briem zeigten sich Mitleid und die traurige Gewissheit, dass sie in ihr eigenes Spiegelbild blickten.

Erlendur war von Marian Briem ausgebildet worden, als er bei der Kriminalpolizei anfing, und alles, was er in den ersten Jahren lernte, hatte Marian ihm beigebracht. Genau wie Erlendur verfügte Marian über eine enorme Erfahrung, hatte aber niemals eine Führungsposition innerhalb der Polizei innegehabt, sondern sich immer nur mit den regulären Aufgaben eines Kriminalbeamten befasst. Das Gedächtnis war unfehlbar und hatte auch im Alter keineswegs nachgelassen. Alles, was Augen und Ohren aufnahmen, wurde registriert und in unbegrenzten Gehirnkapazitäten gespeichert, um dann bei Bedarf ohne jegliche Anstrengung abgerufen zu werden. Marian konnte alte Fälle bis ins kleinste Detail rekapitulieren, ein Ausbund an Wissen in allen Belangen der isländischen Kriminalgeschichte. Messerscharfe Schlussfolgerungen und ausgefuchste Logik.

Unter den Kollegen galt Marian Briem als ungeheuer pedantisch, anspruchsvoll, ungeduldig und unerbittlich, wie Erlendur einmal zu Eva Lind gesagt hatte, als das Thema aufkam. Jahrelang hatte es tiefe Verstimmungen zwischen ihnen gegeben, was dazu geführt hatte, dass sie kaum miteinander sprachen. Erlendur legte das so aus, dass er Marian in irgendeiner Form enttäuscht hatte. Seiner Meinung nach kam das immer deutlicher zum Ausdruck, bis der große Mentor endlich zur großen Erleichterung von Erlendur aus Altersgründen von der Bühne verschwand.

Nachdem Marian aufgehört hatte, war ihre Beziehung wieder besser geworden. Die Spannungen verringerten sich, das Konkurrenzdenken war verschwunden.

»... und deswegen fiel mir ein, dich zu besuchen und herauszubekommen, an was du dich in Bezug auf Holberg und Elliði und Grétar erinnerst«, sagte Erlendur schließlich.

»Du machst dir doch wohl keine Hoffnungen, dass du Grétar nach all den Jahren findest?«, fragte Marian und klang verwundert. Einen Moment glaubte Erlendur, Besorgtheit in Marians Miene zu entdecken.

»Wie weit warst du in Sachen Grétar gekommen?«

»Ich habe dabei gar nichts ausrichten können, denn ich war überhaupt nicht mit dem Fall befasst«, sagte Marian. Erlendur freute sich einen Augenblick, denn er glaubte so etwas wie einen entschuldigenden Ton herauszuhören. »Er verschwand wahrscheinlich an demselben Wochenende, als die Jubiläumsfeierlichkeiten in Þingvellir stattfanden. Ich habe mit seiner Mutter gesprochen und seinen Freunden und Kollegen Holberg und Elliði. Grétar arbeitete damals, als er verschwand, als Hafenarbeiter bei Eimskip. Es wurde allgemein angenommen, dass er beim Löschen eines Frachtschiffs über Bord gegangen sei. Die anderen sagten aus, dass es ihnen nicht hätte entgehen können, wenn er in den Laderaum gefallen wäre.«

»Wo waren Holberg und Elliði zu der Zeit, als Grétar verschwand? Kannst du dich daran erinnern?«

»Sie erklärten beide, an der Feier in Þingvellir teilgenommen zu haben, und das konnten wir auch überprüfen. Aber es war natürlich ganz unklar, wann genau Grétar verschwunden ist. Zwei Monate lang hatte ihn niemand gesehen, als seine Mutter sich mit uns in Verbindung setzte. Worauf willst du hinaus? Hat sich etwas Neues mit Bezug auf Grétar herausgestellt?«

»Nein«, sagte Erlendur. »Und ich fahnde auch nicht nach ihm. Falls er nicht plötzlich wieder aufgetaucht ist und seinen alten Kumpel Holberg im Nordermoor umgebracht hat, kann er meinetwegen auf ewig verschwunden bleiben. Ich versuche nur, mir darüber klar zu werden, was für ein Trio das eigentlich war, Holberg, Elliði und Grétar.«

»Das waren verkrachte Existenzen. Alle drei. Du kennst ja Elliði. Grétar war keinen Deut besser, allerdings wohl eine noch trübere Tasse als die anderen. Irgendwann hatte ich mal wegen eines Einbruchs mit ihm zu tun, und ich hatte den Eindruck, als wäre das der Anfang einer hübschen kleinkriminellen Karriere gewesen. Sie arbeiteten zusammen bei der Leuchtturm- und Hafenbehörde. Da haben sie sich kennen gelernt. Elliði war dumm und sadistisch veranlagt, geriet bei jeder Gelegenheit in Schlägereien. Schikanierte Unterlegene, Schwächere. Daran hat sich nichts geändert, soweit ich informiert bin. Holberg war noch der Intelligenteste von den dreien, und er war so etwas wie der Leithammel. Aus der Sache mit Kolbrún hat er sich glänzend herauslaviert. Als ich mich seinerzeit nach ihm erkundigte, bekam ich nur zögernde Antworten. Grétar war ein Armleuchter, der ihnen nachlief, er wirkte kleinmütig und feige, aber ich hatte das Gefühl, dass da hinter dieser Fassade womöglich noch etwas anderes steckte.«

»Kannten Rúnar und Holberg sich?«

»Ich glaube nicht.«

»Wir haben offiziell noch nichts darüber verlautbaren lassen«, sagte Erlendur, »aber wir haben eine Nachricht bei der Leiche gefunden.«

»Eine Nachricht?«

»Der Mörder schrieb *Ich bin er* auf ein Blatt und legte es auf Holberg.«

»Ich bin er?«

»Deutet das nicht auf Verwandtschaft hin?«

»Oder auf einen Messiaskomplex. Ein übergeschnappter Gottesmann.«

»Ich würde es eher mit Verwandtschaft verbinden.«

»Ich bin er? Was will der Mann damit sagen? Was besagt diese Nachricht?«

»Ich wünschte, ich wüsste es.«

Er stand auf und setzte den Hut auf und erklärte, dass er nach Hause müsse. Marian fragte, wie es mit Eva Lind stünde, und Erlendur antwortete, dass sie sich mit ihren Problemen herumschlüge. Marian begleitete ihn zur Tür und öffnete sie für ihn. Ein fester Händedruck in der Tür. Als Erlendur die Treppe hinunterging, rief Marian ihm nach:

»Erlendur! Warte einen Augenblick, Erlendur.«

Erlendur drehte sich um, und als er hochschaute, sah er Marian Briem in der Tür stehen. Die würdevolle Erscheinung war vom Alter gezeichnet, die gebeugten Schultern und das faltige Gesicht zeugten von einem nicht einfachen Leben. Es war lange her, seit er in dieses Haus gekommen war, und er hatte, als er Marian im Sessel gegenübersaß, darüber nachgedacht, wie die Zeit den Menschen mitspielt.

»Lass dir das, was du über Holberg in Erfahrung bringst, nicht zu nahe gehen«, sagte Marian Briem. »Lass ihn nicht etwas in dir kaputtmachen, was du heil behalten willst. Lass ihn nicht die Oberhand behalten. Das war's.«

Erlendur stand draußen im Regen und wusste nicht so recht, was dieser Rat sollte. Marian Briem nickte ihm zu.

»Was für ein Einbruch war das?«, rief Erlendur, bevor die Tür ins Schloss fiel.

»Einbruch?«, fragte Marian, und die Tür ging wieder auf.

»Den Grétar verübt hat. Wo ist er eingebrochen?«

»In einem Fotogeschäft. Fotografieren war so ein Tick von ihm«, sagte Marian Briem. »Er fotografierte.«

Zwei Männer, beide in Lederjacken und schwarzen, ledernen Schnürstiefeln bis an die Waden, klopften an der Tür und störten Erlendur, als er später am Abend zu Hause bei sich im Sessel saß und vor sich hin gähnte. Er war nach Hause gekommen, hatte nach Eva Lind gerufen, aber keine Antwort bekommen, und sich auf die Hähnchenschenkel gesetzt, die im Stuhl gelegen hatten, seitdem er in der vorigen Nacht darauf geschlafen hatte. Die beiden Typen fragten nach Eva Lind. Erlendur hatte sie nie zuvor gesehen, und seine Tochter hatte er nicht gesehen, seit sie ihm die köstliche Fleischsuppe gekocht hatte. Sie sahen ausgesprochen brutal aus, als sie fragten, wo sie sie finden könnten. Sie versuchten, in die Wohnung hineinzuschauen, ohne sich direkt an ihm vorbeizudrängen. Erlendur fragte, was sie von seiner Tochter wollten. Sie nannten ihn einen alten, geilen Bock und fragten, ob er sie da drin versteckt halte. Erlendur fragte zurück, ob sie Geld eintreiben oder abwichsen würden. Sie sagten, er solle die Fresse halten. Erlendur sagte, sie sollten sich verpissen, worauf sie erwiderten, er könne sich am Arsch lecken. Als er die Tür zumachen wollte, schob der eine sein Knie in den Türrahmen. »Deine Tochter ist eine verdammte Nutte«, rief er. Er trug eine Lederhose.

Erlendur stöhnte.

Es war ein langer und unangenehmer Tag gewesen.

Er hörte, wie ein Knie auf der anderen Seite der Tür kaputtging, als die Tür darauf traf. Sie war mit solcher Kraft zugeknallt worden, dass sie oben aus den Angeln ging.

20

Sigurður Óli überlegte, wie er die Frage formulieren sollte. Er hatte eine Liste mit den Namen von zehn Frauen in der Hand, die vor und nach 1960 in Húsavík gelebt hatten und nach Reykjavík gezogen waren. Zwei auf der Liste waren gestorben. Zwei hatten niemals Kinder bekommen. Sechs waren Mütter und hatten ihre Kinder in der fraglichen Zeit bekommen, in der die Vergewaltigung hätte stattfinden können. Sigurður Óli war jetzt bei der ersten, die in der Barmahlíð wohnte, geschieden war und drei erwachsene Söhne hatte.

Aber wie sollte er die Frage formulieren, um sie einer Frau in den besten Jahren vorzulegen? Entschuldigung, meine Liebe, aber ich bin von der Polizei und soll herausbekommen, ob du zufälligerweise irgendwann einmal in Húsavík vergewaltigt worden bist, als du dort gewohnt hast. Er hatte das mit Elinborg besprochen, die eine Liste mit zehn weiteren Frauen hatte, aber sie verstand das Problem nicht.

Sigurður Óli war der Ansicht, dass die Maßnahmen, die Erlendur eingeleitet hatte, völlig sinnlos waren. Selbst wenn Elliði zufälligerweise die Wahrheit gesagt haben sollte, und selbst wenn Zeit und Ort passten, wie groß waren die Chancen, dass die Betroffene jetzt Auskunft über eine Vergewaltigung geben würde? Sie hatte ein ganzes Menschenalter geschwiegen. Weswegen sollte sie jetzt auf einmal die Wahrheit ans Licht kommen lassen. Wenn Sigurður Óli oder ein anderer von den fünf Kriminalbeamten, die eine solche Liste hatten, bei ihr vorstellig wurde, brauchte sie nichts weiter zu tun, als »Nein« zu sagen, und sie konnten wenig mehr tun, als sich für die Störung zu entschuldigen.

»Es geht um die Reaktion, geh das Ganze psychologisch an«, hatte Erlendur gesagt, als Sigurður Óli versuchte, ihm das Problem klarzumachen. »Sieh zu, dass du in die Wohnung hineingelassen wirst, dich setzen kannst, eine Tasse Kaffee bekommst, plauderst; geh auf die Frauen ein.«

»Psychologie!«, knurrte Sigurður Óli, als er in der Barmahlíð aus dem Auto stieg, und er musste an Bergþóra denken, mit der er zusammenlebte. Er wusste noch nicht einmal, wie er ihr psychologisch kommen konnte. Sie waren sich vor einiger Zeit unter ungewöhnlichen Umständen begegnet, als Bergþóra Zeugin in einem komplizierten Fall war. Nach einer kurzen Liaison hatten sie beschlossen, zusammenzuziehen. Es stellte sich heraus, dass sie gut miteinander auskamen, ähnliche Interessen hatten, und beide hatten Spaß an einem perfekten Zuhause mit Designermöbeln und Kunstgegenständen. Echte Yuppies. Sie küssten sich, wenn sie sich nach einem langen Arbeitstag wiedersahen. Machten sich kleine Geschenke. Öffneten eine Flasche Wein. Manchmal gingen sie unverzüglich direkt ins Bett, wenn sie von der Arbeit nach Hause kamen, aber das war in letzter Zeit seltener geworden.

Das lag daran, dass sie ihm zum Geburtstag ganz gewöhnliche finnische Gummistiefel geschenkt hatte. Er hatte versucht, vor Freude zu strahlen, aber der ungläubige Gesichtsausdruck stand ihm deutlich und lange ins Gesicht geschrieben; sie spürte, dass etwas nicht in Ordnung war. Das Lächeln war falsch, als es endlich zum Vorschein kam.

»Weil du keine Stiefel hast«, sagte sie.

»Ich habe keine Gummistiefel besessen, seit ich ... äh ... zehn war«, sagte er.

»Freust du dich nicht?«, fragte sie.

»Ich find sie ganz super«, sagte Sigurður Óli, wissend, dass er die Frage nicht beantwortet hatte. Sie wusste es auch. »Nein, ehrlich«, fügte er hinzu und spürte, wie er sich in eine unmögliche Situation hineinmanövriert hatte. »Sie sind großartig.«

»Du freust dich überhaupt nicht darüber«, sagte sie niedergeschlagen.

»Doch, doch«, sagte er, immer noch perplex, denn er

musste unaufhörlich an die Armbanduhr für dreißigtausend Kronen denken, die er ihr zum Geburtstag geschenkt hatte. Eine ganze Woche hatte er zu dem Kauf benötigt, hatte in der ganzen Stadt Erkundigungen eingezogen und mit Uhrmachern über Arten, Vergoldung, Uhrwerke, Armbänder, Wasserdichte, Schweizer Uhren und Kuckucksuhren diskutiert. Er hatte seine gesamten Fähigkeiten als Kriminalbeamter eingesetzt, um die richtige Armbanduhr zu finden, hatte sie schließlich gefunden, und sie war total begeistert gewesen, und ihre Freude war ohne Falsch.

Und dann saß er ihr gegenüber mit einem gefrorenen Lächeln im Gesicht, versuchte zu strahlen, aber das gelang ihm ums Verrecken nicht.

»Psychologie!«, knurrte Sigurður Óli.

Er klingelte an der Wohnungstür und brachte die Frage mit so viel psychologischer Tiefe hervor, wie er konnte, aber das ging völlig daneben. Bevor er sich's versah, hatte er die Frau da auf dem Treppenabsatz lässig gefragt, ob sie vielleicht irgendwann mal vergewaltigt worden sei.

»Das ist ja wirklich eine Zumutung«, sagte die Frau, die stark geschminkt war. Sie trug Modeschmuck an den Fingern, der Gesichtsausdruck war verbissen, und es gab keine Anzeichen dafür, dass er sich lockern wollte. »Wer bist du eigentlich? Was ist das für eine bodenlose Unverschämtheit?«

»Verzeihung«, ächzte Sigurður Óli und sprang die Treppe wieder hinunter.

Elinborg erging es besser, denn sie war mit ihren Gedanken bei der Arbeit und hatte keine Probleme, mit Leuten ins Gespräch zu kommen. Ihr Spezialgebiet war Kochen, und da sie eine leidenschaftliche und gute Köchin war, hatte sie keine Probleme, Gesprächsthemen zu finden. Im Zweifelsfalle fragte sie danach, was für göttliche Essensdüfte aus den Wohnungen kamen, und meistens gingen die Leute ganz begeistert darauf ein, selbst wenn sie bereits seit einer Woche ausschließlich von Popcorn gelebt hatten.

Sie saß jetzt im Wohnzimmer einer Souterrainwohnung in Breiðholt und ließ sich von einer älteren Frau aus Húsavík Kaffee einschenken. Sie war Mutter von zwei erwachsenen Kindern und seit vielen Jahren Witwe. Ihr Name war Sigurlaug, und sie war der letzte Name auf Elinborgs Liste. Sie hatte es nicht schwierig gefunden, die heikle Frage vorzubringen, und anschließend bat sie ihre Gesprächspartnerinnen, sich mit ihr in Verbindung zu setzen, falls ihnen etwas zu Ohren käme, auch wenn es nur Klatschgeschichten aus Húsavík seien.

»... und deswegen suchen wir nach einer Frau aus Húsavík in deinem Alter, die Holberg vielleicht damals gekannt hat und sogar in Schwierigkeiten mit ihm gelandet sein könnte.«

»Ich kann mich an keinen Mann in Húsavík erinnern, der Holberg hieß«, sagte die Frau. »Was meinst du mit Schwierigkeiten?«

»Holberg war nur vorübergehend in Húsavík«, sagte Elinborg, »deswegen kann es gut sein, dass du dich nicht an ihn erinnerst. Er hat niemals dort gewohnt. Und das war ein Fall von Misshandlung. Wir wissen, dass er vor Jahrzehnten eine Frau attackiert hat, und wir versuchen, sie jetzt zu finden.«

»Das muss doch in euren Berichten stehen.«

»Der Überfall wurde nie angezeigt.«

»Was für ein Überfall?«

»Vergewaltigung.«

Die Frau hielt sich unwillkürlich die Hand vor den Mund, und die Augen wurden doppelt so groß.

»Mein Gott!«, sagte sie. »Darüber weiß ich gar nichts. Vergewaltigung! Du lieber Himmel! Davon hab ich nie was gehört.«

»Nein, das ist wohl alles geheim gehalten worden«, sagte Elinborg. Sie entwand sich geschickt den aufdringlichen Fragen der Frau, die alles detailliert wissen wollte, erklärte, dass die Sache im Ermittlungsstadium sei und bisher sowieso nur auf Gerüchten fuße. »Ich überlege gerade«, sagte sie dann, »ob du möglicherweise irgendwen kennst, der mehr über die Sache wissen könnte.« Die Frau gab ihr die Namen von zwei Freundinnen aus Húsavík, denen angeblich nie etwas entging. Elinborg schrieb die Namen auf, blieb dann noch eine Weile, um nicht unhöflich zu sein, und verabschiedete sich dann.

Erlendur hatte eine Platzwunde an der Stirn, die er selbst verarztet hatte. Der eine der abendlichen Gäste lag kampfunfähig da, nachdem Erlendur ihm die Tür ans Knie gedonnert hatte, sodass er wimmernd zu Boden ging. Der andere starrte fassungslos auf die Szene, und ehe er sich's versah, war Erlendur bei ihm und stieß ihn, ohne mit der Wimper zu zucken, rückwärts die Treppe hinunter. Er konnte das Geländer zu fassen bekommen und damit verhindern, dass er auf der Treppe landete. Er fand es wohl nicht ratsam, sich mit Erlendur einzulassen, dessen Gesicht angeschwollen und blutig war. Er schaute für einen Moment auf seinen Kumpel, der auf dem Boden lag und vor

Schmerzen brüllte, dann wieder auf Erlendur und beschloss, das Weite zu suchen. Er war kaum älter als zwanzig.

Erlendur bestellte einen Krankenwagen, und während sie darauf warteten, bekam er zu wissen, was sie von Eva Lind wollten. Der Mann wollte zuerst nicht mit der Sprache heraus, aber als Erlendur ihm anbot, sich das Knie anzuschauen, wurde er etwas gesprächiger. Sie waren Geldeintreiber. Eva Lind schuldete einem Mann, von dem Erlendur nie gehört hatte, sowohl Geld als auch Dope.

Als Erlendur am nächsten Tag ins Büro ging, erklärte er niemandem, was es mit dem Pflaster auf sich hatte, und es gab niemanden, der gewagt hätte, ihn zu fragen. Die Tür hatte ihn beinahe k.o. geschlagen, als sie vom Knie des Eintreibers zurück und gegen seine Stirn prallte. Die Stirn schmerzte heftig, und er machte sich solche Sorgen wegen Eva Lind, dass er kaum Schlaf finden konnte, stundenweise im Sessel einschlummerte und hoffte, dass seine Tochter zurückkäme, bevor es zu spät war. Er blieb gerade lange genug, um zu erfahren, dass Grétar eine Schwester gehabt hatte und dass seine Mutter noch am Leben war, die im Altersheim Grund lebte.

Wie er Marian Briem gesagt hatte, war er nicht unbedingt auf der Suche nach Grétar, genauso wenig wie nach dem verschwundenen Mädchen aus Garðabær, aber er war der Meinung, dass es nichts schaden könne, mehr über ihn zu wissen. Grétar war mit von der Partie gewesen in der Nacht, als Kolbrún vergewaltigt wurde. Vielleicht hatte er irgendwem etwas über diesen Abend erzählt, irgendein kleines Detail, das er weitergegeben hatte. Er rechnete nicht damit, etwas Neues über das Verschwinden herauszufinden, Grétar konnte seinetwegen dort, wo er lag, in Frieden ruhen; Erlendur hatte aber schon seit langem ein besonderes Interesse für das spurlose Verschwinden von Menschen in Island. Hinter jedem einzelnen Fall steckte wahrscheinlich nicht nur eine Horrorgeschichte, sondern seiner Meinung nach waren solche Menschen, die der Erdboden verschluckte, ohne dass irgendjemand zu wissen schien, warum, merkwürdig faszinierend.

Grétars Mutter war neunzig und blind. Erlendur sprach kurz mit der Leiterin des Altersheims, die ihre Blicke kaum von seiner Stirn lösen konnte, und er bekam zu wissen, dass Theodora zu den ältesten Heimbewohnern gehörte. Sie lebte mit am längsten in diesem Heim, eine in jeder Hinsicht vorbildliche Frau, geliebt und bewundert von den Angestellten und anderen Heimbewohnern.

Erlendur wurde zu Theodora begleitet und ihr vorgestellt. Die alte Frau saß in einem Rollstuhl auf ihrem Zimmer. Sie trug einen Morgenmantel, und man hatte ihr eine Wolldecke über die Knie gebreitet. Das lange graue Haar war in einem großen Zopf geflochten, der über die Rückenlehne herunterhing, der Körper eingefallen, die Hände knochig. Ein friedliches Gesicht. Nur wenige persönliche Gegenstände. Ein Bild von John F. Kennedy hing in einem Rahmen über ihrem Bett. Erlendur setzte sich auf einen Stuhl vor ihr, blickte in Augen, die nicht mehr sehen konnten, und sagte, er wolle über Grétar reden. Das Gehör schien noch gut zu funktionieren, und sie war ganz klar im Kopf. Sie zeigte keinerlei Anzeichen von Verwunderung, sondern kam gleich zur Sache, so wie sie es wahrscheinlich ihr ganzes Leben lang getan hatte. Sie sprach mit auffälligem nordisländischem Akzent.

»Mein Grétar war kein vorbildlicher Junge«, sagte sie.

»Wenn ich die Wahrheit sagen soll, dann war er ein richtiger Jammerlappen. Ich weiß nicht, woher er das hatte. Er hat gestohlen, und auch sonst war er sich für nichts zu schade. Trieb sich mit anderem Gesindel und Gesocks herum. Habt ihr ihn etwa gefunden?«

»Nein«, sagte Erlendur. »Einer seiner Freunde wurde neulich ermordet. Holberg. Du hast vielleicht davon gehört.«

»Den kenne ich nicht. Hast du gesagt, dass er abgemurkst wurde?«

Erlendur griente, zum ersten Mal seit langem sah er einen Grund zu lächeln.

»In seiner Wohnung. Sie haben früher zusammen gearbeitet, er und dein Sohn. Bei der Leuchtturm- und Hafenbehörde.«

»Das Letzte, was ich von meinem Grétar gesehen habe, und da konnte ich noch hervorragend sehen, das war, als er in dem Sommer zu mir nach Hause kam, als diese Jubiläumsfeier war, und da hat er mir Geld gestohlen, das ich im Portemonnaie hatte, und etwas Silber. Erst als er schon wieder weg war, habe ich bemerkt, dass das Geld verschwunden war. Und dann verschwand Grétar selber. Als ob er gestohlen worden wäre. Weißt du, wer ihn gestohlen hat?«

»Nein«, sagte Erlendur. »Hast du eine Ahnung, was er gemacht hat, bevor er verschwunden ist? Mit wem er Umgang hatte?«

»Keine Ahnung«, sagte die alte Frau. »Ich wusste nie, was Grétar so trieb. Das habe ich euch damals auch gesagt.«

»Wusstest du, dass er fotografierte?«

»Ja, er machte Fotos. Er hat immer fotografiert. Ich weiß

nicht, wozu. Er sagte mir, Fotos seien Spiegel ihrer Zeit, und ich hatte keine Ahnung, wovon er redete.«

»War das nicht ein bisschen hochgestochen für Grétar?«

»So habe ich ihn sonst nie reden hören.«

»Seine letzte Adresse war in der Bergstaðastræti, wo er ein Zimmer gemietet hatte. Was wurde aus seinen Sachen, der Kamera, den Filmen, weißt du das?«

»Das weiß vielleicht meine Klara«, sagte Theodora. »Meine Tochter. Sie hat sein Zimmer ausgeräumt. Hat den ganzen Kram weggeschmissen, glaube ich.«

Erlendur stand auf, und sie folgte seinen Bewegungen mit dem Kopf. Er dankte ihr für die Hilfe, sagte, dass das sehr wichtig gewesen sei. Dann wollte er sie loben und ihr sagen, wie rüstig sie sei und wie klar im Kopf, ließ es aber bleiben, weil er mit ihr nicht wie mit einem Kind reden wollte. Er schaute an der Wand entlang bis zum Bild von Kennedy und konnte die Frage nicht zurückhalten.

»Weswegen hast du ein Bild von Kennedy über deinem Bett?«, fragte er und blickte in leere Augen.

»Ach«, seufzte Theodora, »ich habe viel von ihm gehalten, solange er lebte.«

21

Die Leichen lagen Seite an Seite auf den kalten Seziertischen im Leichenschauhaus am Barónsstígur. Erlendur versuchte, nicht daran zu denken, wie er Vater und Tochter im Tod vereint hatte. Der Rumpf von Holberg war bereits obduziert und untersucht worden, sollte aber noch auf weitere Symptome untersucht werden, die sich auf die Erbkrankheit und die Verwandtschaft mit Auður konzentrieren würden. Erlendur bemerkte, dass seine Finger schwarz waren. Man hatte auch Fingerabdrücke von dem Toten genommen. Die Leiche von Auður lag eingewickelt in weißes Leinentuch auf dem Tisch neben Holberg. Sie war noch nicht angerührt worden.

Erlendur kannte den Gerichtsmediziner nicht, und er konnte auch nur wenig von ihm sehen. Er war groß, die kräftigen Hände steckten in dünnen Kunststoffhandschuhen. Er trug einen grünen Kittel, der hinten zugeknöpft war, und grüne Hosen aus demselben Stoff, und darüber eine weiße Schürze. Er hatte einen Mundschutz und eine blaue Plastikhaube auf dem Kopf. Die Füße steckten in weißen Turnschuhen.

Erlendur war schon oft im Leichenschauhaus gewesen, und jedes Mal ging es ihm gleich schlecht. Der Geruch des Todes erfüllte seine Sinne und setzte sich in der Kleidung fest, der Geruch von Formalin und Desinfektionsmitteln und der entsetzliche Gestank von Leichen, die geöffnet worden waren. Starke Neonleuchten hingen von der Decke und warfen grelle Helligkeit in den fensterlosen Raum. Große weiße Fliesen waren auf dem Fußboden, und die Wände waren zur Hälfte gefliest, der obere Teil mit weißer Ölfarbe gestrichen. An den Wänden standen Tische mit Mikroskopen und anderen Gerätschaften, und darüber hingen Schränke, einige mit Glastüren, durch die man Gefäße und Gläser erkennen konnte, die Erlendur mit nichts in Verbindung bringen konnte. Hingegen verstand er den Zweck der Messer, Zangen und Sägen, die ordentlich aufgereiht auf einem langen Arbeitstisch lagen.

Erlendur bemerkte eine Duftplakette, die von einer

Neonleuchte über dem einen Seziertisch herabbaumelte. Sie zeigte ein Mädchen im Bikini, das an einem hellen Strand entlanglief. Ein Kassettenrecorder stand auf einem Tisch, mit einigen Kassetten daneben, und aus dem Gerät erklang klassische Musik. Erlendur tippte auf Mahler. Ein Tablett mit Essen für den Arzt stand auf einem Tisch neben einem Mikroskop.

»Sie gibt schon lange keinen Geruch mehr ab, das Mädchen, aber ihr Körper ist noch in guter Verfassung«, sagte der Arzt und schaute zu Erlendur hinüber, der an der Tür stehen geblieben war, als ob er zögerte, in das erleuchtete Zimmer des Todes und der Verwesung einzutreten.

»Was?«, sagte Erlendur und konnte seine Augen nicht von dem weißen Bündel abwenden. Die Stimme des Arztes hatte einen amüsierten Unterton, den er nicht verstand.

»Ich meine das Bikinimädchen«, sagte der Arzt und nickte in Richtung der Duftplakette. »Ich muss mir eine neue zulegen. Wahrscheinlich gewöhnt man sich nie an den Geruch. Komm herein. Keine Angst. Es sind nur fleischliche Überreste.« Er schlenkerte ein Messer über Holbergs Bauch. »Keine Seele, kein Leben, nur eine sterbliche Hülle. Glaubst du an Wiedergänger?«

»Was?«, sagte Erlendur wieder.

»Glaubst du, dass ihre Seelen alles mitverfolgen? Glaubst du, dass sie hier irgendwo herumschweben, oder glaubst du, dass sie sich in einem anderen Körper reinkarniert haben? Wiedergeboren worden sind. Glaubst du an ein Leben nach dem Tod?«

»Nein, das tue ich nicht«, sagte Erlendur.

»Der Mann hier starb nach einem schweren Schlag auf den Kopf, der die Kopfhaut durchbohrte, die Schädeldecke durchschlug und bis ins Hirn vordrang. Es hat den Anschein, als habe der Mann, der ihm den Hieb versetzte, ihm gegenübergestanden. Es ist nicht unwahrscheinlich, dass sie einander angeschaut haben. Der Angreifer ist wahrscheinlich Rechtshänder, die Wunde ist an der linken Seite. Und er ist körperlich fit, ein junger Mann oder vielleicht auch etwas älter, aber wohl kaum eine Frau, es sei denn, sie verrichtet schwere körperliche Arbeit. Der Hieb hat wahrscheinlich den Tod sofort herbeigeführt. Er hat den Weg gesehen und das helle Licht am Ende des Wegs.«

»Es ist viel wahrscheinlicher, dass er in die andere Richtung gegangen ist«, sagte Erlendur.

»Ach so. Der Magen ist leer, es gibt Reste von Kaffee und einem Ei, der Darm ist gefüllt. Er litt, falls das nicht übertrieben ausgedrückt ist, an Darmträgheit. Nicht selten in diesem Alter. Niemand hat Anspruch auf diese Leiche erhoben, und deswegen haben wir darum ersucht, dass wir ihn zu Unterrichtszwecken verwenden dürfen. Was sagst du dazu?«

»Er bringt als Toter wahrscheinlich mehr Nutzen als im Leben.«

Der Arzt blickte Erlendur an, ging zu einem Tisch hin und nahm ein rotes Fleischstück von einem Stahltablett und hielt es mit der einen Hand hoch.

»Ich kann nicht sehen, ob die Menschen gut oder schlecht gewesen sind«, sagte er. »Das könnte genauso gut das Herz eines Heiligen sein. Was wir in Erfahrung bringen müssen, ist, wenn ich dich richtig verstehe, ob dieses Herz krankes Blut gepumpt hat.«

Erlendur schaute verblüfft auf den Arzt, der das Herz von Holberg hochhielt und betrachtete. Schaute zu, wie er mit dem toten Muskel hantierte, als ob nichts auf der Welt selbstverständlicher sei.

»Ein starkes Herz«, fuhr der Arzt fort. »Das hätte noch viele Jahre schlagen können, hätte seinen Besitzer hundert Jahre alt werden lassen können. Dem fehlt nichts.«

Der Arzt legte das Herz auf das Stahltablett zurück.

»Da ist aber etwas Merkwürdiges mit diesem unserem Holberg«, sagte er, »ohne dass ich ihn in dieser Hinsicht besonders untersucht hätte. Du wirst bestimmt wollen, dass ich das tue. Es gibt einige schwache Anzeichen dafür, dass er eine bestimmte Krankheit gehabt hat. Ich habe im Gehirn einen kleinen Tumor gefunden, einen gutartigen, der ihm vielleicht etwas zu schaffen gemacht hat, und er hat einige Hautverfärbungen, vor allem hier unter den Armen.«

»Kaffeeflecken?«, fragte Erlendur.

»Café au lait heißen sie in den schlauen Büchern. Ja, Kaffeeflecken. Weißt du etwas darüber?«

»Absolut gar nichts.«

»Ich werde zweifellos noch mehr Symptome finden, wenn ich ihn näher untersuche.«

»Es war die Rede von Kaffeeflecken bei dem Mädchen. Sie bekam einen Hirntumor. Bösartig. Weißt du, was für eine Krankheit das ist?«

»Darüber kann ich jetzt noch nichts sagen.«

»Sprechen wir von einer Erbkrankheit?«

»Ich weiß es nicht.«

Der Arzt ging hinüber zu dem Tisch, wo Auður lag.

»Kennst du die Story von Einstein?«, fragte er.

»Einstein?«, sagte Erlendur.

»Albert Einstein.«

»Was für eine Story?«

»Eine merkwürdige Geschichte. Thomas Harvey? Nie von ihm gehört? Ein Pathologe.«

»Nein.«

»Er hatte Wache, als Einstein starb«, fuhr der Arzt fort. »Ein neugieriger Zeitgenosse. Obduzierte die Leiche, und weil es Einstein war, konnte er sich nicht zurückhalten und öffnete auch den Kopf und untersuchte das Gehirn. Und er tat noch mehr. Er klaute Einsteins Gehirn.«

Erlendur schwieg. Er hatte keine Ahnung, worauf der Arzt hinauswollte.

»Nahm es mit zu sich nach Hause. Manche Leute haben eine merkwürdige Sammelleidenschaft, besonders, wenn es sich um berühmte Menschen handelt. Harvey verlor seinen Job, als der Diebstahl bekannt wurde, und er wurde mit den Jahren wunderlich; eigentlich war er eine richtige Legende. Es gab viele Geschichten über ihn. Das Gehirn hat er immer zu Hause bei sich aufbewahrt. Ich weiß nicht, wie ihm das gelungen ist, denn Einsteins Verwandte versuchten unentwegt, es zurückzubekommen, aber ohne Erfolg. Im Alter schließlich schloss er Frieden mit den Verwandten und beschloss, ihnen das Gehirn zurückzugeben. Verstaute es im Kofferraum und fuhr damit quer durch Amerika zu einem Enkelkind von Einstein in Kalifornien.«

»Ist das wahr?«

»So wahr, wie ich hier stehe.«

»Und warum erzählst du mir das?«, fragte Erlendur.

Der Arzt lüftete das Laken von der Kindesleiche und schaute darunter.

»Bei ihr fehlt das Gehirn«, sagte er, und auf einmal war der unbekümmerte Ausdruck von seinem Gesicht verschwunden.

»Was?«, stöhnte Erlendur.

»Das Gehirn«, sagte der Arzt, »ist nicht an seinem Platz.«

22

Erlendur begriff nicht, was der Arzt sagte, und er schaute ihn an, als habe er ihn nicht gehört. Er konnte sich keinen Reim auf das machen, was der Arzt erzählte. Er schaute einen Moment auf die Leiche, blickte aber schnell wieder hoch, als er die Knochen einer kleinen Hand unter dem Laken hervorlugen sah. Er getraute sich nicht, sich das Bild von dem, was unter dem Laken lag, einzuprägen. Er wollte nicht wissen, wie die irdischen Überreste des Mädchens aussahen. Wollte nicht, dass dieses Bild jedes Mal wieder auftauchte, wenn er an sie dachte.

»Sie ist schon einmal geöffnet worden«, sagte der Arzt.

»Fehlt das Gehirn?«, stöhnte Erlendur.

»Sie ist damals obduziert worden.«

»Ja, im Krankenhaus in Keflavík.«

»Wann ist sie gestorben?«

»1968«, sagte Erlendur.

»Und wenn ich es richtig verstehe, soll Holberg ihr Vater gewesen sein. Aber ihre Eltern haben nicht zusammengelebt?«

»Das Mädchen hatte nur seine Mutter.«

»Hatten sie die Genehmigung, Organe von ihr zu wissenschaftlichen Zwecken zu nutzen?«, fuhr der Arzt fort. »Weißt du was darüber? Hat die Mutter dem zugestimmt?«

»Das kann ich mir nicht vorstellen«, sagte Erlendur.

»Es könnte ohne Genehmigung entfernt worden sein. Wer war für sie zuständig, als sie starb? Wer war ihr Arzt?«

Erlendur nannte Franks Namen. Der Arzt wurde nachdenklich.

»Ich kann nicht behaupten, dass ich nie von derartigen

Fällen gehört habe. Die Anverwandten werden manchmal gefragt, ob Organe zu wissenschaftlichen Zwecken entfernt werden dürfen. Alles im Namen der Wissenschaft, selbstverständlich. Wir brauchen das. Ich kenne Beispiele, dass bestimmte Organe zu Forschungszwecken entnommen werden, bevor die Beerdigung stattfindet, wenn keine Anverwandten vorhanden sind. Aber ich kenne nur wenige Beispiele, dass Organe de facto gestohlen wurden, wenn es Anverwandte gibt.«

»Wie kann das Gehirn fehlen?«, fragte Erlendur noch einmal.

»Also der Kopf ist entzweigesägt worden, um das Gehirn zur Gänze entnehmen zu können.«

»Nein, ich meine ...«

»Saubere Arbeit«, setzte der Arzt fort. »Der hat was von seinem Handwerk verstanden. Hier ist die Wirbelsäule durch den Hals von hinten angeschnitten worden, um das Gehirn loszulösen.«

»Ich weiß, dass das Gehirn wegen eines Tumors untersucht wurde«, sagte Erlendur. »Soll das heißen, das es nicht wieder an seinen Platz kam?«

»Es gibt eine bestimmte Erklärung«, sagte der Arzt und ließ das Laken wieder fallen. »Wenn sie das Gehirn für wissenschaftliche Zwecke entnommen haben, konnten sie es kaum noch vor der Beerdigung wieder zurückgeben. Es musste fixiert werden.«

»Fixiert?«

»Damit man besser damit arbeiten kann. Es wird dann wie Weißkäse. Das braucht seine Zeit.«

»Hätte es nicht genügt, ein paar Proben zu entnehmen?«

»Keine Ahnung«, sagte der Arzt. »Ich weiß nur, dass das Gehirn nicht an seinem Platz ist, und deswegen wird es schwierig sein, genau zu bestimmen, was ihren Tod herbeigeführt hat. Vielleicht können wir es mit einer DNA-Analyse des Knochengewebes herausfinden. Die Frage ist, was uns das sagt.«

Die Verwunderung in Franks Gesichtsausdruck war nicht zu übersehen, als er die Tür öffnete und wieder Erlendur im strömenden Regen da stehen sah.

»Wir haben das Mädchen exhumiert«, sagte Erlendur ohne Umschweife, »und das Gehirn von ihr fehlt. Weißt du etwas darüber?«

»Exhumiert? Das Gehirn?«, fragte der Arzt verblüfft und ließ Erlendur in sein Büro. »Was meinst du damit, dass das Gehirn fehlt?«

»Das, was ich sage. Das Gehirn ist entfernt worden. Wahrscheinlich, um die Todesursache zu bestimmen, und dann ist es nicht mehr zurückerstattet worden. Du warst ihr Arzt. Weißt du, was geschehen ist? Weißt du etwas über die Sache?«

»Ich war ihr Hausarzt, das habe ich dir, glaube ich, schon erklärt, als du das letzte Mal hier warst. Betreut wurde sie im Krankenhaus in Keflavík von den Ärzten dort.«

»Der Arzt, der die Obduktion vorgenommen hat, lebt nicht mehr. Wir haben die Kopie eines Berichts mit den pathologischen Ergebnissen bekommen. Der ist ziemlich knapp und nennt nur einen Hirntumor. Falls mehr untersucht wurde, gibt es keinen Bericht darüber. Hätte es nicht genügt, Proben zu entnehmen? Musste wirklich das ganze Gehirn entfernt werden?«

Der Arzt zuckte mit den Achseln.

»Ich kenne mich da nicht so gut aus.«

Er zögerte einen Augenblick.

»Fehlten noch andere Organe?«, fragte er dann.

»Andere?«, sagte Erlendur.

»Als das Gehirn. Fehlte nur das Gehirn?«

»Was meinst du damit?«

»Sind die anderen Organe nicht angerührt worden?«

»Ich glaube nicht. Der Arzt hat das nicht erwähnt. Nichts anderes angerührt? Worauf willst du hinaus?«

Frank blickte Erlendur nachdenklich an.

»Ich gehe nicht davon aus, dass du jemals etwas über den Gläserpalast gehört hast.«

»Gläserpalast?«

»Ja.«

»Was bedeutet Gläserpalast?«

»Er ist jetzt geschlossen worden, soweit ich weiß, aber erst vor ganz kurzer Zeit. Der Saal wurde so genannt. Gläserpalast.«

»Der Saal?«

»Im Obergeschoss auf dem Barónsstígur. Da, wo die Organe aufbewahrt wurden.«

»Organe aufbewahrt?«

»Sie wurden in Glaskrügen mit Formalin aufbewahrt. Alle möglichen Organe, die man aus den Krankenhäusern holte. Zu Unterrichtszwecken. Im Medizinstudium, Anatomie, Pathologie und wie das alles heißt. Sie wurden in einem Raum aufbewahrt, der von den Medizinstudenten Gläserpalast genannt wurde. Lagen in Formalin in Glasbehältern. Eingeweide. Herzen, Nieren und Extremitäten. Auch Gehirne.«

»Aus den Krankenhäusern?«

»Menschen sterben im Krankenhaus. Werden obduziert. Auch zu Unterrichtszwecken. Die Organe werden seziert.

Nicht alle werden zurückgegeben, einige werden zu Unterrichtszwecken aufbewahrt. Seinerzeit wurden solche Organe in dem Gläserpalast aufbewahrt.«

»Warum erzählst du mir das?«

»Es muss nicht sein, dass das Gehirn für immer verschwunden ist.«

»Wie das?«

»Es kann durchaus sein, dass es sich in irgendeinem Gläserpalast befindet. Organe, die zu Unterrichtszwecken aufbewahrt werden, sind alle registriert und systematisch erfasst. Wenn du das Gehirn unbedingt finden musst, dann besteht die Chance, dass es aufbewahrt wurde.«

»Ich habe noch nie von so was gehört. Werden die Organe ohne Genehmigung entfernt, oder bittet man die Angehörigen um Erlaubnis? ... Wie geht das vonstatten?«

Der Arzt zuckte mit den Achseln.

»Ich weiß es ehrlich gesagt nicht. Wahrscheinlich gibt es da diverse Möglichkeiten. Organe sind ungeheuer wichtig für den Unterricht. Alle Universitätskliniken auf der ganzen Welt haben eine große Sammlung von Organen. Ich habe sogar gehört, dass einzelne Ärzte, Pathologen, sich eine eigene Privatsammlung zugelegt haben, aber das ist etwas, wovon ich nur gehört habe.«

»Organsammler?«

»Die gibt es.«

»Organsammler?«

»Ja.«

»Was ist aus diesem ... Gläserpalast geworden? Wenn es sie nicht mehr gibt.«

»Ich weiß es nicht.«

»Denkst du, dass das Gehirn dort gelandet sein kann? In Formalin präpariert?«

»Könnte gut sein. Habt ihr das Mädchen exhumiert?«

»Vielleicht war das ein Missverständnis«, schnaubte Erlendur. »Vielleicht ist dieser ganze Fall ein einziges großes Missverständnis.«

23

Elinborg hatte Klara, die Schwester von Grétar, ausfindig gemacht. Ihre Suche nach einem weiteren Opfer von Holberg aus Húsavík hatte noch keinen Erfolg gezeitigt. Die Reaktionen der Frauen liefen alle aufs Gleiche hinaus: enormes und echtes Erstaunen, und dann brennendes Interesse, sodass Elinborg sich wirklich am Riemen reißen musste, um sich nicht die Details entlocken zu lassen. Obwohl sie und die anderen Kriminalbeamten allen einschärften, dass die Angelegenheit heikel sei und mit niemandem darüber gesprochen werden durfte, wusste Elinborg ganz genau, dass die Klatsch- und Tratschleitungen abends glühen würden.

Klara lebte in einer gepflegten Wohnung in einem Mehrfamilienhaus in Breiðholt. Sie nahm Elinborg an der Wohnungsstür in Empfang, eine schlanke Frau über fünfzig in Jeans und blauem Pullover, dunkelhaarig. Sie rauchte eine Zigarette.

»Habt ihr mit meiner Mutter gesprochen?«, fragte sie freundlich und interessiert, als Elinborg sich vorgestellt hatte und sie in die Wohnung gelassen worden war.

»Das war Erlendur«, sagte Elinborg. »Wir arbeiten zusammen.«

»Sie sagte, dass es ihm nicht gut ginge«, sagte Klara und ging vor Elinborg ins Wohnzimmer und bat sie, sich zu setzen. »Mutter macht immer solche Bemerkungen, die kein Mensch versteht.«

Elinborg antwortete nicht darauf.

»Ich habe heute frei«, sagte Klara, als wolle sie erklären, warum sie mitten am Tag zu Hause herumhing und rauchte. Sie erklärte, schichtweise bei einem Reisebüro zu arbeiten. Der Mann in der Arbeit, die beiden Kinder schon längst flügge. »Die Tochter studiert Medizin«, sagte sie stolz. Sie hatte die Zigarette kaum ausgemacht, als sie sich schon die nächste anzündete. Elinborg hustete höflich, aber Klara nahm diesen Hinweis nicht wahr.

»Das mit Holberg habe ich in der Zeitung gelesen«, sagte Klara, als ob sie ihrem Redefluss Einhalt gebieten wollte. »Mama sagte, dass der Mann nach Grétar gefragt hat. Wir waren Halbgeschwister. Mama hat vergessen, ihm das zu sagen, Grétar und ich haben dieselbe Mutter. Und die Väter sind schon lange tot.«

»Das wussten wir nicht«, sagte Elinborg.

»Willst du den Kram sehen, den ich aus seiner Wohnung geholt habe?«

»Das wäre nicht schlecht«, sagte Elinborg.

»Er hat in einem entsetzlichen Loch gewohnt. Habt ihr ihn gefunden?«

Klara blickte Elinborg an und sog den Rauch heftig in die Lungen.

»Wir haben ihn nicht gefunden«, sagte Elinborg, »und ich glaube, wir suchen nicht direkt nach ihm.« Sie hustete wieder höflich. »Es ist mehr als ein Vierteljahrhundert her, seit er verschwunden ist, sodass ...«

»Ich habe keine Ahnung, was passiert ist«, unterbrach

Klara und blies eine dicke Rauchwolke von sich. »Wir haben nicht viel Verbindung gehabt. Er war ziemlich viel älter als ich, ging seiner eigenen Wege und war ziemlich unausstehlich. Nie konnte man ein Wort aus ihm herausbekommen, er schikanierte Mutter und hat uns beide bestohlen, wo er nur konnte. Dann ist er ausgezogen.«

»Holberg hast du nicht gekannt?«, fragte Elinborg.

»Nein.«

»Oder Elliði?«, fügte sie hinzu.

»Was für ein Elliði?«

»Spielt keine Rolle.«

»Ich wusste nicht, mit wem Grétar Umgang hatte. Als er verschwunden war, sprach jemand mit mir, Marian, glaube ich, und nahm mich zu seiner Wohnung mit. Ein entsetzliches Loch. Da war ein widerlicher Geruch in dem Zimmer und der Boden übersät mit Abfällen, angefressene Schafsköpfe und verschimmeltes Rübenmus.«

»Marian?«, fragte Elinborg. Sie war noch nicht lange bei der Kriminalpolizei und kannte den Namen nicht.

»Ja, das war der Name.«

»Kannst du dich an eine Kamera in dem Zeugs da bei deinem Bruder erinnern?«

»Sie war das Einzige, was in diesem Zimmer in Ordnung war. Ich hab sie mitgenommen, aber nie benutzt. Die Polizei glaubte, sie wäre vielleicht gestohlen, und da war mir nicht wohl dabei. Ich bewahre sie in der Abstellkammer unten im Keller auf. Willst du sie sehen? Kommst du wegen der Kamera?«

»Dürfte ich sie vielleicht einmal sehen?«, fragte Elinborg.

Klara stand auf. Sie bat Elinborg, einen Augenblick zu warten, ging in die Küche und kam mit einem Schlüsselbund zurück. Sie gingen ins Treppenhaus und die Kellertreppe hinunter. Klara öffnete die Tür zu dem Gang mit den Abstellkammern, ging dann zu einer Tür und öffnete sie. In der Rumpelkammer herrschte ein heilloses Chaos, Liegestühle und Schlafsäcke, Ski- und Campingausrüstungen, ein Fußmassagegerät und ein Mineralwasserbereiter ließen Elinborg innerlich aufstöhnen.

»Ich habe das in einem Karton hier aufbewahrt«, sagte Klara, die sich in dem Tohuwabohu vorgearbeitet hatte. Sie bückte sich und hob einen kleinen braunen Pappkarton hoch. »Ich glaube, ich habe den ganzen Kram da reingetan. Außer der Kamera hat der Junge eigentlich nichts besessen.« Sie öffnete den Karton und wollte etwas herausnehmen, aber Elinborg hinderte sie daran.

»Nichts aus dem Karton nehmen«, sagte sie und streckte ihre Hand nach ihm aus. »Man kann nie wissen, welche Bedeutung der Inhalt für uns hat«, sagte sie wie zur Erklärung.

Klara reichte ihr den Karton mit etwas beleidigter Miene, und Elinborg öffnete ihn. Drinnen waren drei zerlesene Krimis, ein Taschenmesser, ein bisschen Kleingeld und ein Fotoapparat, eine Kodak Instamatic, die in eine Hosentasche passte. Elinborg erinnerte sich, dass das früher ein beliebtes Weihnachts- oder Konfirmationsgeschenk gewesen war. Kein besonders kostbarer Besitz für einen Mann mit brennendem Interesse am Fotografieren, aber sie tat natürlich ihre Dienste. Filme sah sie nicht in dem Karton. Erlendur hatte sie extra gebeten zu überprüfen, ob Grétar irgendwelche Filme hinterlassen hätte. Sie nahm ein Taschentuch, drehte die Kamera um und sah, dass kein Film drin war. Es waren auch keine Fotos in dem Karton.

»Und dann sind hier alle möglichen Schalen und Flüssigkeiten«, sagte Klara und zeigte nach hinten in den Abstellraum. »Ich glaube, er hat seine Fotos selbst entwickelt. Da ist auch noch etwas Fotopapier. Das ist doch bestimmt alles nicht mehr zu verwenden, oder? Müll.«

»Am besten nehme ich das auch mit«, sagte Elinborg, und Klara bahnte sich wieder einen Weg durch das Chaos.

»Weißt du, ob er seine Filme aufbewahrt hat, oder hast du welche bei ihm gesehen?«, fragte Elinborg.

»Nein, nichts dergleichen«, stöhnte Klara, als sie sich nach den Schalen bückte.

»Weißt du, wo er seine Fotos aufbewahrt hat?«

»Nein.«

»Weißt du vielleicht, warum er fotografierte?«

»Na, weil er Spaß daran hatte, vermute ich«, sagte Klara.

»Hast du jemals irgendwelche Bilder gesehen?«

»Nein, er hat mir nie was gezeigt. Wir hatten wenig Verbindung miteinander, wie ich schon sagte. Ich habe keine Ahnung, wo seine Bilder sind. Grétar war ein verdammter Idiot«, sagte sie, unsicher, ob sie sich wiederholt hatte, zuckte dann aber mit den Achseln.

»Ich würde diesen Karton gerne mitnehmen«, sagte Elinborg. »Das ist hoffentlich in Ordnung. Wir werden ihn bald wieder zurückbringen.«

»Was ist eigentlich los?«, fragte Klara und zeigte zum ersten Mal Interesse am Besuch der Polizei und den Fragen über ihren Bruder. »Wisst ihr, wo Grétar ist?«

»Nein«, sagte Elinborg und versuchte, jeglichen Zweifel zu zerstreuen. »In der Sache ist nichts Neues herausgekommen. Gar nichts.«

Die zwei Frauen, mit denen Kolbrún an dem Abend zusammen gewesen war, als Holberg sie attackierte, waren beide namentlich in den Polizeiberichten erwähnt. Erlendur hatte eine Fahndung nach ihnen eingeleitet, und es stellte sich heraus, dass beide aus Keflavík stammten, aber von dort weggezogen waren.

Die eine hatte einen amerikanischen Soldaten von der Nato-Basis geheiratet und lebte in den USA, und die andere war fünf Jahre später nach Stykkishólmur gezogen. Dort war sie immer noch gemeldet.

Erlendur überlegte, ob er einen ganzen Tag auf die Fahrt nach Stykkishólmur verschwenden sollte, oder ob es genügen würde, die Frau anzurufen.

Erlendur sprach nur schlecht Englisch, und deswegen überließ er es Sigurður Óli, die Frau in Amerika ausfindig zu machen. Er bekam ihren Mann zu sprechen, und es stellte sich heraus, dass sie vor fünfzehn Jahren gestorben war. Todesursache Krebs. In Amerika beerdigt.

Erlendur rief in Stykkishólmur an und bekam ohne nennenswerte Schwierigkeiten Verbindung mit der Frau. Er rief erst bei ihr zu Hause an und erfuhr, wo sie arbeitete. Sie war Krankenschwester am Krankenhaus.

Die Frau hörte Erlendur zu und erklärte dann, ihm leider nicht helfen zu können. Sie hatte schon damals der Polizei nicht helfen können, und daran hätte sich nichts geändert.

»Wir gehen davon aus, dass Holberg ermordet worden ist«, sagte Erlendur, »und dass das irgendwas mit diesem Vorfall damals zu tun hat.«

»Das habe ich in den Nachrichten gesehen«, sagte die Stimme am Telefon. Die Frau hieß Agnes, und Erlendur versuchte, sich auf Grund der Stimme eine Vorstellung von ihr zu machen. Er sah zunächst eine patente und entschlossene Frau in den Sechzigern vor sich, ziemlich korpulent, denn sie war kurzatmig. Dann bemerkte er, dass sie einen hässlichen Raucherhusten hatte, und Agnes verwandelte sich in eine spindeldürre Person mit gelber und verschrumpelter Haut. In regelmäßigen Abständen hustete sie röchelnd.

»Erinnerst du dich an den Abend in Keflavík?«, fragte Erlendur.

»Ich bin vor ihnen nach Hause gegangen«, sagte Agnes.

»Mit euch waren drei Männer.«

»Ich ging mit dem, der Grétar hieß. Ich habe euch damals davon erzählt. Ich finde es ziemlich unangenehm, darüber zu sprechen.«

»Das sind neue Informationen für mich, dass du mit Grétar nach Hause gegangen bist«, sagte Erlendur und blätterte in den Berichten vor sich.

»Ich habe ihnen das aber gesagt, als sie mich vor all diesen Jahren das Gleiche gefragt haben.«

Sie hustete und versuchte, Erlendur das Röcheln zu ersparen.

»Entschuldigung. Ich habe es nie geschafft, mit dem verdammten Rauchen aufzuhören. Er war ein richtiger Armleuchter, dieser Grétar. Ich habe ihn danach nie wieder gesehen.«

»Wie gut kanntet ihr euch, du und Kolbrún?«

»Wir arbeiteten zusammen. Das war, bevor ich die Krankenschwesternausbildung machte. Es war das erste und einzige Mal, dass wir zusammen ausgegangen sind. Verständlicherweise.«

»Hast du Kolbrún geglaubt, als sie über die Vergewaltigung sprach?«

»Ich erfuhr erst davon, als die Polizei eines Tages bei mir erschien und mich nach diesem Abend ausfragte. Ich kann mir nicht vorstellen, dass sie so etwas erlogen hätte. Kolbrún war ein Unschuldslamm, wie es im Buche steht. Durch und durch ehrlich, in allem, was sie tat, aber sie hatte etwas von einer Märtyrerin. Klein und schwächlich. Keine starke Persönlichkeit. Es ist vielleicht schrecklich, das zu sagen, aber sie war nicht besonders interessant, wenn du verstehst, was ich meine. Spaß haben konnte man nicht mir ihr.«

Agnes verstummte, und Erlendur wartete, bis sie weiterredete.

»Sie war nicht sehr darauf aus, sich zu amüsieren, und an diesem Abend mussten wir sie so halbwegs mitschleifen. Meine Freundin hieß Helga, sie starb in Amerika, das wisst ihr vielleicht. Kolbrún war so zurückhaltend und irgendwie einsam, und ich wollte nett zu ihr sein. Sie war bereit, mit zum Tanzen zu gehen, und ging dann hinterher mit zu Helga, wollte aber bald nach Hause gehen. Trotzdem war ich noch vor ihr weg, und deswegen weiß ich eigentlich nicht, was dort passiert ist. Am Montag erschien sie nicht in der Arbeit, und ich erinnere mich, dass ich bei ihr angerufen habe, aber sie hat nicht geantwortet. Einige Zeit später kam die Polizei, um mich über Kolbrún auszufragen. Ich wusste nicht, was ich davon halten sollte. Ich hatte nichts Unnormales zwischen Holberg und ihr bemerkt. Er war eigentlich eher charmant, wenn ich mich recht erinnere. Ich war sehr überrascht, als die Polizei von Vergewaltigung sprach.«

»Er verstand es, einen guten Eindruck zu machen«, sagte Erlendur. »Ein Mann, der bei Frauen ankam, so hieß es wohl, glaube ich.«

»Ich erinnere mich, wie er ins Geschäft kam.«

»Er? Holberg?«

»Ja, Holberg. Ich glaube, dass die drei sich deswegen an dem Abend zu uns gesetzt haben. Er sagte, er sei Wirtschaftsprüfer aus Reykjavík, aber das war wohl eine Lüge, nicht wahr?«

»Alle drei haben bei der Leuchtturm- und Hafenbehörde gearbeitet. Was war das für ein Geschäft?«

»Ein Damengeschäft. Wir verkauften Damenoberbekleidung. Unterbekleidung auch.«

»Und er kam in das Geschäft?«

»Ja. Am Tag vorher. Am Freitag. Ich musste das damals ganz genau erzählen, und ich kann mich gut daran erinnern. Er erklärte, dass er etwas für seine Frau suchte. Ich bediente ihn, und als wir uns dann beim Tanzen trafen, tat ich, als ob wir uns kennen würden.«

»Hattest du nach diesem Ereignis Verbindung zu Kolbrún? Hast du mit ihr über das gesprochen, was da passiert ist?«

»Sie kam nie wieder ins Geschäft, und wie ich schon sagte, habe ich erst davon erfahren, was passiert war, als die Polizei kam und mich ausfragte. Ich kannte sie nicht so gut. Ich habe ein paar Mal versucht, bei ihr anzurufen, als sie nicht in der Arbeit erschien, und einmal bin ich zu ihr hingegangen, aber sie war nicht da. Ich wollte mich da nicht zu sehr reinhängen. Sie war so. Eigenbrötlerisch. Dann kam ihre Schwester und erklärte, dass Kolbrún kündigen würde. Ein paar Jahre später erfuhr ich, dass sie gestorben war. Da war ich schon hier in Stykkishólmur. War es Selbstmord? Das habe ich gehört.«

»Sie ist gestorben«, sagte Erlendur und dankte Agnes höflich für das Gespräch.

Er musste auf einmal an Sveinn denken, den Mann, von dem er gerade gelesen hatte. Er überlebte ein Unwetter auf Mosfellsheiði. Die Qualen und das Sterben der Kameraden schienen keinen Eindruck auf Sveinn zu machen. Von den Reisegenossen war er am besten ausgerüstet gewesen, und der Einzige, der heil und gesund die bewohnten Gebiete wieder erreichte. Nachdem man ihn auf dem nächsten Hof versorgt hatte, schnallte er sich gleich Schlittschuhe an und vergnügte sich auf dem nahe gelegenen Teich.

Währenddessen erfroren seine Kameraden auf Mosfellsheiði.

Danach hieß er nur noch Sveinn Herzlos.

24

Die Suche nach der Frau aus Húsavík war immer noch erfolglos, als Sigurður Óli und Elinborg sich am Abend zu einer Besprechung in Erlendurs Büro niederließen, bevor jeder nach Hause ging. Sigurður Óli erklärte, dass es ihn nicht überraschen würde, auf diese Weise würden sie die Frau nie finden. Als Erlendur mürrisch fragte, ob er eine bessere Methode wisse, schüttelte er den Kopf.

»Es kommt mir nicht so vor, als ob wir nach dem Mörder von Holberg suchen«, sagte Elinborg und fixierte Erlendur. »Es hat den Anschein, als suchten wir nach etwas ganz anderem, und ich hänge völlig in der Luft, was das eigentlich ist. Du hast das kleine Mädchen exhumieren lassen, und ich habe beispielsweise keine Ahnung, warum.

Du hast angefangen, nach einem Mann zu suchen, der vor mehr als einem Menschenalter verschwunden ist, und ich kann nicht sehen, was das mit der Sache zu tun hat. Ich finde, dass wir uns nicht nach den Dingen fragen, die auf der Hand liegen; entweder hat der Mörder Holberg nahe gestanden, oder er hat ihn überhaupt nicht gekannt, jemand, der bei ihm eingedrungen ist und ihn berauben wollte. Persönlich scheint mir das die einleuchtendste Erklärung zu sein. Ich finde, wir sollten lieber nach diesem Mann fahnden. Irgendeinem Junkie. In der grünen Militärjacke. Wir haben eigentlich nichts in der Richtung unternommen.«

»Vielleicht ist es jemand, dem Holberg für gewisse Dienste gezahlt hat«, warf Sigurður Óli dazwischen. »Nach all den Pornos in seinem Computer zu urteilen, ist es überhaupt nicht unwahrscheinlich, dass er auch für Sex gezahlt hat.«

Erlendur saß während dieser Kritik schweigend da und starrte vor sich hin. Er wusste, dass das meiste von dem, was Elinborg gesagt hatte, richtig war. Vielleicht war sein Scharfsinn wegen dieser ewigen Sorgen um Eva Lind in Mitleidenschaft gezogen. Er wusste nicht, wo sie sich herumtrieb, er wusste nicht, in welchem Zustand sie war, sie wurde von Leuten verfolgt, die ihr übel wollten, und er stand dem Ganzen ratlos gegenüber. Weder Sigurður Óli noch Elinborg sagte er etwas über seine Entdeckung bei dem Gerichtsmediziner.

»Wir haben die Botschaft«, sagte er. »Es ist kein Zufall, dass wir sie bei der Leiche gefunden haben.«

Plötzlich öffnete sich die Tür, und der Chef der Spurensicherung steckte den Kopf herein.

»Ich bin weg«, sagte er. »Ich wollte euch bloß sagen,

dass sie immer noch dabei sind, die Kamera zu untersuchen, und sie rufen sofort an, wenn sie irgendwas Wichtiges herausfinden.«

Er machte die Tür wieder zu, ohne sich zu verabschieden.

»Vielleicht liegen wir völlig verkehrt«, sagte Erlendur. »Vielleicht gibt es eine furchtbar einfache Lösung für das Ganze. Vielleicht war es ein Verrückter. Aber vielleicht, und ich glaube, dass es sich so verhält, gibt es viel tiefere Gründe für diesen Mord, als wir uns bislang vorgestellt haben. Vielleicht liegt die Erklärung darin, was für ein Mensch Holberg war und was er getan hat, solange er lebte.«

Erlendur verstummte.

»Und die Nachricht«, sagte er. »*Ich bin er.* Wie erklärt ihr euch das?«

»Sie könnte von einem Freund stammen«, sagte Sigurður Óli und signalisierte Anführungszeichen mit den Fingern. »Oder einem Arbeitskollegen. Bislang haben wir uns an dieser Front wenig bemüht. Ich weiß ehrlich gesagt nicht, was diese Suche nach dieser Frau bringen soll. Und ich habe keine Ahnung, wie ich es anstellen soll, sie zu fragen, ob sie vergewaltigt worden sind, ohne eine Blumenvase an den Kopf zu kriegen.«

»Und hat nicht Elliði sich schon so manches im Leben zusammengelogen?«, sagte Elinborg. »Ist es nicht genau das, was er will, dass wir uns lächerlich machen? Hast du schon einmal darüber nachgedacht?«

»Ach, lassen wir das«, sagte Erlendur, dem die Lust an diesem Gespräch vergangen zu sein schien. »Die Ermittlung hat uns auf diese Spur gebracht. Es wäre komisch, wenn wir nicht den Hinweisen, die wir bekommen, auf den Grund gehen. Ich weiß, dass isländische Morde normalerweise nicht kompliziert sind, aber hier geht die Rechnung irgendwie nicht auf, wenn ihr den Mord einfach auf einen Zufall zurückführen wollt. Meiner Meinung nach handelt es sich nicht um eine impulsive Bluttat.«

Das Telefon auf Erlendurs Schreibtisch klingelte. Er hob den Hörer ab, hörte eine Weile zu, nickte dann mit dem Kopf und bedankte sich, bevor er den Hörer wieder auflegte. Sein Verdacht hatte sich bestätigt.

»Die Spurensicherung«, sagte er und blickte auf Elinborg und Sigurður Óli. »Das Bild auf dem Friedhof von Auðurs Grab wurde mit der Kamera von Grétar gemacht. Beim Entwickeln kamen übereinstimmende Schrammen zum Vorschein. Jetzt wissen wir also, dass zumindest die starke Wahrscheinlichkeit besteht, dass Grétar das Foto gemacht hat. Möglicherweise hat jemand anderes seine Kamera benutzt, aber das andere ist wahrscheinlicher.«

»Und was sagt uns das?«, fragte Sigurður Óli und schaute auf die Uhr. Er hatte Bergþóra zum Abendessen in ein Restaurant eingeladen, weil er auf die Weise versuchen wollte, den Fauxpas vom Geburtstag wieder gutzumachen.

»Es sagt uns beispielsweise, dass Grétar wusste, dass Auður Holbergs Tochter war. Das wussten nur ganz wenige. Und es sagt uns auch, dass Grétar Gründe dafür hatte, einerseits das Grab zu finden und andererseits ein Bild davon zu machen. Tat er das, weil Holberg ihn darum gebeten hatte? Tat er das gegen Holbergs Willen? Hat Grétars Verschwinden etwas mit dem Foto zu tun? Wenn ja, dann wie? Was wollte Grétar mit dem Foto? Warum haben wir es versteckt in Holbergs Schreibtisch gefunden? Wer macht Fotos von Kindergräbern?«

Elinborg und Sigurður Óli starrten Erlendur an, während er ihnen diesen Fragenkatalog auftischte. Sie bemerkten, wie die Stimme mehr zu einem Flüstern herabsank, und sie sahen, dass er gar nicht mehr mit ihnen sprach, sondern mit sich selbst, geistesabwesend ganz in Gedanken. Wie unbewusst griff er mit einer Hand nach der Brust und massierte sie. Sie blickten einander an, wagten aber nicht zu fragen.

»Wer macht Fotos von Kindergräbern?«, stöhnte Erlendur wieder.

Später am Abend fand Erlendur heraus, wer der Mann war, der Eva Lind die Eintreiber auf den Hals hetzte. Er bekam die Informationen bei der Drogenabteilung, die einen ziemlich dicken Ordner über den Mann führte, und er fand heraus, dass er sich häufig in einer Kneipe aufhielt, die Napoleon hieß. Erlendur ging dorthin und setzte sich dem Mann gegenüber. Er wurde Eddi genannt und war etwa fünfzig, fettleibig, mit ein paar wenigen gelben Zähnen im Mund und einer Glatze.

»Glaubst du, dass Eva Lind eine Sonderbehandlung bekommt, nur weil du ein Bulle bist?«, sagte Eddi, als Erlendur sich zu ihm gesetzt hatte. Er schien gleich zu wissen, wer Erlendur war, obwohl sie sich nie zuvor begegnet waren. Erlendur hatte fast den Eindruck, als habe er ihn erwartet.

»Hast du sie schon gefunden?«, fragte Erlendur und blickte sich in dem dämmrigen Raum um, wo ein paar armselige Gestalten an Tischen saßen und sich mit weltmännischem Gestikulieren großtaten. Auf einmal erhielt der Name der Kneipe für Erlendur einen neuen Sinn.

»Du kapierst hoffentlich, dass ich ihr Freund bin«, sagte Eddi. »Sie kriegt von mir, was sie will. Manchmal bezahlt sie, manchmal vergeht eine zu lange Zeit. Der mit dem Knie lässt dich schön grüßen.«

»Er hat dich verpfiffen.«

»Es ist nicht leicht, anständige Leute zu finden«, sagte Eddi und deutete mit der Hand in den Raum.

»Um wie viel handelt es sich?«

»Eva? Zweihundert Riesen. Aber sie schuldet nicht nur mir.«

»Können wir einen Deal machen?«

»Ganz wie du willst.«

Erlendur holte die zwanzigtausend Kronen hervor, die er auf dem Weg am Automaten gezogen hatte, und legte sie auf den Tisch. Eddi nahm das Geld, zählte ganz genau nach und steckte es in die Tasche.

»Nach einer Woche oder so kriegst du mehr von mir.«

»Alles paletti.«

Eddi blickte Erlendur forschend an. Sie waren in einer ähnlichen Lage.

»Ich dachte, du würdest große Töne spucken«, sagte er.

»Wozu?«, fragte Erlendur.

»Ich weiß, wo sie ist«, sagte Eddi, »aber du wirst es nie schaffen, sie zu retten.«

Erlendur fand das Haus. Er war schon früher in ein solches Haus gekommen, und in derselben Mission. Eva Lind lag auf einer Matratze in dieser Absteige zusammen mit mehreren anderen Leuten. Einige waren in ihrem Alter, andere wesentlich älter. Das Haus war offen, und das einzige Hindernis war ein Mann, der mit den Armen fuchtelte. Erlendur hielt ihn für um die zwanzig. Erlendur klatschte ihn an die Wand und warf ihn zur Tür hinaus. Eine kahle Birne hing in einem Zimmer von der Decke. Er beugte sich über Eva und versuchte, sie zu wecken. Die Atemzüge waren regelmäßig und normal, der Herzschlag etwas schnell. Er schüttelte sie, schlug sie leicht auf die Wange, und bald öffnete sie die Augen.

»Opa«, sagte sie, und die Augen schlossen sich wieder. Er hob Eva hoch, trug sie aus dem Zimmer und achtete darauf, nicht auf die Leute zu treten, die auf dem Boden lagen und sich nicht rührten. Er wusste nicht, ob sie wach war oder schlief. Sie öffnete die Augen wieder.

»Sie ist hier«, flüsterte sie, aber Erlendur wusste nicht, wovon sie sprach, und trug sie zum Auto. Je eher er hier wegkäme, desto besser. Er stellte sie auf die Füße, um die Wagentür zu öffnen, und sie lehnte sich an ihn.

»Hast du sie gefunden?«, fragte sie.

»Wen? Sie? Von wem redest du?« Er legte sie auf den Vordersitz und schnallte ihr den Gurt um, setzte sich ans Steuer und wollte losfahren.

»Ist sie bei uns?«, fragte Eva Lind, ohne die Augen zu öffnen.

»Wer denn zum Kuckuck?«, schrie Erlendur.

»Die Braut«, sagte Eva Lind. »Die niedliche Kleine aus Garðabær. Sie lag neben mir.«

25

Das Telefon weckte Erlendur endlich. Das Bimmeln ging ihm im Kopf herum, bis er die Augen öffnete und sich umschaute. Er hatte im Wohnzimmer im Sessel geschlafen. Mantel und Hut lagen auf dem Sofa. Es war dunkel in der Wohnung. Erlendur stand langsam auf und überlegte, ob er sich noch einen Tag in denselben Klamotten zeigen konnte. Er erinnerte sich nicht, wann er sich zuletzt ausgezogen hatte. Er warf einen Blick ins Schlafzimmer, bevor er ans Telefon ging, und sah die zwei Mädchen in seinem Bett liegen, genauso, wie er sie am Abend hingelegt hatte. Er lehnte die Tür an.

»Die Fingerabdrücke auf der Kamera passen zu den Fingerabdrücken auf dem Foto«, sagte Sigurður Óli und kam gleich zur Sache, als Erlendur sich endlich meldete. Er musste den Satz dreimal wiederholen, bevor Erlendur kapierte, wovon er sprach.

»Du meinst Grétars Fingerabdrücke?«

»Ja, Grétars.«

»Und dann sind wohl Holbergs Fingerabdrücke auch darauf?«, sagte Erlendur. »Was zum Teufel ist da eigentlich vorgegangen?«

»Beats me«, sagte Sigurður Óli.

»Was heißt das?«, fragte Erlendur.

»Nichts. Aber auf jeden Fall hat Grétar das Foto gemacht. Davon können wir ausgehen. Er hat es Holberg gezeigt, oder Holberg hat es gefunden. Wir suchen heute weiter nach der Frau, oder nicht?«, fragte Sigurður Óli. »Oder gibt's irgendwas Neues?«

»Doch«, sagte Erlendur. »Oder auch nicht.«

»Ich bin auf dem Weg nach Grafarvogur. Mit den Frauen hier in Reykjavík sind wir bald durch. Sollen wir jemanden nach Húsavík schicken, wenn wir hier fertig sind?«

»Ja«, sagte Erlendur und legte auf. Eva Lind war in der Küche erschienen. Sie war auch von dem Klingeln aufgewacht. Sie hatte immer noch dieselben Klamotten wie gestern an, genau wie das Mädchen aus Garðabær. Erlendur war noch einmal in dieses Rattenloch hineingegangen und hatte die beiden mit zu sich nach Hause genommen.

Eva Lind verschwand im Bad, ohne ein Wort zu sagen, und Erlendur hörte, wie sie heftig würgte. Er ging in die Küche und machte starken Kaffee, der einzige Rat, den er in dieser Situation wusste, setzte sich an den Küchentisch und wartete darauf, dass seine Tochter wieder zum Vorschein kam. Es verging eine geraume Zeit, er schenkte zwei Tassen ein. Endlich kam Eva Lind, sie hatte sich die Haare aus dem Gesicht gestrichen. Erlendur fand, dass sie grauenvoll aussah. Bei diesem spindeldürren Gestell schienen alle Knochen zu schlackern.

»Ich wusste, dass sie manchmal was genommen hat«, sagte Eva Lind mit heiserer Stimme, als sie sich zu Erlendur setzte, »aber es war der reine Zufall, dass ich sie getroffen habe.«

»Was war mit dir?«, fragte Erlendur.

Sie schaute ihren Vater an.

»Ich tu mein Bestes«, sagte sie, »aber es ist verflucht schwer.«

»Da kamen zwei Typen hierher und haben nach dir gefragt. Wurden unverschämt. Ich habe irgendeinem Eddi Geld gegeben, das du ihm schuldest. Er hat mich auf dieses Rattenloch verwiesen.«

»Eddi ist prima.«

»Du wirst es doch weiterhin versuchen?«

»Muss ich es nicht wegmachen lassen?« Eva Lind schielte auf den Fußboden.

»Ich weiß es nicht.«

»Ich habe solche Angst, dass ich was kaputtgemacht habe.«

»Vielleicht machst du das ja absichtlich.«

Eva Lind blickte ihren Vater an.

»Du bist echt mies«, sagte sie.

»Ich!«

»Ja, du!«

»Was soll ich denn davon halten? Sag mir das gefälligst!«, schrie Erlendur. »Kannst du vielleicht irgendwann einmal dieses bodenlose Scheißselbstmitleid in den Griff kriegen? Es ist zum Kotzen, wie du dich gehen lässt. Du scheinst das ja echt so toll zu finden, dass du dir nichts Besseres vorstellen kannst! Was für ein Recht hast du, so mit deinem Leben umzugehen? Was für ein Recht hast du, mit dem Leben in dir so umzugehen? Du glaubst wohl, dir geht es unheimlich dreckig? Du glaubst wohl, dass es niemandem dreckiger geht als dir? Ich muss mich mit dem Tod eines kleinen Mädchens befassen, das noch nicht einmal vier Jahre alt wurde. Sie wurde krank und starb. Es war etwas Unbegreifliches, was sie zerstört und getötet hat. Ihr Sarg war einen Meter lang. Hörst du, was ich dir sage? Was für ein Recht hast du zu leben? Sag mir das!«

Erlendur hatte angefangen zu brüllen. Er war aufgestanden und hämmerte so mit den Fäusten auf dem Küchentisch, dass die Tassen umkippten, und als er das sah, nahm er sie und knallte sie an die Wand hinter Eva Lind. Die Wut überkam ihn so, dass er für einen Augenblick die Beherrschung verlor. Er schmiss den Küchentisch um und fegte Teller, Töpfe und Gläser von den Schränken. Eva Lind saß unbeweglich auf ihrem Stuhl, sah zu, wie ihr Vater völlig aus der Fassung geriet, und ihre Augen füllten sich mit Tränen.

Endlich klang Erlendurs Wut ab, er wandte sich Eva Lind zu und sah, wie ihre Schultern zuckten und sie das Gesicht in den Händen verbarg. Er schaute auf seine Tochter, das dreckige Haar, die schmalen Arme, die Handgelenke, die kaum breiter waren als seine Finger, den schmalen zitternden Körper. Sie war barfuß, und unter den Nägeln hatte sie Trauerränder. Er ging zu ihr hin und versuchte, ihr die Hände vom Gesicht zu nehmen, aber sie wehrte ihn ab. Er wollte sie um Verzeihung bitten. Er wollte sie in die Arme nehmen. Er tat weder das eine noch das andere.

Stattdessen setzte er sich neben sie auf den Fußboden. Das Telefon klingelte, aber er ging nicht dran. Das Mädchen im Schlafzimmer rührte sich nicht. Das Telefon hörte auf zu klingeln, und dann war es wieder still in der Wohnung. Die einzigen Laute waren das Schluchzen von Eva Lind. Erlendur wusste, dass er alles andere als ein guter Vater war, und die Rede, die er da vom Stapel gelassen hatte, hätte genauso gut auf ihn selber gepasst. Wahrscheinlich hatte er nicht weniger mit sich selbst geredet als mit Eva Lind, und er war wütend auf sich selbst geworden, und nicht auf sie. Ein Psychologe hätte diagnostiziert, dass er seinen Zorn an dem Mädchen ausgelassen hatte. Aber vielleicht hatte das, was er gesagt hatte, irgendwelchen Einfluss. Er hatte Eva Lind nie zuvor weinen sehen. Nicht seit sie klein gewesen war. Er hatte sie verlassen, als sie zwei Jahre alt war.

Endlich nahm Eva Lind die Hände vom Gesicht, zog die Nase hoch und strich sich durchs Gesicht.

»Es war ihr Vater«, sagte sie.

»Ihr Vater?«, fragte Erlendur.

»Der Grauenvolle«, sagte Eva Lind. »Er ist grauenvoll. Was habe ich getan? Das war ihr Vater. Fing an, an ihr rumzufummeln, als sie einen Busen kriegte, und dann ging er immer weiter. Ließ sie nicht einmal auf ihrer eigenen Hochzeit in Ruhe. Drängte sie in einen Flur und sagte, sie sei so sexy in ihrem Brautkleid, dass er sich nicht beherrschen könnte. Er würde es nicht ertragen, dass sie von ihm ginge. Fing an, sie zu begrapschen. Sie ist ausgerastet.«

»Was für ein Sumpf!«, ächzte Erlendur.

»Ich wusste, dass sie manchmal Stoff nahm. Sie hat mich schon mal gebeten, ihr was zu verschaffen. Sie ist vollkommen ausgerastet und zu Eddi gegangen. Seitdem hat sie da in dieser Absteige rumgelegen.«

Eva Lind verstummte.

»Ich glaube, ihre Mutter hat davon gewusst«, sagte sie schließlich nach einer Weile. »Die ganze Zeit. Hat nix gemacht. Zu feines Haus. Zu viele Autos.«

»Will sie keine Anzeige erstatten?«

»Wow!«

»Was?«

»Den ganzen verdammten Quatsch durchstehen, damit er vielleicht drei Monate auf Bewährung bekommt, wenn man ihr glaubt? Come on!«

»Was will sie machen?«

»Sie wird zu dem Typ gehen. Ihrem Mann. Sie hat ihn, glaube ich, sehr gern.«

»Macht sie sich selber Vorwürfe?«

»Sie weiß überhaupt nicht, was sie denken soll.«

»Weil sie geschrieben hat, was habe ich getan. Sie hat sich selber die Schuld gegeben.«

»Das ist ja wohl kein Wunder, wenn sie so durcheinander ist.«

»Und dann hat es immer den Anschein, als ob diese scheißperversen Typen kein Wässerchen trüben könnten. Lächeln penetrant. Als ob diese verdammten Idioten nie von Gewissensbissen geplagt werden.«

»Rede nie wieder so mit mir«, sagte Eva Lind. »Bitte rede nie wieder so mit mir.«

»Hast du auch noch bei anderen als bei Eddi Schulden?«

»Bei einigen. Aber Eddi ist das Problem.«

Wieder klingelte das Telefon. Das Mädchen im Schlafzimmer gab ein Lebenszeichen von sich und richtete sich halb auf, schaute sich dann um und stieg aus dem Bett. Erlendur überlegte, ob er antworten sollte. Ob er nicht den Tag mit Eva Lind verbringen sollte. Ihr Gesellschaft leisten, sie vielleicht dazu bewegen, mit ihm zum Arzt zu gehen und den Embryo untersuchen zu lassen. Herauszufinden, ob alles in Ordnung wäre. Etwas mit ihr unternehmen.

Aber das Telefon hörte nicht auf zu läuten. Das Mädchen stand jetzt im Flur und blickte sich verwirrt um. Sie rief, ob jemand da sei. Eva Lind antwortete, sie wären in der Küche. Erlendur stand auf, traf das Mädchen in der Küchentür und sagte Guten Morgen. Er bekam keine Antwort. Sie hatten beide genau wie Erlendur in ihren Klamotten geschlafen. Das Mädchen schaute sich in der Küche um, die Erlendur demoliert hatte, und beäugte ihn aus den Augenwinkeln.

Endlich nahm Erlendur den Hörer ab.

»Was für ein Geruch war da in Holbergs Wohnung?« Erlendur brauchte eine ganze Weile, bis ihm klar wurde, dass es Marian Briems Stimme war.

»Geruch?«, fragte Erlendur.

»Was für ein Geruch war in seiner Wohnung?«, wiederholte Marian Briem.

»So ein unangenehmer Kellergeruch«, sagte Erlendur. »Muffig. Es hat gestunken. Ich weiß nicht. Vielleicht wie nach Pferden?«

»Nein, das hat nichts mit Pferden zu tun«, sagte Marian Briem. »Ich habe mir einiges über Nordermoor angelesen. Hab mit einem Bekannten gesprochen, der Klempner ist, und er hat mich an andere Klempner verwiesen. Ich habe mit vielen Klempnern gesprochen.«

»Klempnern?«

»Außerordentlich aufschlussreich. Du hast mir nichts von den Fingerabdrücken auf dem Foto gesagt.« Die Stimme klang vorwurfsvoll.

»Nein«, sagte Erlendur. »Ich bin noch nicht dazu gekommen.«

»Es ist mir zu Ohren gekommen. Irgendein Heckmeck zwischen Grétar und Holberg. Grétar wusste, dass das Mädchen Holbergs Tochter war. Vielleicht wusste er noch mehr.«

Erlendur schwieg.

»Was meinst du damit?«, sagte er schließlich.

»Weißt du, was das Wichtigste an Nordermoor ist?«, fragte Marian Briem.

»Nein«, sagte Erlendur und hatte Probleme, Marian Briem zu folgen.

»Es ist so offensichtlich, dass es mir seinerzeit entgangen ist.«

»Und was ist das?«

Marian schwieg einen Moment, wie um den Worten mehr Gewicht zu verleihen.

»Nordermoor ist ein Moor.«

26

Sigurður Óli war erstaunt, dass die Frau an der Tür sein Anliegen kannte, noch bevor er irgendetwas gesagt hatte. Er befand sich wieder einmal in einem Treppenhaus, diesmal in einem dreistöckigen Haus in Grafarvogur. Er hatte sich gerade vorgestellt und erst zur Hälfte seine Erklärung für seinen Besuch vorgebracht, als die Frau ihn mit den Worten hereinbat, dass sie ihn erwartet hätte.

Es war frühmorgens. Draußen war der Himmel schwer verhangen, es nieselte leicht, und das herbstliche Dunkel lastete über der Stadt und kündigte den Winter an, noch mehr Dunkel und Kälte. Im Rundfunk war darüber gesprochen worden, dass man viele Jahrzehnte zurückgehen müsse, um eine vergleichbare Nässeperiode zu finden.

Die Frau wollte ihm den Mantel abnehmen. Sigurður Óli zog ihn aus, und sie hängte ihn in einen Schrank. Ein Mann in etwa dem gleichen Alter wie die Frau kam aus einer kleinen Küche und begrüßte ihn mit Handschlag. Die Eheleute waren beide um die siebzig und trugen eine Art Trainingsanzug und weiße Socken, als ob sie joggen gehen wollten. Er hatte sie beim Frühstück gestört. Die Wohnung war sehr klein, aber zweckmäßig eingerichtet, ein kleines Bad, eine Kochnische und ein Wohnzimmer sowie ein geräumiges Schlafzimmer. Die Wohnung war mehr als gut geheizt. Sigurður Óli nahm den Kaffee dankend an und bat um ein Glas Wasser dazu, denn er hatte sofort eine trockene Kehle bekommen. Sie wechselten ein paar Worte über das Wetter, bis Sigurður Óli sich nicht mehr zurückhalten konnte.

»Du hattest mich erwartet«, sagte er und trank einen Schluck Kaffee. Eine scheußlich schmeckende Plörre.

»Na ja, es wird über nichts anderes geredet als diese arme Frau, nach der ihr sucht«, sagte sie.

Sigurður Óli blickte sie verständnislos an.

»Unter den Leuten, die aus Húsavík stammen«, sagte die Frau, als fände sie es überflüssig, so einfache Dinge zu erklären. »Wir haben über nichts anderes gesprochen, seit ihr diese Person sucht. Wir haben einen sehr aktiven Heimatverein in Reykjavík. Ich bin mir sicher, dass inzwischen jeder weiß, dass ihr nach dieser Frau sucht.«

»Wird über nichts anderes gesprochen?«, echote Sigurður Óli.

»Drei meiner Freundinnen in Reykjavík, die ich noch aus Húsavík kenne, haben mich seit gestern Nachmittag angerufen, und heute Morgen bekam ich einen Anruf aus Húsavík. Es wird endlos darüber getratscht.«

»Und seid ihr zu irgendwelchen Schlüssen gekommen?«

»Eigentlich nicht«, sagte sie und schaute auf ihren Mann. »Was soll dieser Holberg der Frau angetan haben?«

Sie versuchte nicht, ihre Sensationslust zu verhehlen. Sie platzte fast vor Neugier, und der Eifer war so groß, dass Sigurður Óli es peinlich fand. Er versuchte automatisch, sich vorsichtig auszudrücken.

»Es geht um eine Gewalttat«, sagte er. »Wir suchen nach einem Opfer, aber das weißt du vermutlich bereits.«

»Ja, ja. Aber weswegen? Was hat er ihr angetan? Und

warum erst jetzt? Ich beziehungsweise wir«, sagte sie nach einem Seitenblick auf ihren Mann, der sich still hingesetzt und das Gespräch angehört hatte, »finden es unglaublich, dass das jetzt nach all den Jahren eine Rolle spielen soll. Ich habe gehört, dass sie vergewaltigt worden sein soll. Stimmt das?«

»Ich kann leider nichts zu den Ermittlungen sagen«, sagte Sigurður Óli. »Und im Grunde genommen spielt das auch keine Rolle. Meiner Meinung nach solltet ihr nicht zu viel Aufheben davon machen. In Gesprächen mit anderen Leuten, meine ich. Gibt es irgendwas, was du mir sagen kannst, was uns eventuell weiterhelfen könnte?«

Die Eheleute schauten einander an.

»Nicht zu viel Aufheben davon machen?«, sagte sie, und ihre Verwunderung schien nicht gespielt zu sein. »Wir machen hier kein Aufheben von etwas. Findest du das, Eyvi, machen wir Aufheben von etwas?« Sie blickte ihren Mann an, der unschlüssig wirkte. »Antworte doch, Mensch!«, sagte sie brüsk, und er schrak zusammen.

»Nein, das glaube ich nicht, das stimmt nicht.«

Das Handy von Sigurður Óli begann zu klingeln. Er trug es nicht lose in der Manteltasche wie Erlendur, sondern hatte es in einem ordentlichen Futteral, das am Gürtel seiner akkurat gebügelten Hose befestigt war. Sigurður Óli entschuldigte sich bei den Eheleuten und nahm das Gespräch entgegen. Es war Erlendur.

»Können wir uns in Holbergs Wohnung treffen?«, fragte er.

»Was ist denn jetzt los?«, sagte Sigurður Óli.

»Noch mehr Buddelei«, sagte Erlendur und legte auf.

Als Sigurður Óli in Nordermoor ankam, waren Erlendur und Elinborg schon da. Erlendur stand am Kellereingang und rauchte eine Zigarette, und Elinborg war drinnen in Holbergs Wohnung. Sigurður Óli kam es so vor, als schnüffelte sie, denn sie streckte den Kopf vor und saugte die Luft durch die Nase ein, atmete aus und dann wieder ein. Er schaute auf Erlendur, der die Achseln zuckte und die Kippe in den Garten warf. Dann gingen sie gemeinsam in die Wohnung.

»Was für ein Geruch ist das deiner Meinung nach?«, fragte Erlendur Sigurður Óli, der es Elinborg nachmachte und ebenfalls anfing zu schnuppern. Sie gingen durch die Zimmer und schnüffelten hörbar, nur Erlendur nicht, der nach vielen Jahren des Rauchens einen extrem schlechten Geruchssinn hatte.

»Als ich zuerst hier hereinkam«, sagte Elinborg, »kam es mir so vor, als müssten hier im Haus oder in dieser Wohnung Leute wohnen, die Pferde besitzen. Der Geruch erinnerte mich an Reitstiefel, Sättel und dergleichen. Pferdemist. Es roch ganz klar nach Pferdestall. Es war derselbe Geruch, der in meiner ersten Wohnung war, die ich mir gekauft habe. Aber das hatte gar nichts mit Pferden zu tun, sondern das war Dreck, und es war Feuchtigkeit. Es hatte jahrelang aus einem Heizkörper in den Teppich und den Holzboden getropft, ohne dass etwas dagegen unternommen wurde. Und dann hatte sich das bis in die Kanalisation hinunter geöffnet, und es waren Ratten in der Wohnung. Als die Klempner mit der Arbeit fertig waren, stopften sie einfach Stroh in das Loch und klatschten eine dünne Schicht Zement darüber, und deswegen roch man auch später immer noch diesen Kloakengeruch.«

»Und damit willst du was andeuten?«, fragte Erlendur.

»Ich finde, hier ist der gleiche Geruch, nur schlimmer. Feuchtigkeit und Dreck und Kloakenratten.«

»Ich habe mich mit Marian Briem getroffen«, sagte Erlendur, wusste aber nicht, ob sie den Namen kannten. »Marian hat sich alles über Nordermoor angelesen und kam zu dem Schluss, dass die Tatsache, dass es sich um ein Moor handelt, eminent wichtig ist.«

Elinborg und Sigurður Óli schauten einander an.

»Nordermoor war so etwas wie ein selbstständiges kleines Dorf hier mitten in Reykjavík«, fuhr Erlendur fort. »Die Häuser wurden während des Krieges und danach gebaut, und die Straßen wurden nach den Helden der Isländersagas benannt: Gunnarsbraut und Skeggjagata und so weiter. Hier leben die unterschiedlichsten Menschen, ziemlich gut gestellte, sogar betuchte, bis hin zu Leuten, die von der Hand in den Mund leben und in einer schäbigen Kellerwohnung wie dieser zur Miete wohnen müssen. Hier gibt's viele kleine Wohnungen, wo alte Leute wie Holberg wohnen, die allerdings charakterlich etwas sympathischer sind, und viele leben genau in einer solchen Souterrainwohnung. Das habe ich alles von Marian.«

Erlendur machte eine Pause.

»Und ein weiteres charakteristisches Merkmal von Nordermoor sind eben Souterrainwohnungen wie diese hier. Früher waren das gar keine Wohnungen, sondern Keller, aber dann ließen die Hauseigentümer sie renovieren, ließen Wände einziehen und Küchen installieren, richteten Zimmer ein, machten eine Wohnung daraus. Früher waren in solchen Kellern Arbeitsräume für, wie hat Marian das noch genannt, Heimwirtschaft. Wisst ihr, was das ist?«

Beide schüttelten den Kopf.

»Ihr seid natürlich so jung«, sagte Erlendur, wissend,

dass sie es unerträglich fanden, wenn er das sagte. »In Kellern wie diesem hatten die Hausmädchen ihre Zimmer. Damals gab es Dienstmädchen in den besseren Familien, die hier lebten. Sie hatten Zimmer in solchen Löchern. Hier war auch die Waschküche, hier war ein Raum, wo man Wurst verarbeitete, beispielsweise, und für andere Essenszubereitung, Abstellräume, Bad und dergleichen.«

»Nicht zu vergessen, dass es sich um ein Moor handelt«, sagte Sigurður Óli höhnisch.

»Bist du dabei, uns etwas zu sagen, was von Belang ist?«, fragte Elinborg.

»Unter solchen Kellern sind Fundamente ...«, sagte Erlendur.

»Das ist ja ganz was Neues«, sagte Sigurður Óli zu Elinborg.

»... wie unter allen Häusern«, fuhr Erlendur fort und ließ sich durch die Spötteleien nicht stören. »Wenn ihr mal mit einem Klempner redet, wie Marian Briem es gemacht hat ...«

»Was soll denn dieses Gequatsche über Marian Briem?«, sagte Sigurður Óli.

»... würdet ihr herausfinden, dass sie hin und wieder hier ins Nordermoor bestellt wurden wegen eines Problems, das manchmal erst viele Jahre oder Jahrzehnte später auftaucht, nachdem das Haus auf Moorboden gebaut worden ist. An einigen Stellen kommt das vor, an anderen nicht. Manchen von diesen Häusern kann man das schon von außen ansehen. Viele sind mit Muschelsand verputzt, und man sieht, wo der Verputz endet und die nackte Hauswand am Boden zum Vorschein kommt. Kann fünfzig bis achtzig Zentimeter ausmachen. Und die Sache ist die, der Boden gibt auch drinnen im Haus nach.«

Erlendur bemerkte, dass sie aufgehört hatten zu grienen.

»Unter Maklern spricht man von latenten Mängeln, und die Leute haben wirklich Probleme damit, diesem Schlamassel beizukommen. Wenn das Erdreich absinkt, bildet sich Spannung, und die Abwasserrohre unter dem Fundament geben nach. Und es dauert nicht lange, bis die ganze Kloake einfach in die Erde geht. Das kann eine ganze Weile so gehen, denn der Geruch dringt nicht durch die Grundplatte. Aber es können sich feuchte Flecken auf den Fußböden bilden, weil in vielen dieser alten Häuser das Abwasser aus den Heizkörpern mit dem Hauptabflussrohr in den Boden einsickert, wenn das Rohr kaputt ist, und dann steigen Hitze und Dampf wieder hoch. Parkett wölbt sich beispielsweise auf.«

Jetzt hatte Erlendur die ungeteilte Aufmerksamkeit beider.

»Dann muss der Fußboden aufgebrochen werden«, fuhr er fort, »und man muss unter die Fundamentplatte, um das Rohr zu reparieren. Die Klempner haben Marian erzählt, dass sie manchmal, wenn sie durch die Grundplatte durch waren, ins Leere gestoßen sind. Mancherorts ist diese Platte verhältnismäßig dünn und darunter nur Luft. Der Boden ist um einen halben oder gar einen ganzen Meter abgesunken. Alles wegen des Moors.«

Sigurður Óli und Elinborg blickten einander an.

»Dann ist wohl ein Hohlraum unter dem Fußboden hier?«, fragte Elinborg und stampfte mit dem einen Fuß auf.

Erlendur lächelte.

»Irgendwie hat Marian sogar den Klempner ausfindig gemacht, der in dem Jubiläumsjahr 1974 hier ins Haus kam. Dieses Jahr ist vielen ziemlich lebhaft im Gedächtnis, und der Klempner erinnerte sich sehr gut daran, dass er wegen Feuchtigkeit im Fußboden hierher gekommen war.«

»Was willst du uns eigentlich sagen?«, fragte Sigurður Óli.

»Der Klempner hat den Fußboden hier aufgebrochen. Die Platte ist nicht sehr dick. Darunter haben sich an vielen Stellen Hohlräume gebildet, und der Klempner ist immer noch schockiert darüber, dass Holberg ihn die Arbeit nicht zu Ende bringen ließ.«

»Wie das?«

»Der Klempner riss den Fußboden auf und reparierte das Rohr, aber dann hat Holberg ihn vor die Tür gesetzt und erklärt, er würde das selber fertig machen. Und das hat er getan.«

Sie standen schweigend da, bis Sigurður Óli nicht mehr an sich halten konnte.

»Marian Briem?«, sagte er. »Marian Briem!« Er wiederholte den Namen ein ums andere Mal, als ob er ihn nicht verstünde. Erlendur hatte Recht. Er war zu jung, um sich an Marian bei der Kriminalpolizei zu erinnern. Er murmelte den Namen wieder und wieder, als sei er ein unlösbares Rätsel für ihn, hörte dann aber auf damit, bekam einen nachdenklichen Gesichtsausdruck und fragte schließlich:

»Warte mal, Marian? Marian? Was soll das heißen, Marian? Was für ein Name ist das eigentlich? Ist das ein Mann oder eine Frau?«

Sigurður Óli blickte Erlendur fragend an.

»Das frage ich mich manchmal auch«, sagte Erlendur und griff nach seinem Handy.

27

Die Spurensicherung fing damit an, die Fußböden aus allen Zimmern der Wohnung zu reißen, aus Küche, Bad und dem kleinen Flur. Es hatte den ganzen Tag gebraucht, um die Erlaubnis für diese Aktion zu bekommen. Erlendur hatte auf einer Besprechung mit dem Polizeipräfekten Gründe für diese Maßnahme angeführt, und der kam – widerwillig allerdings – zu dem Schluss, dass es genügend Verdachtsmomente gäbe, um den Fußboden in Holbergs Wohnung aufbrechen zu lassen. Die Sache wurde wegen des Mordes, der in dem Haus passiert war, vorrangig behandelt.

Erlendur zog die Verbindungslinien zu der Fahndung nach Holbergs Mörder; er gab zu verstehen, dass Grétar durchaus am Leben und der potenzielle Mörder von Holberg sein könne. Die Polizei würde von dieser Aktion auf zweifache Weise profitieren. Falls sich Marian Briems Verdacht bewahrheiten sollte, dann schloss das Grétar als Mörder aus und würde sogar das Verschwinden eines Menschen aufklären, das ein Vierteljahrhundert zurücklag.

Ein großer Transporter wurde bestellt, auf den alle Möbel und losen Gegenstände aus Holbergs Wohnung verladen wurden, bis auf die Einbauschränke und deren Inhalt. Es war schon dunkel, als der Wagen vorfuhr, und kurze Zeit später kam ein Traktor mit einem Pressluftbohrer vorne. Einige Techniker und Mitarbeiter der Kriminalpolizei hatten sich am Haus eingefunden. Die Hausbewohner waren nirgends zu sehen.

Wie an den vorausgegangenen Tagen hatte es den ganzen Tag geregnet. Jetzt war es aber nur noch ein feiner Nieselregen, der im kalten Herbstwind in Böen versprüht wurde und Erlendurs Gesicht überzog, der abseits stand und eine Zigarette rauchte. Bei ihm waren Sigurður Óli und Elinborg. Einige Menschen hatten sich vor dem Haus versammelt, trauten sich aber nicht näher heran, darunter waren Reporter und Journalisten, Kamerateams der Fernsehanstalten und Pressefotografen. Große und kleine Fahrzeuge mit den Logos der verschiedenen Medien waren da und dort geparkt, und Erlendur, der jegliche Pressekontakte untersagt hatte, überlegte, ob er sie entfernen lassen sollte.

Bald war Holbergs Wohnung völlig ausgeräumt. Der große Transporter stand noch da, während man beratschlagte, was man mit den Habseligkeiten machen sollte. Schließlich ordnete Erlendur an, dass sie ins Polizeidepot gebracht werden sollten. Erlendur sah, wie Linoleum und Teppichböden aus dem Haus und in den Transporter getragen wurden, der losfuhr und sich unter lautem Motorengeräusch aus der Straße entfernte.

Der Leiter der Spurensicherung gab Erlendur die Hand. Er war ein Mann um die fünfzig, hieß Ragnar und war ziemlich korpulent. Seine Haare standen in alle Richtungen. Er hatte seine Ausbildung in England erhalten, las ausschließlich englische Kriminalromane und sah sich mit Vorliebe englische Krimiserien an.

»In was für eine dämliche Chose hast du uns jetzt wieder reingeritten?«, fragte er und schaute zu den Journalisten hinüber. Man hörte es ihm an, dass er sich amüsierte. Er fand es spannend, die Fußböden auf der Suche nach einer Leiche aufzureißen.

»Wie schaut's aus?«, fragte Erlendur.

»Auf den Fußböden ist eine dicke Schicht von irgendeiner Ölfarbe für Schiffe«, sagte Ragnar. »Es ist überhaupt nicht möglich zu sehen, ob da irgendwas angerührt worden ist. Neuer Zement ist nicht zu erkennen, gar nichts, was auf eine Reparatur hinweisen könnte. Wir klopfen alles mit Hämmern ab, und fast überall klingt es hohl. Ob sich das Erdreich abgesenkt hat oder ob da etwas anderes ist, weiß ich nicht. Der Zement vom Haus ist dick und solide. Keine Alkalischäden. Aber auf dem Fußboden sind überall feuchte Flecken. Kann nicht dieser Klempner, mit dem ihr Verbindung habt, uns weiterhelfen?«

»Er ist im Altersheim in Akureyri und hat nicht vor, in diesem Leben noch einmal nach Reykjavík zu kommen. Er gab uns eine ziemlich genaue Beschreibung, wo er den Fußboden aufgebrochen hat.«

»Wir sind auch dabei, eine Spezialkamera in das Kloakenrohr einzuführen. Schauen uns die Grundleitung an, ob alles in Ordnung ist, und sehen nach, ob wir die alte Reparatur ausmachen können.«

»Braucht man wirklich so einen Riesenbohrer?«, fragte Erlendur und deutete mit dem Kopf in Richtung des Traktors.

»Ich habe keine Ahnung. Wir haben kleinere Elektrobohrer, aber die sind auch nicht das Gelbe vom Ei. Und dann haben wir noch kleine Bohrmaschinen, und wenn wir einen Hohlraum finden, können wir ein Loch durch das Fundament bohren und dadurch eine kleine Kamera herunterlassen, wie sie in Abwasserrohren verwendet wird.«

»Hoffentlich reicht das. Hol's der Geier, wenn wir mit dem ganzen Traktor da reinmüssen.«

»Auf jeden Fall stinkt's in dem Keller wie die Pest«, sagte Ragnar, und sie gingen auf die Wohnung zu. Drei Angestellte der Spurensicherung, gekleidet in weiße Gazeoveralls, trugen Kunststoffhandschuhe und ganz normale Stanley-Hämmer. Sie gingen durch die Wohnung und klopften auf den Steinboden. Die Stellen, wo es hohl klang, wurden blau markiert.

»Der Baubehörde zufolge wurde der Keller 1959 in eine Wohnung umgebaut«, sagte Erlendur. »Holberg hat die Wohnung 1962 gekauft und ist wahrscheinlich sofort eingezogen. Seitdem hat er die ganzen Jahre hier gewohnt.«

Einer der Männer im weißen Overall kam zu ihnen und begrüßte Erlendur. Er hatte Zeichnungen des Hauses, für die einzelnen Stockwerke und den Keller.

»Die Toiletten sind in der Mitte des Hauses. Die Abwasserleitungen führen da, wo sich das Klo im Keller befindet, in das Fundament. Das war schon da, bevor hier ausgebaut wurde, und es ist anzunehmen, dass die Wohnung entsprechend geplant wurde. Das Klosett ist mit der Abwasserleitung aus dem Bad verbunden, die Leitung führt dann in östlicher Richtung durch einen Teil des Wohnzimmers, liegt unter dem Schlafzimmer und geht von da aus in die Straße.«

»Die Suche ist nicht auf das Abflussrohr beschränkt«, sagte der Leiter der Spurensicherung.

»Nein, aber wir haben eine kleine Kamera in die Grundleitung eingeführt. Sie haben mir gesagt, dass das Rohr da kaputt ist, wo es unter dem Schlafzimmer entlangführt, und wir haben einfach da angefangen. Das ist ungefähr die Stelle, wo der Boden schon vorher einmal aufgebrochen wurde.«

Ragnar nickte zustimmend und blickte auf Erlendur, der

mit den Achseln zuckte, als ginge es ihn nichts an, was die Spurensicherung trieb.

»Das kann nicht sehr alt sein«, sagte Ragnar. »Das muss doch irgendwie stinken. Du meinst, dass der Mann schon ein Vierteljahrhundert da unten liegt?«

»Damals ist er zumindest verschwunden«, sagte Erlendur.

Hammerschläge mischten sich in diese Worte, die in der leeren Wohnung hallten. Der Techniker setzte sich Ohrenschützer auf, die er aus einer schwarzen Tasche nahm, die so groß war wie ein kleiner Koffer. Dann zog er einen kleinen Elektrobohrer hervor und steckte die Schnur in die Steckdose. Er drückte ein paar Mal auf den Startknopf, wie um das Gerät zu prüfen, und dann setzte er ihn auf dem Fußboden an. Der Krach war ungeheuerlich, und die anderen setzten ebenfalls Ohrenschützer auf. Er hatte kaum Erfolg. Es bröselte und bröckelte nur. Er hörte auf und schüttelte den Kopf.

»Setzt den Traktor in Gang«, sagte er, überstäubt von pulverisiertem Beton. »Wir brauchen den Pressluftbohrer. Und wir brauchen Gesichtsmasken. Welcher hirnrissige Idiot hat diese Superidee gehabt?«, fragte er und spuckte auf den Boden.

»Holberg hat wohl kaum klammheimlich einen Pressluftbohrer benutzen können«, sagte der Chef der Spurensicherung.

»Er hat überhaupt nichts klammheimlich machen müssen«, sagte Erlendur. »Der Klempner hat ihm den Fußboden aufgebrochen.«

»Glaubst du, dass er die Leiche über dem Scheißrohr verstaut hat?«

»Warten wir's ab. Vielleicht hat er etwas rumwerkeln müssen. Vielleicht ist das alles nur ein Missverständnis.«

Erlendur ging in die Abenddämmerung hinaus. Sigurður Óli und Elinborg waren in sein Auto gestiegen und aßen Hot Dogs, die Sigurður Óli vom nächsten Kiosk geholt hatte. Ein Würstchen wartete auf Erlendur auf dem Armaturenbrett. Er verschlang es gierig.

»Wenn wir Grétars Leiche da finden, was sagt uns das dann?«, fragte Elinborg und wischte sich den Mund ab.

»Ich wollte, ich wüsste es«, sagte Erlendur nachdenklich. »Ich wollte, ich wüsste es.«

Ihr nächster Vorgesetzter, der Sektionsleiter, kam in diesem Augenblick angerauscht, trommelte an die Scheibe, riss die Tür auf und befahl Erlendur, einen Augenblick mit ihm zu kommen. Sigurður Óli und Elinborg stiegen ebenfalls aus. Der Mann hieß Hrólfur und war ein paar Tage krank gewesen, schien aber jetzt wieder kerngesund zu sein. Er war ziemlich feist, und es gelang ihm kaum, das durch seine Kleidung zu verbergen. Von Natur aus faul, trug er nur selten etwas zu den Ermittlungen bei. Krankfeiern war bei ihm an der Tagesordnung.

»Warum hast du dich wegen dieser Aktion nicht mit mir in Verbindung gesetzt?«, fragte er und konnte seine Wut nicht verhehlen.

»Du bist krankgeschrieben«, sagte Erlendur.

»Verdammter Quatsch«, sagte Hrólfur. »Glaub bloß nicht, dass du die Sektion so herumdirigieren kannst, wie es dir in den Kram passt. Ich bin dein Vorgesetzter. Du sprichst gefälligst mit mir über solche Aktionen, bevor du, borniert wie du bist, derartig vorpreschst!«

»Moment mal, ich ging davon aus, dass du krankgeschrieben seist«, wiederholte Erlendur und tat so, als sei er erstaunt.

»Und wie kannst du dir einfallen lassen, den Polizeipräfekten zum Narren zu halten?«, fauchte Hrólfur. »Wie kommst du auf die hirnrissige Idee, hier unten läge eine Leiche? Du hast nicht das Geringste in der Hand. Nicht das Allergeringste, außer irgendwelchen Quatsch über Hausfundamente und Gestank. Du hast wohl nicht alle Tassen im Schrank?«

Sigurður Óli näherte sich ihnen zögernd.

»Hier ist eine Frau, Erlendur, mit der du wohl sprechen solltest«, sagte er und hielt Erlendurs Telefon hoch, das er im Auto zurückgelassen hatte. »Es ist persönlich. Sie ist ziemlich aufgelöst.«

Hrólfur drehte sich zu Sigurður Óli um und sagte ihm, er solle sie in Ruhe lassen und sich verpissen.

Sigurður Óli ließ nicht locker.

»Sprich lieber sofort mit ihr, Erlendur«, sagte er.

»Was soll das eigentlich heißen! Ihr tut so, als sei ich Luft für euch!«, brüllte Hrólfur und stampfte auf den Boden. »Ist das hier vielleicht eine Verschwörung? Erlendur, wenn wir es übernehmen, wegen Gestanks die Fundamente in den Wohnungen der Leuten aufzubrechen, dann haben wir bald nichts anderes zu tun. Das ist kompletter Wahnsinn! Das ist total bescheuert!«

»Marian Briem hat diese interessante Idee gehabt«, sagte Erlendur, der völlig gelassen geblieben war, »und ich fand, dass es einen Versuch wert war. Das fand der Polizeipräfekt übrigens auch. Bitte entschuldige, dass ich mich nicht mit dir kurzgeschlossen habe, und ich freue mich, dass du wieder auf den Beinen bist. Das will ich dir sagen, Hrólfur, du scheinst ja wirklich putzmunter zu sein. Und jetzt entschuldige mich bitte.«

Erlendur ging an Hrólfur vorbei, der ihn und Sigurður

Óli anstarrte und mit offenem Mund stehen blieb, so als wolle er etwas sagen, aber nicht wüsste, was.

»Eins ist mir noch eingefallen«, sagte Erlendur. »Hätte mir schon längst einfallen sollen.«

»Was?«, fragte Sigurður Óli.

»Ruf bei der Leuchtturm- und Hafenbehörde an und finde heraus, ob sie feststellen können, ob Holberg so um 1960 herum in Húsavík oder in der Nähe gewesen ist.«

»In Ordnung. Hier, sprich mit der Frau.«

»Wer ist es denn?«, fragte Erlendur und nahm das Telefon. »Ich kenne keine Frau.«

»Man hat ihr deine Handynummer gegeben. Sie hat schon mehrmals im Büro angerufen. Ihr wurde gesagt, dass du nicht abkömmlich seist, aber sie ließ nicht locker.«

In diesem Moment setzte der Pressluftbohrer ein. Aus dem Keller drang unerträglicher Lärm, und sie sahen, wie dicker Staub aus den Fenstern quoll. Die Polizei hatte überall die Vorhänge zugezogen, sodass man nicht hineinsehen konnte. Alle bis auf den Mann mit dem Pressluftbohrer hatten die Wohnung verlassen und standen abwartend etwas abseits. Sie schauten auf ihre Armbanduhren und schienen sich darüber zu unterhalten, wie spät es schon geworden war. Ihnen war klar, dass sie mitten in einem Wohnviertel nicht bis in die Nacht hinein so einen Lärm veranstalten konnten. Sie würden bald aufhören müssen und erst am nächsten Morgen weitermachen können, oder sich etwas anderes einfallen lassen. Erlendur setzte sich mit dem Telefon kurzerhand wieder ins Auto und konnte auf diese Weise den Krach etwas verringern. Er erkannte die Stimme sofort.

»Er ist hier«, sagte Elín im gleichen Augenblick, als sie

hörte, dass Erlendur am Telefon war. Sie schien sehr erregt zu sein.

»Beruhige dich, Elín«, sagte Erlendur. »Von wem sprichst du?«

»Er steht hier vor dem Haus im Regen und starrt zu mir herein.« Die Stimme sank zu einem Flüstern herab.

»Wer denn, Elín? Bist du bei dir zu Hause? In Keflavík?«

»Ich weiß nicht, wann er gekommen ist, und auch nicht, wie lange er hier gestanden hat. Ich habe ihn gerade erst bemerkt. Sie wollten nicht, dass ich dich anrufe.«

»Ich kann dir nicht ganz folgen. Über wen sprichst du, Elín?«

»Na, den Kerl doch. Soweit ich weiß, ist es dieses Schwein.«

»Wer denn?«

»Dieses Scheusal, das über Kolbrún hergefallen ist!«

»Kolbrún? Wovon sprichst du eigentlich?«

»Ich weiß. Es ist eigentlich unmöglich, aber trotzdem steht er hier.«

»Bringst du da nicht etwas durcheinander?«

»Sag bloß nicht, dass ich durcheinander bin. Sag das bloß nicht! Ich weiß ganz genau, was ich sage.«

»Welcher Mann? Der Kolbrún angegriffen hat?«

»Welcher Mann? Was meinst du eigentlich?«

»Von wem sprichst du?«

»Von HOLBERG natürlich!« Statt lauter zu reden, fauchte Elín ins Telefon. »Er steht hier vor meinem Haus!«

Erlendur verstummte.

»Bist du noch da?«, flüsterte Elín. »Was wirst du unternehmen?«

»Elín«, sagte Erlendur und betonte jedes einzelne Wort.

»Das kann nicht Holberg sein. Holberg ist tot. Das muss jemand anderes sein.«

»Rede nicht mit mir wie mit einem Kind. Er steht da draußen im Regen und starrt mich an. Das Schwein.«

28

Die Verbindung brach ab, und Erlendur ließ den Motor an. Sigurður Óli und Elinborg schauten ihm nach, wie er durch die Menschenmenge zurücksetzte und dann die Straße entlangfuhr. Sie blickten sich achselzuckend an, so als hätten sie es schon lange drangegeben, diesen Mann zu begreifen.

Noch bevor er das Viertel verlassen hatte, bekam er Verbindung mit der Wache in Keflavík und hatte eine Streife zu Elín beordert, um einen Mann in der Nähe des Hauses zu schnappen, der einen blauen Anorak, Jeans und weiße Turnschuhe trug. Elín hatte ihm den Mann beschrieben. Er befahl dem Wachhabenden, weder Sirenen noch Blaulicht zu verwenden, sondern sich so unauffällig wie möglich anzunähern.

»Die Alte spinnt«, sagte Erlendur zu sich selbst und schaltete das Handy ab.

Er verließ Reykjavík auf dem allerschnellsten Wege, durch Hafnarfjörður, und dann war er auf der Straße nach Keflavík. Es war ziemlich dichter Verkehr, die Sicht war schlecht, aber er jonglierte zwischen den Autos hin und her und überfuhr sogar eine Verkehrsinsel, um zu überholen. Er nahm nirgendwo Rücksicht auf Ampeln und war in einer halben Stunde in Keflavík. Dabei kam ihm die Tatsache zustatten, dass die Dienstwagen der Polizei kürzlich erst mit Blaulicht ausgestattet worden waren, das in Notfällen am Dach angebracht werden konnte. Er hatte seinerzeit darüber gelacht und gesagt, dass er so etwas in Fernsehkrimis gesehen hätte, und er fand einen solchen Nervenkitzel für Reykjavík absurd.

Zwei Polizeiautos standen vor Elíns Haus, als er vorfuhr. Elín und drei Polizisten warteten drinnen auf ihn. Sie erklärte, der Mann sei, kurz bevor die Polizeiautos vorfuhren, im Dunkeln verschwunden. Sie hatte den Polizisten gezeigt, wo er gestanden hatte und in welche Richtung er gelaufen war, aber sie konnten ihn nicht einholen, und es war nirgendwo jemand unterwegs. Die Polizisten standen Elín ratlos gegenüber, die ihnen nicht sagen wollte, was für ein Mann das gewesen war und warum er gefährlich war; so wie es aussah, hatte er sich nichts anderes zu Schulden kommen lassen, als draußen im Regen zu stehen. Als sie sich mit ihren Fragen an Erlendur wandten, sagte er ihnen, dass dieser Mann mit einer Mordermittlung in Reykjavík in Verbindung stünde. Er bat sie, ihn wissen zu lassen, falls sie einen Mann finden würden, auf den Elíns Beschreibung passte.

Elín war noch immer aufgeregt, und Erlendur erschien es angebracht, sie so schnell wie möglich von der Anwesenheit der Polizisten zu befreien. Das gelang ihm ohne weiteres. Sie erklärten, sie hätten Wichtigeres zu tun, als den Launen von alten Schachteln nachzulaufen, passten aber auf, dass Elín das nicht hörte.

»Ich könnte schwören, dass er hier draußen gestanden hat«, sagte sie zu Erlendur, als sie allein waren. »Ich habe keine Ahnung, wie das möglich ist, aber er war es!«

Erlendur schaute sie an und hörte, was sie sagte, und sah, dass es ihr vollster Ernst war. Er wusste, dass die letzten Tage eine große Belastung für sie gewesen waren.

»Das kann einfach nicht sein, Elín. Holberg ist tot. Ich habe ihn im Leichenschauhaus gesehen.« Er dachte nach und fügte hinzu: »Ich habe sogar sein Herz gesehen.«

Elín schaute ihn an.

»War es schwarz?«, fragte sie, und Erlendur dachte daran, wie der Gerichtsmediziner gesagt hatte, er könne nicht sehen, ob es von einem schlechten oder guten Menschen stamme.

»Der Arzt sagte, er hätte hundert Jahre alt werden können«, sagte Erlendur.

»Du denkst, ich bin durcheinander«, sagte Elín. »Du glaubst, dass ich mir das nur einbilde. Dass das eine Methode von mir ist, Aufsehen zu erregen, wegen ...«

»Holberg ist tot«, fiel Erlendur ihr ins Wort. »Was soll ich denn glauben?«

»Dann gibt es jemanden, der ihm aufs Haar gleicht«, sagte Elín.

»Beschreib mir diesen Mann noch einmal genauer.«

»Er stand hier auf dem Weg, der zwischen den Häusern auf die Straße führt. Rührte sich nicht vom Fleck und schaute zu mir hinein. Ich weiß nicht, ob er mich gesehen hat. Ich habe versucht, mich nicht blicken zu lassen. Ich hatte gelesen und war aufgestanden, als es zu dunkel im Wohnzimmer wurde, und wollte Licht machen, als ich zufällig aus dem Fenster schaute. Er hatte nichts auf dem Kopf, und es schien ihm nichts auszumachen, dass der Regen nur so auf ihn herunterströmte. Und obwohl er da stand, hatte es fast den Anschein, als ob er in Wirklichkeit weit weg war.«

Elín dachte nach.

»Er hatte schwarze Haare, und ich glaube, er war so um die vierzig. Durchschnittlich groß.«

»Elín«, sagte Erlendur. »Draußen ist es dunkel. Es regnet wie aus Kübeln. Man kam kaum zum Fenster hinaussehen. Der Weg ist nicht beleuchtet. Du trägst eine Brille. Willst du mir sagen, dass ...«

»Es hatte angefangen, dunkel zu werden, und ich bin nicht gleich zum Telefon gestürzt. Ich habe mir den Mann ganz genau angeschaut, sowohl aus diesem Fenster als auch aus dem Küchenfenster. Ich habe eine ganze Zeit gebraucht, bis mir klar wurde, dass das Holberg war oder jemand, der genau wie er aussah. Der Weg ist nicht beleuchtet, aber die Straße ist ziemlich befahren, und jedes Mal, wenn ein Auto vorbeifuhr, fielen die Scheinwerfer auf ihn, und ich habe sein Gesicht deutlich gesehen.«

»Wie kannst du so sicher sein?«

»Er sah so aus wie Holberg, als er jünger war«, sagte Elín. »Nicht wie dieser alte Kerl, dessen Bild in der Zeitung war.«

»Hast du Holberg in seinen jüngeren Jahren gesehen?«

»Ja, ich habe ihn gesehen. Kolbrún wurde einmal urplötzlich zur Kriminalpolizei bestellt. Ihr war gesagt worden, dass sie nähere Auskünfte in einer bestimmten Sache bräuchten. Das stimmte vorne und hinten nicht. Marian Briem war mit der Sache befasst. Was für ein Name ist das überhaupt? Marian Briem! Kolbrún musste in Reykjavík erscheinen. Sie bat mich, mitzukommen, was ich auch tat. Sie sollte zu einer bestimmten Zeit da sein, ich glaube, es war vormittags. Wir kamen dahin, und Marian nahm uns in Empfang und führte uns in ein Zimmer. Da hatten wir eine ganze Zeit gesessen, bis die Tür auf einmal aufging und Holberg zu uns hereinkam. Marian stand hinter ihm in der Tür.«

Elín verstummte.

»Und was geschah dann?«, fragte Erlendur.

»Meine Schwester bekam einen Nervenzusammenbruch. Holberg grinste und machte ein obszönes Zeichen mit der Zunge, und Kolbrún griff nach mir, als sei sie am Ertrinken. Sie keuchte schwer. Holberg fing an zu lachen, und Kolbrún bekam einen Anfall. Sie verdrehte die Augen, der Schaum stand ihr vor dem Mund, und dann brach sie zusammen. Marian hat Holberg dann hinausgeführt. Dort habe ich das Scheusal zum ersten und einzigen Mal gesehen, und die Visage vergesse ich nie.«

»Und dieses Gesicht, das hast du heute Abend vor dem Haus gesehen?«

Elín nickte.

»Ich bin fürchterlich erschrocken, das gebe ich zu, und natürlich war das nicht Holberg selber, aber dieser Mann sah wirklich genauso aus wie er.«

Erlendur überlegte, ob er Elín etwas von dem erzählen sollte, worüber er sich in letzter Zeit den Kopf zerbrochen hatte. Er überlegte, wie viel er ihr sagen könnte und ob das, was er sagte, überhaupt auf Realität basierte. Sie saßen schweigend da, während er überlegte. Es war Abend, und er dachte an Eva Lind. Er spürte wieder diesen Schmerz in der Brust und fing an zu massieren, als ob er ihn dadurch vertreiben könnte.

»Geht es dir nicht gut?«, fragte Elín.

»Wir sind in den letzten Tagen einer Spur nachgegangen, von der ich noch nicht weiß, ob sie überhaupt etwas bringt«, sagte er. »Dieser Vorfall hier bestärkt allerdings diese Theorie. Falls es noch ein anderes Opfer von Holberg gibt, falls Holberg eine andere Frau vergewaltigt hat, dann ist nicht auszuschließen, dass auch diese Frau genau wie Kolbrún ein Kind von ihm bekommen hat. Wegen der Nachricht, die bei dem Toten hinterlassen wurde, habe ich diese Möglichkeit in Erwägung gezogen. Es könnte sein, dass diese Frau einen Sohn bekommen hat. Der könnte heute um die 40 sein, falls diese Vergewaltigung vor 1964 stattgefunden hat. Und dann kann es sein, dass er heute Abend hier draußen vor deinem Haus gestanden hat.«

Elín blickte ihn wie vom Donner gerührt an.

»Ein Sohn von Holberg? Ist das möglich?«

»Du hast gesagt, dass er ihm wie aus dem Gesicht geschnitten war.«

»Ja, aber ...«

»Ich stelle nur Überlegungen an. Irgendwo in dieser Angelegenheit fehlt ein Glied in der Kette, und ich glaube, dass es dieser Mann sein kann.«

»Aber warum? Was wollte er denn hier?«

»Liegt das nicht auf der Hand?«

»Was liegt auf der Hand?«

»Du bist die Tante seiner Schwester«, sagte Erlendur und sah, wie sich Verwunderung in Elíns Gesicht breitmachte, als ihr langsam klar wurde, was Erlendur meinte.

»Auður war seine Schwester«, stöhnte sie. »Aber wieso weiß er dann von mir? Woher weiß er, wo ich wohne? Wie kann er Holberg mit mir in Verbindung bringen? Es hat nichts über seine Vergangenheit in den Zeitungen gestanden, nichts über seine Vergewaltigungen oder dass er eine Tochter gehabt hat. Niemand wusste von Auður. Wieso weiß dieser Mann, wer ich bin?«

»Er beantwortet uns das vielleicht, wenn wir ihn gefunden haben.«

»Glaubst du, dass er Holbergs Mörder ist?«

»Jetzt fragst du mich, ob er seinen Vater ermordet hat«, sagte Erlendur.

Elín dachte nach.

»Gerechter Himmel«, rief sie dann.

»Das weiß ich nicht«, sagte Erlendur. »Wenn du ihn noch einmal hier draußen siehst, ruf mich an.«

Elín war aufgestanden und ging zum Fenster, das auf den Weg hinausblickte. Sie schaute hinaus, als erwartete sie, den Mann wieder dort zu sehen.

»Ich weiß, dass ich ein wenig hysterisch war, als ich dich anrief und über Holberg sprach, weil ich einen Augenblick glaubte, dass er es war. Ich habe mich bei seinem Anblick so fürchterlich erschreckt. Aber ich hatte keine Angst. Ich war eher wütend, aber da war irgendwas mit diesem Mann. Wie er dastand, wie er den Kopf hängen ließ. Es lag etwas Bedrücktes über ihm, eine Trauer. Ich dachte bei mir, dass es diesem Mann schlecht geht. Hatte er Verbindung zu seinem Vater? Weißt du etwas darüber?«

»Im Grunde genommen weiß ich nicht einmal, ob dieser Mann überhaupt existiert«, sagte Erlendur. »Was du gesehen hast, stützt eine bestimmte Theorie. Wir haben keinerlei Hinweise auf diesen Mann. Bei Holberg gab es keine Konfirmationsbilder von ihm, falls du das gemeint hast. Allerdings hatte Holberg, kurz bevor er ermordet wurde, Anrufe bekommen, die ihn beunruhigten. Mehr wissen wir nicht.«

Erlendur ging an sein Handy und entschuldigte sich bei Elín.

»Gibt's was Neues?«, fragte er, als Sigurður Óli antwortete.

»In was für eine Scheiße hast du uns da eigentlich reingerissen!«, schrie Sigurður Óli, der seine Wut kaum unterdrücken konnte. »Sie sind bis auf das Kloakenrohr hinunter, und da wimmelt es von Ungeziefer, Millionen von kleinen, widerwärtigen ekelhaften Viechern unter dem Scheißfundament. Das ist Ekel erregend! Wo zum Henker bist du?«

»In Keflavík. Irgendwelche Anzeichen von Grétar?«

»Nein, nicht das geringste Scheißanzeichen von einem gottverdammten Grétar«, sagte Sigurður Óli und hängte ein.

»Da ist noch was, Erlendur«, sagte Elín, »was mir erst in diesem Moment aufgeht, wo du über die Verwandtschaft mit Auður redest. Ich sehe jetzt, dass ich Recht hatte. Ich habe es nicht gleich begriffen, aber der Mann hatte so einen Gesichtsausdruck, von dem ich glaubte, ich würde ihn nie wiedersehen. Es war ein Ausdruck aus der Vergangenheit, den ich nie vergessen habe.«

»Was war es?«, fragte Erlendur.

»Deswegen hatte ich keine Angst vor dem Mann.«

»Was meinst du damit?«

»Es war mir nicht gleich klar. Er erinnerte mich auch an Auður. Er hatte irgendwas, was mich an sie erinnerte.«

29

Sigurður Óli steckte das Handy in das Futteral am Gürtel und ging zurück zum Haus. Er und einige andere Kripobeamte waren drinnen gewesen, als der Pressluftbohrer durch die Platte gestoßen war, und heraus drang ein so unerträglicher Gestank, dass er angefangen hatte zu würgen. Er war zur Tür hinausgestürzt wie die anderen und hatte das Gefühl, dass er sich übergeben müsste, noch bevor er an die frische Luft kam. Als sie schließlich wieder hineingingen, trugen alle Schutzbrillen und Gesichtsmasken, aber der Gestank drang immer noch durch und war fürchterlich.

Der Mann am Bohrer vergrößerte das Loch über der kaputten Grundleitung. Das ging ziemlich einfach, nachdem er einmal die Platte durchstoßen hatte. Sigurður Óli konnte sich nicht vorstellen, wie lange es her war, seit das Rohr kaputtgegangen war. Ihm schien es, als hätte sich Kloake auf einer großen Fläche unter dem Fußboden abgesetzt. Aus dem Loch dampfte es. Mit einer Taschenlampe leuchtete er den Horror da unten aus, und ihm kam es so vor, als hätte sich der Erdboden um mindestens einen halben Meter gesenkt.

Der Horror wirkte wie ein quicklebendige Palette, ganz und gar bedeckt mit wimmelndem schwarzen Ungeziefer. Er schrak zusammen, als eines davon durch den Lichtstrahl schoss.

»Vorsicht!«, rief er und marschierte zum Ausgang. »Da unten sind auch noch Ratten. Deckt das Loch zu und holt einen Kammerjäger. Wir hören hier auf. Wir hören auf der Stelle auf!«

Keiner widersprach ihm. Jemand breitete ein Stück Linoleum über das Loch im Boden, und der Keller leerte sich im Nu. Sigurður Óli riss sich die Maske ab, als er aus dem Keller heraus war, und sog hektisch die saubere Luft ein. Die anderen taten es ihm nach.

Auf dem Rückweg von Keflavík wurde Erlendur über die Einzelheiten der Aktion in Nordermoor unterrichtet. Der Kammerjäger war geholt worden, aber mit weiteren Unternehmungen musste man warten bis zum nächsten Morgen, wenn das, was da unten kreuchte und fleuchte, vernichtet war. Sigurður Óli war nach Hause gegangen und kam aus der Dusche, als Erlendur anrief, um sich zu informieren. Elinborg war auch nach Hause gegangen. Holbergs Wohnung wurde bewacht, während der Kammerjäger am Werke war. Zwei Streifenwagen standen die ganze Nacht vor dem Haus.

Eva Lind nahm ihren Vater an der Tür in Empfang, als er nach Hause kam. Es war schon nach neun Uhr. Die Braut war nicht mehr da. Hatte zu Eva Lind gesagt, dass sie mit ihrem Mann sprechen und hören wollte, was er dazu meinte. Sie wusste noch nicht, ob sie ihm den wahren Grund sagen würde, warum sie von der Hochzeit abgehauen war. Eva Lind hatte sie darin bestärkt, hatte ihr gesagt, dass dieser widerliche Kerl von ihrem Vater keine Schonung verdiente. Das wäre das Letzte.

Sie setzten sich ins Wohnzimmer. Erlendur sprach mit Eva Lind über die ganze Ermittlung und über das, was ihm so durch den Kopf ging. Er tat das nicht zuletzt deswegen, weil er selber versuchen wollte, damit ins Reine zu kommen und sich ein klareres Bild von dem zu machen, was in den letzten Tagen passiert war. Er erzählte ihr fast alles, von dem Zeitpunkt an, wo sie bei Holbergs Leiche eintrafen, von dem Geruch in seiner Wohnung, von der Nachricht, von dem alten Foto im Schreibtisch, von den Pornodateien im Computer, der Grabinschrift auf dem Stein, von Kolbrún und ihrer Schwester Elín, von Auður und ihrem nicht geklärten Tod, von den Träumen, die ihn verfolgten, von Elliði im Gefängnis und von Grétars Verschwinden, von Marian Briem und der Suche nach einem weiteren Opfer von Holberg und von dem Mann vor dem Haus von Elín, möglicherweise Holbergs Sohn. Er versuchte, das Ganze systematisch darzustellen, diskutierte mit sich selbst ein paar Theorien und strittige Punkte, bis er nicht mehr weiter wusste und verstummte.

Er sagte Eva Lind nichts davon, dass das Gehirn von Auður nicht vorhanden gewesen war. Er hatte immer noch nicht begriffen, wie so etwas möglich war.

Eva Lind hörte ihm zu, ohne ihn zu unterbrechen, und sie bemerkte, wie Erlendur sich die Brust massierte, während er sprach. Sie spürte, dass der Fall Holberg ihn mitnahm. Es klang, als stünde er kurz davor, die Flinte ins Korn zu werfen, und das war etwas, was sie überhaupt nicht an ihm kannte. Sie spürte, wie müde er war, wenn er von dem kleinen Mädchen redete. Er schien sich in sein Schneckenhaus zurückzuziehen, die Stimme wurde leiser, und er war mit den Gedanken weit fort.

»Ist Auður das Mädchen, von dem du heute Morgen gesprochen hast, als du ausgeflippt bist?«, fragte Eva Lind.

»Sie war vielleicht, ich weiß nicht so recht, ein Gottesgeschenk für ihre Mutter«, sagte Erlendur. »Wurde geliebt bis über Grab und Tod hinaus. Verzeih mir, dass ich so böse zu dir war. Ich wollte das gar nicht, aber wenn ich sehe, wie du lebst, wenn ich deine Gleichgültigkeit und deine Missachtung dir selbst gegenüber sehe, wenn ich die Zerstörung sehe, all das, was du dir selber antust, und wenn ich dann einen kleinen Sarg aus der Erde kommen sehe, dann verstehe ich einfach überhaupt nichts mehr. Dann verstehe ich nicht mehr, was vor sich geht, und ich würde am liebsten ...«

Erlendur verstummte.

»... mich nach Strich und Faden durchprügeln«, beendete Eva Lind den Satz.

Erlendur zuckte mit den Achseln.

»Ich weiß nicht, was ich am liebsten tun würde. Vielleicht ist es am besten, überhaupt nichts zu tun. Vielleicht ist es am besten, das Leben einfach gewähren zu lassen. Alles zu verdrängen. Etwas zu tun, was Sinn macht. Warum gibt man sich überhaupt mit so etwas ab? Mit diesem ganzen Dreck. Mit Leuten wie Elliði zu reden. Sich mit einem Scheißkerl wie Eddi zu arrangieren. Zu sehen, womit sich Leute wie Holberg vergnügen. Berichte über Vergewaltigungen zu lesen. Sich in Hausfundamente voll Ungeziefer und Scheiße runterzugraben. Kleine Särge auszugraben.«

Erlendur massierte sich heftiger.

»Man glaubt, dass das keinen Einfluss auf einen hat. Man glaubt, dass man stark genug ist, um so etwas zu ertragen. Man glaubt, dass man sich mit den Jahren gewappnet hat und distanziert auf diesen Dreck blicken kann, als gehe einen das alles nichts an, um auf die Weise zu versuchen, bei Verstand zu bleiben. Aber da ist keine Rede von Gewappnetsein. Niemand ist stark genug. Das Widerwärtige verfolgt einen wie ein böser Geist, der sich im Inneren einnistet und einen nicht in Ruhe lässt, bis einem der Dreck wie das Leben selbst vorkommt und man vergessen hat, wie normale Menschen leben. So liegt die Sache. Wie ein böser Geist, der losgelassen wurde, um einem im Kopf herumzuspuken und einen zum Schluss kaputtzumachen.«

Erlendur seufzte tief.

»Das Ganze ist ein einziger verdammter Sumpf.«

Er verstummte, und Eva Lind saß schweigend bei ihm.

So verging eine Weile, bis Eva Lind aufstand, sich an die Seite ihres Vaters setzte, ihre Arme um ihn legte und sich fest an ihn schmiegte. Sie hörte sein Herz taktsicher wie eine beruhigende Uhr schlagen, und dann schlief sie mit einem kleinen Lächeln im Gesicht ein.

30

Am nächsten Morgen trafen sich gegen neun Uhr die Kriminalbeamten und die Mannschaft von der Spurensicherung wieder bei Holbergs Haus. Es war noch gar nicht richtig hell, obwohl der Tag schon angebrochen war. Der Himmel war schwer verhangen, und es regnete noch immer. Im Rundfunk wurde gesagt, dass die Niederschlagsmengen in diesem Oktober in Reykjavík sich dem Rekordjahr 1929 näherten.

Um die Leitungen war alles gesäubert worden, und unter dem Fundament war nichts Lebendiges mehr zu sehen. Das Loch in der Bodenplatte war vergrößert worden, sodass jetzt zwei Männer zugleich nach unten kommen konnten. Die Hausbewohner standen an der Kellertür beieinander. Sie hatten sich einen Klempner organisiert, den sie sofort herbeiordern konnten, wenn die Polizei die Genehmigung dazu gab.

Bald stellte sich heraus, dass der Hohlraum beim Abflussrohr verhältnismäßig klein war. Er hatte einen Umfang von etwa drei Quadratmetern und war abgedeckt, denn der Boden war keineswegs überall unter der Platte abgesunken. Das Rohr war an der gleichen Stelle wie früher geborsten. Man sah die alte Reparatur, und unter dem Rohr war anderer Splitt als daneben. Die Leute von der

Spurensicherung diskutierten, ob sie das Loch nicht noch größer machen und den Splitt darunter ausheben sollten, damit man gut unter die ganze Platte schauen konnte. Nach einigem Hin und Her kamen sie zu dem Ergebnis, dass die Platte ganz und gar auseinander brechen könnte, wenn sie auf gar nichts mehr ruhte. Sie beschlossen, eine sicherere und technisch ausgefeiltere Methode zu verwenden, nämlich an diversen Stellen kleine Löcher in die Platte zu bohren und eine kleine Kamera hinunterzulassen.

Die verstehen was von ihrem Job, dachte Sigurður Óli.

Er verfolgte mit, wie die ersten Löcher gebohrt wurden, und dann wurden zwei kleine Fernsehschirme aufgebaut, die mit den zur Verfügung stehenden Kameras verbunden waren. Diese Kameras waren eigentlich nicht viel mehr als Rohre mit einem Scheinwerfer vorne. Sie wurden durch die Löcher abgesenkt und konnten mit einer Fernsteuerung gelenkt werden. Gebohrt wurde dort, wo man unten Hohlräume vermutete, dann wurden die Kameras hinabgelassen und mit einer Fernbedienung gesteuert. Auf den Bildschirmen erschien ein schwarz-weißes Bild, und Sigurður Óli, der selber einen Fernseher Made in Germany besaß, der eine halbe Million Kronen gekostet hatte, fand, dass das Bild ziemlich unscharf war.

Erlendur kam ungefähr zur gleichen Zeit in den Keller, als man angefangen hatte, mit den Kameras zu suchen, und kurze Zeit später traf Elinborg ein. Sigurður Óli bemerkte, dass Erlendur sich rasiert hatte und einen sauberen Anzug trug, der fast so aussah, als sei er gebügelt worden.

»Schon was gefunden?«, fragte Erlendur und zündete sich zum Leidwesen von Sigurður Óli eine Zigarette an.

»Sie suchen mit den Kameras«, sagte Sigurður Óli. »Wir können das am Bildschirm mitverfolgen.«

»War nichts bei der Kloake?«, fragte Erlendur und inhalierte den Rauch.

»Ungeziefer und Ratten, sonst nichts.«

»Was für ein widerlicher Gestank«, sagte Elinborg und hielt sich ein parfümiertes Taschentuch vor die Nase. Erlendur bot ihr eine Zigarette an, die sie aber ablehnte.

»Holberg könnte das Loch verwendet haben, das der Klempner gemacht hat, um Grétar da unten zu verscharren«, sagte Erlendur. »Er hat den Hohlraum gesehen, der sich unter der Bodenplatte gebildet hatte, und dann hat er ganz einfach den Splitt verfrachtet, und Grétar da, wo er wollte, unter der Platte verschwinden lassen.«

Sie traten vor die Bildschirme, konnten aber mit dem, was sie sahen, nicht viel anfangen. Ein schwaches Licht bewegte sich vor und zurück, hoch und runter und zur Seite. Manchmal glaubten sie, die Fundamentplatte zu erkennen, und manchmal sahen sie Geröll. Der Boden war unterschiedlich abgesunken. An einigen Stellen reichte er noch bis unter die Platte, aber an anderen Stellen war bis zu achtzig Zentimetern Spielraum dazwischen.

Sie standen eine ganze Weile und verfolgten die Bilder auf den Bildschirmen mit. Es war laut im Keller, denn es wurden immer neue Löcher gebohrt. Bald verlor Erlendur die Geduld und ging hinaus. Elinborg ging sofort hinter ihm her, und schließlich kam auch Sigurður Óli. Sie setzten sich alle in das Auto von Erlendur. Er hatte ihnen am Abend vorher gesagt, weswegen er so plötzlich vom Tatort verschwunden und nach Keflavík gefahren war, aber sie hatten noch keine Zeit gehabt, das zu besprechen.

»Das passt natürlich zu der Nachricht, die hinterlassen wurde. Und wenn der Mann, den Elín in Keflavík gesehen hat, Holberg so ähnlich war, dann passt das zu der Theorie, dass er ein anderes Kind gehabt hat.«

»Es muss nicht sein, dass ein Sohn von Holberg bei einer Vergewaltigung gezeugt wurde«, sagte Sigurður Óli. »An und für sich haben wir keinerlei Anhaltspunkte außer dem, was Elliði von einer anderen Frau wusste. Das ist alles. Und Elliði ist sowieso ein Vollidiot.«

»Keiner von denen, die Holberg kannten und mit denen wir gesprochen haben, hat erwähnt, dass er einen Sohn gehabt hat«, sagte Elinborg.

»Keiner von denen, mit denen wir geredet haben, kannte Holberg richtig«, sagte Sigurður Óli. »Darum geht's. Er war ein Außenseiter, hatte nur Verbindung zu einigen Arbeitskollegen, lud sich Pornos tonnenweise vom Internet herunter, und trieb sich immer mit Armleuchtern und Arschlöchern herum. Niemand weiß etwas über diesen Mann.«

»Sollten wir nicht nach diesem mysteriösen Mann fahnden?«, fragte Elinborg mit einem ironischen Funkeln in den Augen. »Können wir nicht einfach ein Foto von Holberg in jungen Jahren als Vorlage nehmen – und fürs Fernsehen und die Zeitungen eine Phantomskulptur modellieren lassen?«[2]

»Was ich überlege«, sagte Erlendur, ohne Elinborgs spitzen Bemerkungen Beachtung zu schenken, »ist Folgendes: Falls es einen Sohn von Holberg gibt, wieso weiß er, dass Elín die Tante von Auður ist? Weiß er dann nicht auch von Auður, die seine Schwester war? Wenn er von Elín weiß,

[2] Hier wird auf einen Kriminalfall der siebziger Jahre angespielt, wo mit viel Aufwand die Skulptur eines vermeintlichen Mörders angefertigt wurde. Der Mann, der wegen seiner Ähnlichkeit mit der Skulptur gefasst wurde, hatte aber mit dem Mord gar nichts zu tun, und in der Folge wurde ausgiebig über diesen Fall gespottet.

muss ich auch davon ausgehen, dass er von Kolbrún weiß, und von der Vergewaltigung, aber ich kapiere nicht, wieso. Über die einzelnen Aspekte der Ermittlung hat nichts in den Zeitungen gestanden. Woher hat er diese Informationen?«

»Hat er das nicht von Holberg, bevor er ihm den Schädel eingeschlagen hat?«, sagte Sigurður Óli. »Ist das nicht wahrscheinlich?«

»Er hat ihn vielleicht zwingen können, ihm das zu sagen«, sagte Elinborg.

»Zunächst mal wissen wir nicht, ob es diesen Mann gibt«, sagte Erlendur. »Elín war sehr erregt. Wir wissen nicht, ob er Holberg umgebracht hat. Und genauso wenig, ob er überhaupt von der Existenz seines Vaters gewusst hat, wenn er unter solchen Umständen gezeugt worden ist, bei einer Vergewaltigung. Elliði sagt, dass es eine Frau vor Kolbrún gegeben hat, der dieselbe Behandlung zuteil wurde, vielleicht sogar noch schlimmer. Falls daraus ein Kind entstanden ist, bezweifle ich sehr, dass die Mutter erpicht darauf war, den Vater anzugeben. Sie hat sich jedenfalls nicht an die Polizei gewandt. In unserem Archiv liegt nichts über andere Vergewaltigungen von Holberg vor. Wir müssen immer noch diese Frau finden, so es sie denn gibt.«

»Und wir bohren uns durch Hausfundamente auf der Suche nach einem Mann, der mit der Sache wahrscheinlich nicht das Geringste zu tun hat«, sagte Sigurður Óli.

»Was soll denn jetzt auf einmal dieser blödsinnige Humor?«, sagte Erlendur und sprach lauter. »Besteht vielleicht die Möglichkeit, mal einen Satz aus euch herauszubekommen, der nicht total superwitzig ist?«

»Vielleicht liegt Grétar gar nicht hier unter dem Fundament«, sagte Elinborg.

»Wieso?«, fragte Erlendur.

»Vielleicht ist er noch am Leben, meinst du das?«, sagte Sigurður Óli.

»Er wusste alles über Holberg, könnte ich mir denken«, sagte Elinborg. »Er wusste von der Tochter, sonst hätte er nicht ihr Grab fotografiert. Er wusste bestimmt, wie sie gezeugt wurde. Wenn Holberg noch ein Kind gehabt hat, dann hat er auch davon gewusst.«

Erlendur und Sigurður Óli schauten sie mit wachsendem Interesse an.

»Vielleicht weilt Grétar noch unter uns«, fuhr sie fort, »und hat Verbindung zu dem Sohn. Das ist die einzige Erklärung dafür, wie der Sohn von Elín und Auður wissen konnte.«

»Aber Grétar ist vor einem Vierteljahrhundert verschwunden, und seitdem hat man nie wieder etwas von ihm gehört«, sagte Sigurður Óli.

»Selbst wenn er verschwunden ist, muss das nicht bedeuten, dass er tot ist«, sagte Elinborg.

»Also ...«, begann Erlendur, aber Elinborg unterbrach ihn.

»Meiner Meinung nach besteht kein Grund, ihn auszuschließen. Warum nicht die Möglichkeit einkalkulieren, dass Grétar am Leben ist. Die Leiche wurde nie gefunden. Er kann außer Landes gegangen sein. Es könnte ihm auch gereicht haben, aufs Land zu gehen. Keiner hat sich um ihn gekümmert. Keiner hat ihn vermisst.«

»Ich kann mich nicht an einen solchen Fall erinnern«, sagte Erlendur.

»Was für einen?«, fragte Sigurður Óli.

»Dass ein verschwundener Mann fünfundzwanzig Jahre später wieder auftaucht. Wenn hierzulande Menschen verschwinden, dann ist das meist endgültig. Da kommt niemand Jahrzehnte später wieder zum Vorschein. Niemand.«

31

Erlendur ließ sie in Nordermoor zurück und fuhr zum Barónsstígur, um den Gerichtsmediziner zu treffen. Der Arzt beendete gerade die Obduktion von Holberg, als Erlendur eintraf, und deckte die Leiche zu. Die irdischen Überreste von Auður waren nirgends zu erblicken.

»Hast du etwas über das Gehirn des Mädchens herausgefunden?«, fragte der Arzt ohne Umschweife, als Erlendur zu ihm hereinkam.

»Nein«, sagte Erlendur.

»Ich habe mit einer Professorin gesprochen, einer alten Freundin von mir an der Uni, und habe ihr den Fall unterbreitet. Ich hoffe, dass das in Ordnung war. Sie war überhaupt nicht erstaunt über unsere kleine Entdeckung. Diese Geschichte von Halldór Laxness, hast du sie gelesen?«

»Über Nebukadnezar? Sie ist mir in den letzten Tagen schon durch den Kopf gegangen«, sagte Erlendur.

»Heißt die Erzählung nicht Lilja? Es ist lange her, dass ich sie gelesen habe. Handelt sie nicht von einem Medizinstudenten, der eine Leiche raubt und statt ihrer Steine in den Sarg legt? Das ist im Grunde genommen das, was passieren kann. Früher hat man sich da nicht richtig drum gekümmert, genau wie in der Erzählung geschildert wird. Leute, die im Krankenhaus starben, wurden obduziert, außer wenn es untersagt war, und die Obduktion diente natürlich zu Unterrichtszwecken. Manchmal wurden Proben entnommen, und das konnte eigentlich alles Mögliche sein, von ganzen Organen bis hin zu kleinen Gewebeproben. Dann wurde alles wieder zugemacht und der Betreffende ehrenvoll begraben. Heute geht es da aber etwas anders zu. Eine Obduktion kann nicht stattfinden, wenn die Angehörigen dem nicht zugestimmt haben, und Organe werden nur dann zu Unterrichts- und Forschungszwecken entnommen, wenn bestimmte Bedingungen erfüllt sind. Ich glaube, dass heute nichts mehr gestohlen wird.«

»Du glaubst es nur?«

Der Arzt zuckte die Achseln.

»Wir sprechen doch nicht über Organtransplantationen, oder was?«, fragte Erlendur.

»Das ist etwas ganz anderes. Die Leute sind meistens bereit, anderen zu helfen, wenn es um Leben oder Tod geht.«

»Und wo ist die Organsammlung?«

»Hier in diesem Haus gibt es Tausende von solchen Proben«, sagte der Gerichtsmediziner. »Hier am Barónsstígur. Den größten Teil bildet die so genannte Dungal-Sammlung, eine der größten Organsammlungen im ganzen Land.«

»Könntest du mir die zeigen?«, fragte Erlendur. »Gibt es ein Verzeichnis darüber, woher die Proben stammen?«

»Das ist alles sorgfältig registriert. Ich habe mir bereits erlaubt, nach unserem Objekt zu forschen, aber ich habe es nicht gefunden.«

»Wo ist es dann?«

»Du solltest mal mit der Professorin sprechen und hören, was sie dazu sagt. Ich glaube, es gibt noch irgendwelche Verzeichnisse in der Universität.«

»Warum hast du mir das nicht gleich gesagt?«, fragte Erlendur. »Als du feststelltest, dass das Gehirn fehlte? Du hast es doch gewusst?«

»Sprich mit ihr und komm dann wieder«, sagte der Gerichtsmediziner, nannte ihm den Namen der Professorin und wollte nicht weiter damit behelligt werden.

»Du kennst dann auch den Gläserpalast«, sagte Erlendur.

»Ein Zimmer hier wurde Gläserpalast genannt«, sagte der Arzt. »Das gibt es aber nicht mehr. Frag mich nicht, was aus den Gläsern geworden ist, ich habe keine Ahnung.«

»Findest du es unangenehm, darüber zu sprechen?«

»Hör jetzt endlich auf damit.«

»Was?«

»Hör auf.«

Die Professorin, ihres Zeichens Fakultätsvorsitzende an der Medizinischen Abteilung der Universität Islands, hieß Hanna und starrte Erlendur über den Tisch hinweg an, als sei er ein bösartiges Karzinom, das sie so schnell wie möglich aus dem Büro entfernen müsse. Sie war etwas jünger als Erlendur, schien Haare auf den Zähnen zu haben, sprach schnell und antwortete kurz und bündig. Sie schien weder Geschwafel noch Abschweifungen zu ertragen und bat ihn ziemlich schroff, zur Sache zu kommen, als Erlendur mit einer langen Rede über die Gründe beginnen wollte, weswegen er in ihrem Büro saß. Erlendur lächelte innerlich. Er mochte sie auf Anhieb und wusste, dass sie sich im Laufe dieses Gesprächs noch in die Haare geraten würden. Sie trug ein dunkles Kostüm, war ungeschminkt und etwas mollig. Sie trug das blonde Haar kurz geschnitten, die Hände sahen so aus, als ob sie zupacken könnten, der Gesichtsausdruck war ernst und nachdenklich. Erlendur hätte sie gern lächeln sehen. Diesem Wunsch kam sie nicht nach.

Er hatte sie in einer Vorlesung gestört. Klopfte wie ein Trottel an die Tür des Hörsaals, um nach ihr zu fragen. Sie kam zur Tür und bat ihn gefälligst zu warten, bis die Vorlesung zu Ende war. Erlendur stand eine Viertelstunde auf dem Gang wie jemand, der schwänzt, bevor die Tür wieder aufgerissen wurde. Hanna kam herausgestürmt und sagte, er solle ihr folgen. Damit hatte er seine liebe Mühe. Er schien zwei Schritte zu brauchen, wo sie einen machte.

»Ich verstehe nicht, was die Kriminalpolizei von mir will«, sagte sie in voller Fahrt und schaute sich um, wie um sich zu vergewissern, dass Erlendur mit ihr Schritt hielt.

»Das wird sich zeigen«, sagte Erlendur atemlos.

»Das will ich auch in der Tat hoffen«, sagte Hanna und ließ ihn in ihr Büro.

Als Erlendur ihr sein Anliegen vorgetragen hatte, saß sie da und dachte eine ganze Weile nach. Erlendur hatte ihr mit dem Bericht über Auður und ihre Mutter, über die Obduktion, die Krankheitsdiagnose und das Gehirn, das entfernt worden war, etwas den Wind aus den Segeln genommen.

»Was sagst du, in welches Krankenhaus wurde das Mädchen eingeliefert?«, fragte sie schließlich.

»Das Krankenhaus in Keflavík. Wie verschafft ihr euch Organe für den Unterricht?«

Hanna starrte Erlendur an.

»Ich weiß nicht, worauf du hinauswillst.«

»Ihr benutzt menschliche Organe für den Unterricht«, sagte Erlendur. »Organproben wird das wahrscheinlich genannt, ich bin kein Fachmann, aber die Frage ist ganz einfach. Woher bekommt ihr die?«

»Ich glaube, dass ich dir nichts darüber zu sagen brauche«, sagte sie und fing an, Papiere zu ordnen, die auf dem Schreibtisch lagen. So, als sei sie zu beschäftigt, um sich näher mit Erlendur zu befassen.

»Es ist enorm wichtig für uns«, sagte Erlendur, »für uns von der Polizei, herauszufinden, ob das Gehirn noch existiert. Möglicherweise ist es bei euch registriert. Es wurde seinerzeit untersucht, wurde aber nicht zurückerstattet. Vielleicht gibt es dafür eine ganz plausible Erklärung. Man brauchte Zeit, um den Tumor zu untersuchen, und die Leiche musste beerdigt werden. Universität und Krankenhäuser kommen am ehesten als Aufbewahrungsort für Organe in Frage. Du kannst meinetwegen jetzt gern dasitzen wie ein Buch mit sieben Siegeln, aber ich könnte dir, der Universität und den Krankenhäusern ziemliche Unannehmlichkeiten bereiten. Es ist ganz erstaunlich, wie mitteilsam man den Medien gegenüber sein kann, so lästig, wie sie sind.«

Hanna schaute Erlendur lange an, und der starrte zurück.

»Wer nicht zugreift ...«, sagte sie schließlich.

»... bekommt nichts«, führte Erlendur das Sprichwort zu Ende.

»Das war im Grunde genommen die einzige Regel in diesen Dingen, aber ich kann dir nichts Genaueres sagen, wie du dir vielleicht vorstellen kannst. Das ist eine ziemlich heikle Angelegenheit.«

»Ich untersuche das hier nicht wie eine Straftat«, sagte Erlendur. »Ich weiß noch nicht einmal, ob es sich hier wirklich um einen richtigen Organdiebstahl handelt. Was ihr mit toten Personen macht, geht mich nichts an, wenn ihr es innerhalb bestimmter Grenzen tut.«

Hannas Miene wurde noch grimmiger.

»Wenn es etwas ist, was für die Medizin wichtig ist, dann kann man es zweifellos rechtfertigen. Ich muss ein bestimmtes Organ von einem bestimmten Individuum finden, um es noch einmal untersuchen zu lassen. Wenn es möglich wäre, die Sache nachzuverfolgen, von dem Zeitpunkt an, wo es entfernt wurde, bis auf den heutigen Tag, wäre ich außerordentlich dankbar. Das sind Privatinformationen nur für mich.«

»Was heißt Privatinformationen?«

»Ich habe kein Interesse daran, das an die große Glocke zu hängen. Wir müssen das Organ wiederbekommen, falls es möglich ist. Ich habe mir Gedanken darüber gemacht, ob es nicht gereicht hätte, eine Probe zu entnehmen, ob es wirklich notwendig war, das ganze Organ zu entfernen.«

»Natürlich kenne ich diesen speziellen Fall nicht, über den du da sprichst, aber heutzutage gelten strengere Vorschriften bei Obduktionen als damals«, sagte Hanna nach einigem Überlegen. »Wenn das in den siebziger Jahren passiert ist, dann war das ganz gut möglich, das will ich nicht abstreiten. Und wahrscheinlich sogar kein Einzelfall. Heutzutage werden die Angehörigen nach einem Todesfall sofort gefragt, ob eine Obduktion vorgenommen werden darf. Ich glaube, ich kann mit gutem Gewissen sagen, dass deren Wünschen entsprochen wird, falls sie eine Obduktion ablehnen, es sei denn in extremen Ausnahmefällen. Das wird damals der Fall gewesen sein. Der Tod eines Kindes ist mithin das Schrecklichste, womit man zurechtkommen muss. Man kann sich keine Vorstellung davon machen, was die Leute durchmachen, die ein Kind verlieren, und schon der bloße Gedanke an eine Obduktion kann in solchen Fällen unerträglich sein.«

Hanna verstummte eine Weile.

»Einiges ist hier in unseren Computern erfasst«, sagte sie dann, »und anderes ist im Archiv, das sich in diesem Gebäude befindet. Darüber werden ziemlich genaue Verzeichnisse geführt. Die größte Organsammlung ist auf dem Barónsstígur. Du bist dir wohl im Klaren darüber, dass nur ein kleiner Teil des Unterrichts hier auf dem Universitätsgelände stattfindet. Er findet in den Krankenhäusern statt. Von dort beziehen wir unser Wissen.«

»Der Gerichtsmediziner wollte mir die Organsammlung nicht zeigen«, sagte Erlendur. »Ich sollte zuerst mit dir sprechen. Hat die Universität etwas in solchen Sachen zu sagen?«

»Komm mit«, sagte Hanna, ohne seine Frage zu beantworten. »Wir schauen nach, was der Computer hergibt.«

Sie stand auf, und Erlendur ging hinter ihr her. Sie schloss ein geräumiges Zimmer auf und gab an der Tür einen Sicherheitscode ein. Sie ging zu einem Schreibtisch und schaltete einen Computer ein, während Erlendur sich umsah. Das Zimmer hatte keine Fenster, und an den Wänden standen reihenweise Aktenschränke. Hanna ließ sich den Namen und das Todesdatum von Auður sagen und gab das in den Rechner ein.

»Hier ist es nicht«, sagte sie nachdenklich und konzentrierte sich auf den Bildschirm. »Die EDV-Erfassung reicht nur bis 1984 zurück. Wir sind dabei, alle Daten einzugeben, die die medizinische Fakultät seit ihrer Gründung betreffen, aber das ist noch nicht weiter gediehen.«

»Dann also die Schränke«, sagte Erlendur.

»Ich habe eigentlich keine Zeit dazu«, sagte Hanna und schaute auf die Uhr. »Ich muss wieder in die Vorlesung.«

Sie ging zu Erlendur hinüber und blickte sich rasch um, ging an den Aktenschränken entlang und las die Beschriftungen. Hie und da zog sie eine Schublade auf und blätterte in Papieren, die sie aber schnell wieder zurücklegte. Erlendur hatte den Eindruck, dass die Schubladen alphabetisch geordnet waren, hatte aber keine Ahnung, was darin war.

»Gibt es hier drinnen auch Krankenberichte?«

Hanna stöhnte.

»Sag mir bloß nicht, dass du von der Datenschutzkommission bist«, sagte sie und knallte wieder eine Schublade zu.

»War nur eine Frage«, sagte Erlendur.

Hanna nahm einen Bericht zur Hand und las darin.

»Hier steht etwas von Probeentnahmen«, sagte sie. »Neunzehnhundertachtundsechzig. Hier sind ein paar Namen. Nichts, wofür du dich interessierst.« Sie gab den Bericht in den Schrank zurück, knallte die Schublade zu und öffnete eine andere. »Hier sind noch welche«, sagte sie. »Warte mal. Hier steht der Name Auður und der Name der Mutter. Hier haben wir es.«

Hanna las den Bericht schnell durch.

»Ein Organ entnommen«, sagte sie wie zu sich selbst. »Entnommen im Krankenhaus in Keflavík. Zustimmung der Angehörigen ... da steht nichts. Hier steht nichts davon, dass das Organ vernichtet worden ist.«

Hanna schloss die Mappe.

»Es existiert nicht mehr.«

»Darf ich das mal sehen«, sagte Erlendur und machte keinen Versuch, sein Interesse zu verhehlen.

»Das wird dir nichts bringen«, sagte Hanna, legte die Mappe wieder in die Schublade und machte sie zu. »Ich habe dir das gesagt, was du wissen musst.«

»Was steht darin? Was verheimlichst du mir da?«

»Nichts«, sagte Hanna, »und jetzt muss ich wieder in die Vorlesung.«

»Dann werde ich eine einstweilige Verfügung erwirken und heute etwas später wiederkommen, und dann wäre es nicht schlecht, wenn die Mappe an ihrem Platz wäre«, sagte Erlendur und ging in Richtung Tür. Hanna schaute hinter ihm her.

»Versprichst du, dass die Informationen unter uns bleiben?«, sagte sie, als Erlendur die Tür geöffnet hatte und im Begriff war hinauszugehen.

»Das habe ich dir doch gesagt. Das sind Informationen für mich privat«, sagte Erlendur.

»Dann schau dir das an«, sagte Hanna, öffnete die Schublade wieder und reichte ihm die Mappe.

Erlendur schloss die Tür, nahm die Mappe und vertiefte sich in die Unterlagen. Hanna griff zu einer Zigarettenschachtel und zündete sich eine Zigarette an, während Erlendur las. Das Schild, auf dem stand, dass das Rauchen in diesem Zimmer verboten war, ließ sie vollkommen außer Acht, und bald war der Raum voller Qualm.

»Wer ist Eydal?«

»Einer unserer fähigsten Wissenschaftler in der Medizin.«

»Was von dem hier wolltest du mir nicht zeigen? Darf ich nicht mit diesem Mann reden?«

Hanna antwortete nicht.

»Was geht hier eigentlich vor?«, sagte Erlendur.

Hanna sog hörbar den Atem ein.

»Ich habe gehört, dass er selber einige Organe aufbewahrt«, sagte sie endlich.

»Sammelt dieser Mann Organe?«, fragte Erlendur.

»Er bewahrt einige Organe bei sich auf, eine kleine Sammlung.«

»Ein Organsammler?«

»Mehr weiß ich nicht«, sagte Hanna.

»Es ist denkbar, dass das Gehirn bei ihm ist«, sagte Erlendur. »Hier steht, dass er eine Organprobe von Auður zur Untersuchung bekommen hat. Ist das nicht irgendwie peinlich für euch?«

»Er ist einer unserer führenden Wissenschaftler«, sagte sie noch einmal zwischen zusammengebissenen Zähnen.

»Er bewahrt das Gehirn eines vierjährigen Mädchens bei sich zu Hause auf dem Kaminsims auf«, rief Erlendur.

»Ich mache mir keine Hoffnungen, dass du etwas von wissenschaftlicher Forschung verstehst«, sagte sie.

»Was von dem hier muss man denn verstehen können?«

»Ich hätte dich nie hier reinlassen sollen«, fauchte Hanna.

»Das habe ich schon mal gehört«, sagte Erlendur.

32

Elinborg fand die Frau aus Húsavík.

Sie musste noch zwei Namen auf ihrer Liste nachgehen und ließ Sigurður Óli mit der Spurensicherung in Nordermoor zurück. Die erste Frau zeigte die Reaktionen, die sie schon so oft gesehen hatte, große, aber irgendwie kalkulierte Verwunderung; sie hatte die Geschichte schon von anderer Seite gehört, sogar ein paar Mal schon, und erklärte, dass sie in der Tat die Polizei erwartet habe. Die zweite Frau, die letzte auf Elinborgs Liste, weigerte sich, mit ihr zu sprechen. Weigerte sich, sie hereinzulassen. Sagte, dass sie keine Ahnung hätte, worüber sie spräche, und ihr nicht helfen könne.

Aber irgendwie schien diese Frau mit sich zu kämpfen. Es war, als müsste sie sich enorm zusammenreißen, um das zu sagen, was sie sagen wollte, und Elinborg hatte das Gefühl, als ob sie die Rolle geübt hätte. Sie benahm sich, als hätte sie Elinborg erwartet, aber anders als die anderen wollte sie gar nichts Näheres wissen. Wollte sie so schnell wie möglich loswerden.

Elinborg spürte, dass sie die Frau gefunden hatte, nach der sie suchten. Sie schaute wieder in ihre Unterlagen. Die Frau hieß Katrin und war Abteilungsleiterin bei der Reykjavíker Stadtbibliothek. Verheiratet. Ihr Mann war Geschäftsführer einer großen Werbeagentur. Sie war sechzig. Drei Kinder. Alles Söhne, geboren zwischen 1958 und 1962. In dem Jahr war sie von Húsavík weggezogen und hatte seitdem die ganze Zeit in Reykjavík gewohnt.

Elinborg drückte wieder auf die Klingel.

»Ich glaube, dass du mit mir sprechen solltest«, sagte sie, als Katrin die Tür wieder öffnete.

Die Frau schaute sie an.

»Da ist nichts, womit ich euch helfen könnte«, sagte sie schnell und in erstaunlich schroffem Ton. »Ich weiß, worum es geht. Ich habe diese fürchterlichen Anrufe bekommen. Aber ich weiß nichts von einer Vergewaltigung. Hoffentlich gibst du dich damit zufrieden und hörst auf, mich zu belästigen.« Die Tür schloss sich.

»Es kann sein, dass ich mich damit zufrieden gebe, aber Erlendur, der die Ermittlungen im Mord an Holberg leitet, davon hast du sicherlich gehört, ist ein Mann, der sich bestimmt nicht damit zufrieden gibt. Wenn du das nächste Mal die Tür öffnest, wird er hier stehen und nicht weggehen. Er lässt sich nicht die Tür vor der Nase zumachen. Er kann dich auch vorladen, wenn es darauf ankommt.«

»Würdest du mich bitte in Ruhe lassen«, sagte Katrin, und die Tür fiel ins Schloss.

Das würde ich wahrlich gerne machen, dachte Elinborg. Sie nahm ihr Handy und rief Erlendur an, der gerade aus der Universität kam. Elinborg beschrieb ihm die Situtation. Er versprach, in zehn Minuten bei ihr zu sein.

Er sah Elinborg nirgends draußen, als er zum Haus von Katrin kam, aber er sah ihr Auto auf dem Parkplatz. Es war ein großes Einfamilienhaus im Vogar-Viertel, auf zwei Etagen und mit zwei Garagen. Er klingelte, und zu seiner Überraschung kam Elinborg zur Tür.

»Ich glaube, ich habe die Frau gefunden«, sagte sie leise und ließ Erlendur herein. »Sie ist eben zu mir gekommen und hat mich hereingelassen, entschuldigte sich für ihr Benehmen. Sie wollte lieber hier mit uns sprechen, als vorgeladen zu werden. Hatte schon von der Vergewaltigung gehört und erwartete uns.«

Elinborg ging vor Erlendur her ins Wohnzimmer, wo Katrin stand. Sie gab ihm die Hand und versuchte zu lächeln, aber das gelang ihr nicht besonders gut. Sie war geschmackvoll angezogen, trug einen grauen Rock und eine weiße Bluse, und das glatte, dichte, in der Mitte gescheitelte Haar fiel ihr bis auf die Schultern. Sie war groß, hatte schlanke Beine und schmale Schultern, und das schöne Gesicht zeigte einen milden, aber bekümmerten Ausdruck.

Erlendur blickte sich im Wohnzimmer um. Die Bücher fielen auf, die sich alle in verschlossenen Glasschränken befanden. Ein schönes Schreibpult stand neben einem Bücherschrank, und mitten im Wohnzimmer befand sich eine alte, aber gut gepflegte Ledergarnitur, und in einer Ecke war ein Rauchtisch. Gemälde an den Wänden. Aquarellzeichnungen in schönen Rahmen, Fotos von ihrer Familie, die er sich näher anschaute. Sie waren alle alt. Die drei Jungen mit ihren Eltern. Die neuesten Fotos waren Konfirmationsbilder. Es fehlten die üblichen Fotos vom Abitur, von der feierlichen Exmatrikulation an der Universität, oder Hochzeitsfotos.

»Wir wollen uns verkleinern«, sagte Katrin wie entschuldigend, als sie sah, wie Erlendur sich umschaute. »Das ist viel zu groß für uns, dieses Ungetüm von einem Haus.«

Erlendur nickte.

»Dein Mann, ist der auch zu Hause?«

»Albert kommt erst heute Abend spät nach Hause. Er ist im Ausland. Ich hatte gehofft, dass wir darüber reden könnten, bevor er zurück ist.«

»Wollen wir uns nicht setzen?«, fragte Elinborg. Katrin entschuldigte sich für ihre Unhöflichkeit und bat sie, sich zu setzen. Sie setzte sich allein auf das Sofa, und Erlendur und Elinborg saßen ihr jeder in einem Sessel gegenüber.

»Was wollt ihr eigentlich ganz genau von mir?«, fragte Katrin und blickte sie abwechselnd an. »Ich verstehe nicht so recht, was ich damit zu tun habe. Der Mann ist tot. Mich geht das nichts an.«

»Holberg hat vergewaltigt«, sagte Erlendur. »Er bekam eine Tochter mit einer Frau aus Keflavík, nachdem er sie vergewaltigt hatte. Als wir uns näher mit ihm befassten, stellte sich heraus, dass er das schon einmal gemacht hatte, und zwar in Húsavík. Die Frau soll etwa so alt wie das zweite Opfer gewesen sein. Es kann gut sein, dass Holberg auch danach noch vergewaltigt hat, das wissen wir nicht, aber wir müssen sein Opfer in Húsavík ausfindig machen. Holberg wurde in seiner Wohnung ermordet, und unserer Meinung nach besteht Grund zu der Annahme, dass die Erklärung für den Mord in seiner Vergangenheit zu suchen ist, so Abscheu erregend, wie sie ist.«

Erlendur und Elinborg bemerkten beide, dass diese Rede keinen Eindruck auf Katrin zu machen schien. Sie schrak nicht zusammen, als die Rede von der Vergewaltigung war oder von der Tochter, und sie fragte auch nicht weiter nach der Frau aus Keflavík oder ihrer Tochter. Erlendur ergriff das Wort.

»Du bist nicht überrascht über diese Sachen«, sagte er.

»Nein«, sagte Katrin, »wieso sollte ich überrascht sein?«

»Was kannst du uns über Holberg sagen?«, fragte Erlendur nach einigem Schweigen.

»Ich habe ihn sofort auf den Bildern in den Zeitungen wiedererkannt«, sagte Katrin, und es war, als wiche das letzte Quäntchen Widerstand aus der Stimme. Ihre Worte sanken zu einem Flüstern herab. »Obwohl er sich stark verändert hat«, sagte sie.

»Das Foto war bei uns vorhanden«, sagte Elinborg erklärend. »Es stammt aus einem LKW-Führerschein, den er vor kurzem erneuert hatte. LKW-Fahrer. Hat ganz Island abgeklappert.«

»Zu mir sagte er damals, dass er Rechtsanwalt in Reykjavík sei.«

»Damals hat er wahrscheinlich für die Leuchtturm- und Hafenbehörde gearbeitet«, sagte Erlendur.

»Ich war etwas über zwanzig. Albert und ich hatten damals schon zwei Kinder. Wir waren sehr jung, als wir zusammenzogen. Albert war damals gerade auf See. Das geschah nicht oft. Er hatte ein kleines Geschäft und war Versicherungsvertreter.«

»Weiß er, was passiert ist?«, fragte Erlendur.

Katrin zögerte einen Moment.

»Nein, ich habe ihm nie davon erzählt. Und ich wäre dankbar, wenn das hier unter uns bleiben könnte.«

Sie schwiegen.

»Hast du niemandem davon erzählt, was passiert ist?«, fragte Erlendur.

»Ich habe niemandem davon erzählt.« Sie verstummte.

Erlendur und Elinborg gaben ihr Zeit.

»Ich gebe mir immer noch selbst die Schuld daran. Herrgott«, stöhnte sie. »Ich weiß, dass das nicht richtig ist. Ich weiß, dass das nichts mit mir zu tun hatte. Es ist vierzig Jahre her, und ich mache mir immer noch Vorwürfe, obwohl ich weiß, dass ich das nicht machen soll. Vierzig Jahre.«

Sie warteten.

»Ich weiß nicht, inwieweit ihr die Details hören wollt. Was davon für euch eine Rolle spielt. Wie ich schon sagte, Albert war zur See. Ich bin mit ein paar Freundinnen ausgegangen, und wir trafen diese Männer beim Tanzen.«

»Diese Männer?«, fragte Erlendur.

»Holberg und ein anderer, der bei ihm war. Ich habe nie herausgefunden, wie er hieß. Er zeigte mir einen kleinen Fotoapparat, den er bei sich hatte. Ich sprach ein bisschen übers Fotografieren mit ihm. Sie begleiteten uns nach Hause zu meiner Freundin, und da haben wir weiter gefeiert. Wir waren zu viert ausgegangen. Zwei von uns waren verheiratet. Nach einiger Zeit habe ich gesagt, dass ich nach Hause gehen wolle, und da bot er an, mich zu begleiten.«

»Holberg?«, warf Erlendur dazwischen.

»Ja, Holberg. Ich lehnte das ab, verabschiedete mich von meinen Freundinnen und ging dann allein nach Hause. Ich hatte es nicht weit. Aber als ich die Tür öffnete, wir wohnten damals in einem kleinen Haus an einer neuen Straße, die in Húsavík gebaut wurde, da stand er auf einmal hinter mir. Er sagte etwas, was ich nicht verstanden habe, schob mich zur Tür hinein und machte sie hinter sich zu. Ich fiel aus allen Wolken und wusste nicht, ob ich erstaunt sein oder Angst haben sollte. Ich war auch etwas beschwipst vom Alkohol. Ich kannte den Mann natürlich überhaupt nicht, hatte ihn nie zuvor gesehen.«

»Warum gibst du dir dann die Schuld daran?«, fragte Elinborg.

»Beim Tanzen bin ich etwas ausgeflippt«, sagte Katrin nach einer Weile. »Ich habe ihn zum Tanzen aufgefordert. Ich weiß nicht, warum ich das getan habe. Ich hatte ein bisschen getrunken, und ich hab nie viel Alkohol vertragen können. Meine Freundinnen und ich hatten uns prima amüsiert, irgendwie sind wir ein bisschen über die Stränge geschlagen. Verantwortungslos. Betrunken.«

»Aber deswegen kannst du dir doch nicht selber die Schuld ...«, begann Elinborg.

»Nichts was du sagst, kann mir auch nur im Geringsten helfen«, sagte Katrin bedrückt und blickte Elinborg an, »und deswegen brauchst du mir nicht zu sagen, was ich kann und was ich nicht kann. Das hat überhaupt keinen Sinn.«

»Danach hatte er sich uns angeschlossen«, fuhr sie nach

einer Weile fort. »Machte gar keinen schlechten Eindruck, dieser Mann. Er war witzig und wusste, wie er uns Mädchen zum Lachen bringen konnte. Später habe ich mich erinnert, dass er nach Albert fragte und herausbekam, dass ich allein zu Hause war. Aber das machte er so, dass ich nicht den geringsten Verdacht schöpfte, dass er etwas im Schilde führte.«

»Das ist in allen Hauptpunkten dieselbe Geschichte wie mit der Frau in Keflavík«, sagte Erlendur. »Sie gestattete ihm, sie nach Hause zu begleiten. Dann bat er darum, anrufen zu dürfen, und fiel in der Küche über sie her, zerrte sie ins Schlafzimmer und verging sich dort an ihr.«

»Der Mann war plötzlich wie verwandelt. Grauenvoll. Was er da gesagt hat. Er riss mir den Mantel herunter, schob mich ins Haus und überschüttete mich mit widerwärtigen Namen. Er war ganz wild. Ich versuchte, mit ihm zu reden, aber das war völlig zwecklos, und als ich um Hilfe zu rufen begann, fiel er über mich her und brachte mich zum Schweigen. Dann schleifte er mich ins Schlafzimmer ...«

Sie nahm ihre ganzen Kräfte zusammen und erzählte ihnen, was Holberg getan hatte, der Reihe nach und ohne etwas auszulassen. Sie hatte nichts von dem vergessen, was an dem Abend passiert war. Im Gegenteil, sie konnte sich bis ins kleinste Detail an alles erinnern. Ihr Bericht war völlig frei von Gefühlsregungen. Es war, als würde sie eiskalte Fakten von einem Blatt ablesen. Sie hatte nie zuvor in dieser Weise, mit dieser Präzision darüber gesprochen, und sie hatte eine solche Distanz dazu gewonnen, dass es Erlendur vorkam, sie beschreibe da etwas, was einer anderen Frau passiert war. Nicht ihr selbst, sondern einer anderen. Anderswo. Zu einer anderen Zeit. In einem anderen Leben.

Einmal während des Berichts verzerrte sich das Gesicht von Erlendur, und Elinborg fluchte im Stillen.

Katrin verstummte.

»Warum hast du das Schwein nicht angezeigt?«, fragte Elinborg.

»Er war ein Scheusal. Er drohte mir, er würde zurückkommen und mich fertig machen, wenn ich ihn anzeigen und die Polizei ihn festnehmen würde. Und was noch schlimmer war, er sagte, er würde behaupten, dass ich ihn gebeten hätte, mit zu mir nach Hause zu kommen, weil ich mit ihm schlafen wollte. Er drückte das mit anderen Worten aus, aber ich verstand schon, worauf er hinauswollte. Er war unglaublich stark, aber mir hat man soweit nichts angesehen. Da hat er aufgepasst, das fiel mir später ein. Er schlug mich ein paar Mal ins Gesicht, aber nie fest.«

»Wann geschah das?«, fragte Erlendur.

»Das war 1961. Spät. Im Herbst.«

»Und danach geschah nichts mehr? Hast du Holberg nie wieder gesehen, oder ...«

»Nein. Ich habe ihn danach nie wieder gesehen. Erst als ich das Bild in den Zeitungen sah.«

»Du bist von Húsavík weggezogen?«

»Das hatten wir eigentlich sowieso vor. Albert hatte sich schon lange mit dem Gedanken getragen. Nach diesem Vorfall hatte ich auch nicht mehr so viel dagegen. Die Leute in Húsavík sind nett, und es war auch schön, dort zu leben, aber ich bin seitdem nie wieder da gewesen.«

»Du hattest damals schon zwei Kinder, glaube ich«, sagte Erlendur und deutete mit dem Kopf auf die Konfirmationsbilder, »und deinen dritten Sohn hast du wann bekommen?«

»Zwei Jahre später«, sagte Katrin.

Erlendur blickte sie an und sah, wie sie zum ersten Mal in diesem Gespräch log.

33

»Warum hast du das Gespräch da abgebrochen?«, fragte Elinborg brüsk, als sie auf die Straße gingen.

Sie konnte ihr Erstaunen nur schwer verhehlen, als sich Erlendur plötzlich bei Katrin für ihre Kooperationsbereitschaft bedankte. Er hatte ihr versichert zu wissen, wie schwierig es für sie wäre, über diese Dinge zu reden, und er würde sicherstellen, dass nichts von dem, was zwischen ihnen besprochen worden war, weiterginge. Elinborg starrte ihn verständnislos an. Das Gespräch hatte eigentlich gerade erst angefangen.

»Sie hatte angefangen zu lügen«, sagte Erlendur. »Das war zu viel für sie. Wir werden später wiederkommen. Ihr Telefon muss abgehört werden, und wir müssen hier vor dem Haus einen Wagen postieren, der ihre Bewegungen und Besuche mitverfolgt. Das müssen wir so aussehen lassen, als wären wir hier hinter Dealern her. Wir müssen herausfinden, was ihre Söhne machen, und möglichst neuere Fotos von ihnen bekommen, aber ohne zu viel Aufsehen zu erregen, und wir müssen die Leute ausfindig machen, mit denen Katrin früher in Húsavík Verbindung hatte und die sich womöglich sogar an diesen Abend erinnern können, obwohl das weit hergeholt ist. Ich hatte Sigurður Óli darum gebeten, sich mit der Leuchtturm- und Hafenbehörde in Verbindung zu setzen und zu überprüfen, ob sie uns sagen können, wann Holberg in Húsavík gearbeitet hat. Vielleicht hat er das schon gemacht. Verschaff dir die Heiratsurkunde von Katrin und Albert und schau nach, wann sie geheiratet haben.«

Erlendur hatte sich ins Auto gesetzt.

»Und Elinborg, du kommst mit, wenn wir das nächste Mal mit ihr sprechen.«

»Kann man so etwas überhaupt machen, was sie da beschrieben hat?«, fragte Elinborg, die mit ihren Gedanken immer noch bei Katrins Bericht war.

»Bei Holberg scheint nichts unmöglich gewesen zu sein«, antwortete Erlendur.

Er fuhr nach Nordermoor. Sigurður Óli war immer noch dort. Er hatte sich wegen der Anrufe, die Holberg an dem Wochenende bekommen hatte, bevor er ermordet wurde, mit dem Telefonamt in Verbindung gesetzt. Zweimal war von der Firma aus angerufen worden, und drei Anrufe kamen aus öffentlichen Telefonzellen, zwei aus der Lækjargata und einer aus einem Münztelefon an der Busstation am Hlemmur.

»Sonst noch was?«

»Ja, das Pornozeug im Computer. Die von der Spurensicherung haben einen großen Teil durchforstet, und das ist grauenvoll. Einfach grauenvoll. Das Übelste, was man sich über das Internet downloaden kann, Kinder und Tiere inklusive. Der Kerl übertrifft wirklich alles an Perversion. Ich glaube, die Spurensicherung hat inzwischen kapituliert.«

»Es ist wahrscheinlich nicht nötig, dass sie sich noch mehr herumquälen«, sagte Erlendur.

»Ich weiß nicht«, sagte Sigurður Óli, »aber das gibt uns eine kleine Vorstellung davon, was für ein perverser, abartiger Kotzbrocken dieser Kerl war.«

»Meinst du damit, dass er es verdient hatte, eins über den Schädel zu bekommen und umgebracht zu werden?«, fragte Erlendur.

»Was meinst du dazu?«

»Hast du schon mit der Leuchtturm- und Hafenbehörde über Holberg gesprochen?«

»Nein.«

»Dann mach voran.«

»Winkt er uns zu?«, fragte Sigurður Óli. Sie standen vor Holbergs Haus. Einer der Techniker war aus dem Keller gekommen, stand da in seinem weißen Overall und winkte sie zu sich. Er schien ziemlich aufgeregt zu sein. Sie gingen in den Keller und folgten ihm zu dem einen Bildschirm. Er hielt eine kleine Fernbedienung in der Hand und sagte ihnen, dass er damit die Kamera steuerte, die durch ein Loch in einer Ecke des Wohnzimmers heruntergelassen worden war.

Sie schauten auf den Bildschirm, konnten aber nichts Aufsehenerregendes entdecken. Das Bild war grobkörnig, dunkel, unscharf und farblos. Sie konnten Splitt erkennen und bis unter die Fundamentplatte sehen, aber ansonsten nichts Ungewöhnliches. Es verging eine Weile, aber dann konnte sich der Techniker nicht mehr zurückhalten.

»Es geht um das hier«, sagte er und deutete auf den oberen Teil des Bildschirms. »Direkt unter der Fundamentplatte.«

»Was?«, fragte Erlendur, der nichts sehen konnte.

»Seht ihr das nicht?«, sagte der Techniker.

»Was?«, fragte Sigurður Óli.

»Den Ring.«

»Ring?«, fragte Erlendur.

»Da ist ganz deutlich ein Ring unter der Zementplatte. Seht ihr den nicht?«

Sie starrten angestrengt auf den Bildschirm, bis sie etwas zu sehen glaubten, was durchaus ein Ring sein konnte. Er war sehr undeutlich, so als ob er von etwas verdeckt würde. Etwas anderes sahen sie nicht.

»Es sieht so aus, als wäre etwas davor«, sagte Sigurður Óli.

»Das kann Kunststofffolie sein«, sagte der Techniker. Es hatten sich noch andere vor dem Bildschirm versammelt, um alles mitzuverfolgen. »Seht mal hier«, sagte der Techniker. »Die Linie hier bei dem Ring. Das könnte der Finger eines Mannes sein. Da ist etwas in der Ecke, das wir uns näher anschauen sollten.«

»Aufbrechen«, befahl Erlendur. »Sehen wir uns an, was das ist.«

Die Leute machten sich sofort an die Arbeit. Sie markierten den Bereich im Wohnzimmer und fingen an, den Boden mit dem großen Pressluftbohrer aufzubrechen. Feiner Zementstaub wirbelte durch den Keller, und Erlendur und Sigurður Óli setzten Masken auf. Sie verfolgten genau mit, wie sich das Loch vergrößerte. Der Boden war fünfzehn bis zwanzig Zentimeter dick, und der Bohrer brauchte eine ganze Weile, um sich durchzuarbeiten.

Als das erfolgt war, wurde das Loch zusehends größer. Die Zementstücke wurden gleich weggeschafft, und kurze Zeit später konnte man den Kunststoff sehen, den die Kamera gezeigt hatte. Erlendur blickte zu Sigurður Óli, der ihm zunickte.

Die Kunststofffolie kam immer besser zum Vorschein.

Erlendur hielt es für dicke Baufolie. Es war nicht möglich, hindurchzusehen. Er hatte den Lärm, den ekelhaften Gestank und den umherwirbelnden Staub um sich herum ganz und gar vergessen. Sigurður Óli hatte die Maske abgenommen, um besser sehen zu können. Er beugte sich über die Männer, die den Fußboden aufbrachen.

»Machen sie das auch so, wenn sie die Grabkammern in Ägypten öffnen?«, fragte er, und die Spannung lockerte sich ein wenig.

»Ich fürchte bloß, dass hier kein Pharao liegt«, sagte Erlendur.

»Kann es wirklich sein, dass wir Grétar hier unter dem Fußboden bei Holberg finden?«, sagte Sigurður Óli erwartungsvoll. »Und das nach sage und schreibe einem Vierteljahrhundert! Das war ein verdammt genialer Einfall.«

»Seine Mutter hat Recht gehabt«, sagte Erlendur.

»Grétars Mutter?«

»Es war, als sei er gestohlen worden, hat sie gesagt.«

In Baufolie verpackt und in den Boden versenkt.

»Marian Briem«, sagte Erlendur leise zu sich selber und schüttelte den Kopf.

Die Männer arbeiteten wie wild mit den Elektrobohrern, der Boden brach auseinander, und das Loch wurde immer größer, bis das ganze Kunststoffpaket zum Vorschein kam. Sie diskutierten untereinander, wie sie es am besten öffnen sollten. Sie beschlossen, es komplett aus dem Boden zu holen und das Ding erst im Leichenschauhaus am Barónsstígur anzurühren, wo man sich damit befassen konnte, ohne dass die Gefahr bestand, dass mögliche Beweisstücke ruiniert würden.

Sie holten eine Trage herbei, die sie am Abend vorher mit in den Keller gebracht hatten, und stellten sie neben dem Loch auf. Zwei versuchten, das Folienbündel hochzuheben, das sich aber als zu schwer erwies, sodass weitere zwei zu Hilfe kommen mussten. Bald hatten sie es frei, hoben es hoch und legten es auf die Trage.

Erlendur trat hinzu, bückte sich über das Bündel und starrte angestrengt hin; er glaubte ein Gesicht zu erkennen, verwest und eingeschrumpelt. Zähne und einen Teil von einer Nase. Er richtete sich wieder auf.

»Sieht gar nicht mal so schlecht aus«, erklärte er.

»Was ist das da?«, fragte Sigurður Óli und deutete in das Loch hinunter.

»Was?«, fragte Erlendur.

»Sind das Filme?«, sagte Sigurður Óli.

Erlendur trat näher, ging in die Hocke und bemerkte, dass unter diesem Kunststoffbündel Filme waren, die halb im Splitt steckten. Meterweise Filme lagen da ausgebreitet. Er hoffte, dass einige von ihnen belichtet waren.

34

Katrin ging für den Rest des Tages nicht aus dem Haus. Sie erhielt keinen Besuch und telefonierte auch nicht. Abends fuhr ein Mann in einem Jeep vor dem Haus vor und ging mit einem mittelgroßen Koffer hinein. Man ging davon aus, dass das der Ehemann Albert war. Er wurde am späten Nachmittag von einer Geschäftsreise nach Deutschland zurückerwartet.

Zwei Polizisten hielten in einer Zivilstreife Wache beim Haus. Das Telefon wurde abgehört. Die beiden älteren

Söhne waren ausfindig gemacht worden, aber der jüngere war nicht aufzufinden. Er war geschieden und wohnte allein in einer kleinen Wohnung im östlichen Teil der Stadt, die leer zu sein schien. Auch vor diesem Haus war eine Wache postiert. Die Polizei arbeitete daran, Informationen über ihn zu sammeln, und eine Beschreibung wurde an alle isländischen Polizeistationen geschickt. Noch glaubte man keine Gründe zu haben, eine Suchmeldung an die Medien zu geben.

Erlendur fuhr vor dem Leichenschauhaus am Barónsstígur vor, wohin man die Leiche des Mannes, der wahrscheinlich Grétar war, gebracht hatte. Der Gerichtsmediziner, derselbe, der Holberg und Auður untersucht hatte, hatte die Plastikhülle entfernt. Die Leiche eines Mannes, dem der Kopf nach hinten gedreht worden war, war zum Vorschein gekommen; der Mund stand wie in einem Angstschrei offen, die Arme lagen neben dem Rumpf. Die Haut war runzlig und entfärbt, und an dem nackten Körper befanden sich an einigen Stellen Verwesungsflecken. Der Kopf war übel zugerichtet, die langen Haare hingen farblos herunter.

»Er hat ihm die Eingeweide herausgenommen«, sagte der Gerichtsmediziner.

»Was?«

»Der, der ihn bei sich gelagert hat. Vernünftig, wenn man eine Leiche aufbewahren will. Wegen des Geruchs. Er ist langsam, aber sicher in der Kunststoffhülle eingetrocknet. So gesehen ziemlich gut erhalten.«

»Kannst du die Todesursache erkennen?«

»Über den Kopf war eine Plastiktüte gestülpt worden, was darauf hindeutet, dass er erstickt worden ist, aber ich muss ihn noch besser untersuchen. Später sage ich dir alles, was ich herausgefunden habe, aber dazu brauche ich Zeit. Weißt du, wer es ist? Ziemlich jämmerlicher Typ.«

»Ich habe einen bestimmten Verdacht«, sagte Erlendur.

»Hast du mit der Professorin gesprochen?«

»Eine reizende Frau.«

»Nicht wahr.«

Sigurður Óli wartete im Büro auf Erlendur und sagte, er sei auf dem Weg in die Abteilung für Spurensicherung. Es war gelungen, einige Fragmente von den Filmen zu entwickeln, die unter Holbergs Keller gefunden worden waren. Erlendur berichtete ihm in groben Zügen von seinem und Elinborgs Gespräch mit Katrin.

Ragnar, der Chef der Abteilung, wartete in seinem Büro auf sie. Einige Filme lagen auf dem Schreibtisch und Fotos, die vergrößert worden waren. Er reichte ihnen die Fotos, und sie beugten sich darüber.

»Wir konnten bloß diese drei kriegen«, sagte Ragnar, »und ehrlich gesagt weiß ich nicht, was sie darstellen. Es waren sieben Kodak-Filme mit je 24 Bildern. Drei waren völlig schwarz, und wir wissen nicht, ob sie belichtet waren, aber von einem konnten wir das bisschen vergrößern, was ihr da seht. Sagt euch das was?«

Erlendur und Siguður Óli konzentrierten sich auf die Fotos. Alle waren schwarz-weiß. Zwei waren zur Hälfte schwarz, so als habe sich das Objektiv nicht ganz geöffnet. Das dritte und letzte war ganz und zeigte einen Mann, der ein Foto von sich selbst im Spiegel machte. Die Kamera war klein und flach, auf ihr steckte ein Blitzwürfel mit vier Birnen, und der Blitz beleuchtete den Mann im Spiegel.

Er trug Jeans und eine Windjacke, die ihm bis zur Taille reichte.

»Könnt ihr euch an die Blitzwürfel erinnern?«, fragte Erlendur, und seine Stimme hatte fast einen nostalgischen Unterton. »Das war vielleicht eine Revolution.«

»Daran kann ich mich gut erinnern«, sagte Ragnar, der im selben Alter wie Erlendur war. Sigurður Óli schaute von einem zum anderen und schüttelte den Kopf.

»Könnte man das ein Selbstporträt nennen?«, fragte Erlendur.

»Wegen der Kamera kann man sein Gesicht kaum sehen«, sagte Sigurður Óli, »aber ist es nicht wahrscheinlich, dass es Grétar selber ist?«

»Kennt ihr die Umgebung, das heißt das, was man von ihr sehen kann?«, fragte Ragnar.

Im Spiegelbild konnte man hinter dem Fotografen einen Teil von dem sehen, was wie ein Wohnzimmer aussah. Erlendur erkannte eine Stuhllehne und sogar einen Esszimmertisch, einen Teppich auf dem Boden, und etwas, was ein Fenstervorhang bis auf den Boden sein konnte, aber alles andere war schwer auszumachen. Das meiste Licht fiel auf den Mann im Spiegel, seitlich wurde es dann weniger und verebbte schließlich in kompletter Dunkelheit.

Sie starrten lange und intensiv auf das Bild. Nach geraumer Zeit glaubte Erlendur in der Ecke links vom Fotografen etwas auszumachen, was ihm eine gewisse Form zu haben schien, vielleicht sogar ein Profil, Augenbrauen und Nase. Es war nur ein Gefühl, das er hatte, aber die Helligkeit war da unregelmäßig, es gab winzige Schatten, die seiner Fantasie auf die Sprünge halfen.

»Können wir diesen Bereich vergrößern?«, fragte er Ragnar, der auf dieselbe Stelle starrte, aber nichts erkennen konnte. Sigurður Óli nahm das Foto und hielt es sich dicht vor die Augen, konnte aber das, was Erlendur zu sehen glaubte, nicht erkennen.

»Das geht ganz schnell«, sagte Ragnar. Sie folgten ihm aus dem Büro in die Arbeitsräume.

»Sind Fingerabdrücke auf den Filmen?«, fragte Sigurður Óli.

»Ja«, sagte Ragnar, »zweierlei, und zwar dieselben wie auf dem Foto vom Friedhof. Sie sind von Grétar und Holberg.«

Das Foto wurde eingescannt und erschien auf einem großen Bildschirm. Der Bereich wurde vergrößert. Was auf dem Foto eine unregelmäßige Helligkeit gewesen war, wurde jetzt zu unzähligen Punkten auf dem Bildschirm, den sie ganz bedeckten. Sie konnten nichts darauf erkennen, und sogar Erlendur verlor das aus den Augen, was er gesehen zu haben glaubte. Der Sachverständige bearbeitete eine Weile die Tastatur, gab Befehle ein, und das Bild wurde wieder kleiner und verdichtete sich. Er machte weiter, die Punkte reihten sich zusammen, bis sich allmählich das Gesicht eines Mannes abzuzeichnen begann. Es war sehr undeutlich, aber Erlendur glaubte Holberg auf dem Foto zu erkennen.

»Ist das nicht das Schwein?«, fragte Sigurður Óli.

»Hier ist noch mehr«, sagte der Techniker, indem er fortfuhr, das Bild schärfer zu machen. Bald kamen Wellen zum Vorschein, die an langes Frauenhaar erinnerten, und ein weiteres, weniger deutliches Gesicht von der Seite. Erlendur starrte auf das Bild, bis er zu sehen schien, dass Holberg mit einer Frau sprach. Eine merkwürdige Vision überfiel ihn im gleichen Moment, als ihm das klar wurde. Er hätte der Frau zurufen mögen, die Wohnung sofort zu verlassen, aber im gleichen Augenblick begriff er, dass es zu spät war. Jahrzehnte zu spät.

In diesem Moment klingelte ein Telefon im Zimmer, aber niemand bewegte sich. Erlendur dachte, es wäre das Telefon auf dem Schreibtisch.

»Es ist deins«, sagte Sigurður Óli zu Erlendur.

Erlendur brauchte einige Zeit, um das Handy zu finden, aber endlich fischte er es aus der Jacketttasche.

Es war Elinborg.

»Wo trödelst du denn herum«, sagte sie, als er endlich antwortete.

»Komm gefälligst zur Sache«, sagte Erlendur.

»Zur Sache? Warum bist du so gestresst?«

»Natürlich kannst du mir nicht einfach das sagen, was du zu sagen hast.«

»Es geht um die Jungen von Katrin«, sagte Elinborg. »Oder die Kerle, das sind ja alles erwachsene Männer.«

»Was ist mit ihnen?«

»Alles anständige Zeitgenossen, wahrscheinlich, nur der eine arbeitet an einem etwas interessanten Arbeitsplatz. Ich dachte, das müsste ich dir sofort mitteilen, aber wenn du zu gestresst und in Zeitdruck bist und keine Zeit für einen kleinen Plausch hast, dann ruf ich einfach Sigurður Óli an.«

»Elinborg.«

»Was denn, mein Süßer?«

»Herrgott noch mal, Frau«, rief Erlendur und blickte auf Sigurður Óli, »wirst du mir jetzt gefälligst das sagen, was du mir sagen willst.«

»Ein Sohn arbeitet beim Isländischen Genforschungszentrum«, sagte Elinborg.

»Was?«

»Er arbeitet beim Isländischen Genforschungszentrum.«

»Genforschungs... welcher Sohn?«

»Der jüngste. Er arbeitet bei dieser neuen Datenbank da. Arbeitet mit Familiengenealogien und Krankheiten, isländischen Stammbäumen und erblichen Krankheiten, Erbkrankheiten. Der Mann ist Experte in isländischen Erbkrankheiten.«

35

Erlendur kam spätabends nach Hause. Er hatte vor, am nächsten Morgen gleich in der Frühe wieder zu Katrin zu gehen und mit ihr über seine Vermutung zu sprechen. Er hoffte sehr, dass der Sohn bald auftauchen würde. Falls die Suche sich in die Länge ziehen würde, bestand die Gefahr, dass die Medien sich darauf stürzen würden, und das wollte er um jeden Preis vermeiden.

Eva Lind war nicht zu Hause. Sie hatte die Küche nach Erlendurs Wutausbruch aufgeräumt, und er stellte das eine der beiden Fertiggerichte, die er mitgebracht hatte, in die Mikrowelle und drückte auf Start. Erlendur erinnerte sich daran, dass Eva Lind einige Abende vorher, als er auch an der Mikrowelle gestanden hatte, gekommen war und ihm eröffnet hatte, dass sie ein Kind erwartete. Ihm kam es so vor, als sei es schon ein ganzes Jahr her, seit sie ihm gegenübergesessen hatte, ihm Geld abluchsen wollte und seinen Fragen ausgewichen war, aber er wusste, dass es nur ein paar Tage her war. Er hatte nachts immer noch üble Träume. Er träumte nicht viel, und beim

Aufwachen erinnerte er sich immer nur an ein paar Fetzen aus diesen Träumen. Aber immer verfolgten ihn die unangenehmen Gefühle ins Wachen hinein, und er konnte sie nicht loswerden. Und die Sache wurde auch nicht besser dadurch, dass der Schmerz in der Brust immer wieder auftrat, ein stechender Schmerz, den er nicht wegmassieren konnte.

Er dachte an Eva Lind und das Kind und an Kolbrún und Auður und Elín, an Katrin und ihre Söhne, an Holberg und Grétar und an Elliði im Gefängnis und an das Mädchen aus Garðabær, an ihren Vater und an sich und seine eigenen Kinder, seinen Sohn Sindri Snær, den er fast nie sah, und an Eva, die zu ihm kam und die er mit Vorwürfen überschüttete, wenn ihm das, was sie machte, missfiel. Sie hatte Recht. Es stand ihm schlecht an, andere zusammenzustauchen.

Er dachte über Mütter und Töchter nach und Väter und Söhne und Kinder, die gezeugt wurden und die keiner wollte, Kinder, die in dieser winzigen isländischen Gesellschaft starben, wo alle irgendwie verwandt oder verschwägert zu sein schienen.

Falls Holberg der Vater von Katrins jüngstem Sohn war, hatte der dann seinen Vater ermordet? Wie hatte er die Zusammenhänge herausgefunden? Hatte Katrin es ihm gesagt? Wann? Weswegen? Hatte er es die ganze Zeit gewusst? Wusste er von der Vergewaltigung? Hatte Katrin ihm gesagt, dass sie von Holberg vergewaltigt und er dabei gezeugt worden war? Was für ein Gefühl muss das sein? Was für ein Gefühl ist es, wenn man herausfindet, dass man nicht der ist, der man zu sein glaubte? Nicht der Mann, der man ist? Dass der Vater nicht der Vater ist, man selbst nicht sein Sohn ist, man selbst der Sohn eines anderen, von dem man nicht wusste, dass er existierte. Eines Mannes, der brutal vergewaltigte.

Wie das wohl ist?, dachte Erlendur. Wie wird man mit so etwas fertig? Geht man hin und trifft seinen Vater und ermordet ihn? Schreibt dann: Ich bin er.

Aber falls Katrin ihm nicht von Holberg erzählt hatte, wie hatte er dann die Wahrheit herausgefunden? Erlendur ließ sich diese Frage immer wieder durch den Kopf gehen. Je mehr er über die Sache nachdachte und die Möglichkeiten erwägte, desto mehr musste er an den Message-Tree in Garðabær denken. Es gab nur noch eine andere Möglichkeit für den Sohn, die Wahrheit herauszufinden, und das wollte Erlendur am nächsten Tag überprüfen.

Und was war das, was Grétar gesehen hatte? Warum hatte er sterben müssen? Hatte er Holberg erpresst? Hatte er von Holbergs Vergewaltigungen gewusst und gedroht auszusagen? Hatte er Fotos von Holberg gemacht? Wer war die Frau auf dem Bild mit Holberg? Wann war das Foto gemacht worden? Grétar war 1974 verschwunden, also musste es vorher aufgenommen worden sein. Erlendur dachte darüber nach, ob es noch mehr Opfer von Holberg gab, die nie von sich hatten hören lassen.

Er hörte, wie sich der Schlüssel im Schloss drehte. Eva Lind kam nach Hause.

»Ich habe mich mit dem Mädchen getroffen und sie nach Garðabær gebracht«, sagte sie, als sie Erlendur aus der Küche kommen und die Tür hinter sich zumachen sah. »Sie hat ihnen klipp und klar erklärt, dass sie Anzeige gegen das Arschloch erstatten will, das sie all die Jahre missbraucht hat. Die Mutter kriegte einen Nervenzusammenbruch. Dann sind wir gegangen.«

»Zum Ehemann?«

»Ja, nach Hause in die süße kleine Wohnung«, sagte Eva Lind und kickte die Schuhe im Korridor von sich. »Zuerst war er wütend, aber er beruhigte sich dann, als er die Erklärung bekam.«

»Wie hat er es aufgenommen?«

»Er ist ein prima Typ. Als ich abhaute, war er auf dem Weg nach Garðabær, um sich den Kerl vorzuknöpfen.«

»Aha.«

»Glaubst du, dass es einen Sinn hat, den Kerl anzuzeigen?«, fragte Eva Lind.

»Das sind problematische Fälle. Die Männer streiten alles ab und kommen irgendwie damit durch. Die Frage ist, ob die Mutter etwas sagt. Vielleicht sollte sie sich mal mit der Frauenberatungsstelle in Verbindung setzen. Und was gibt's von dir selbst zu berichten?«

»Alles bestens«, sagte Eva Lind.

»Hast du eine Sonaruntersuchung oder wie das heißt in Erwägung gezogen?«, fragte Erlendur. »Ich könnte mit dir gehen.«

»Darauf wird es hinauslaufen«, sagte Eva Lind.

»Wirklich?«

»Ja.«

»Gut«, sagte Erlendur.

»Und was hast du so getrieben?«, fragte Eva Lind und knallte das andere Fertiggericht in die Mikrowelle.

»Dieser Tage denke ich an nichts anderes als an Kinder«, sagte Erlendur. »Und den Message-Tree, der wie eine Art Stammbaum aussieht; da sind alle möglichen Botschaften für uns dran, wenn wir nur wissen, wonach wir suchen sollen. Und dann denke ich über Sammelleidenschaft nach. Wie geht noch das Lied über die modernen Zeiten?«

Eva Lind schaute ihren Vater an. Er wusste, dass sie in Sachen Musik voll Bescheid wusste.

»Meinst du ›Das Heute ist ein blöder Troll‹?«, sagte sie.

»›Den Kopf mit nichts als Leere voll‹«, sagte Erlendur.

»›Das Herz in eisigem Guss‹.«

»›Das Hirn auf freiem Fuß‹«, vollendete Erlendur.

Er setzte sich den Hut auf und sagte, er würde nicht lange wegbleiben.

36

Hanna hatte den Arzt vorgewarnt, sodass er Erlendur am späten Abend erwartete. Er wohnte in einem feudalen Haus in der Altstadt von Hafnarfjörður und nahm Erlendur an der Haustür in Empfang, die Liebenswürdigkeit und Höflichkeit in Person. Er war nicht sehr groß, hatte eine Vollglatze, und unter seinem weiten Hausmantel sah man, dass er ziemlich beleibt war. Ein Genussmensch, dachte Erlendur. Seine Wangen waren ständig leicht gerötet wie bei einer Frau. Sein Alter war schwer zu bestimmen, vielleicht so um die sechzig. Er begrüßte Erlendur mit papiertrockenem Handschlag und bat ihn ins Wohnzimmer.

Erlendur setzte sich auf ein großes, weinrotes Ledersofa und lehnte dankend ab, als der Arzt ihm etwas zu trinken anbot. Der Arzt setzte sich Erlendur gegenüber in einen Sessel und wartete darauf, dass er das Gespräch eröffnete. Erlendur blickte sich im Zimmer um. Es war geräumig und üppig mit Gemälden und Kunstgegenständen ausgestattet.

Er überlegte, ob der Arzt allein lebte, und fragte ihn danach.

»Ich habe immer allein gelebt«, sagte der Arzt. »Das passt mir hervorragend, und das war schon immer so. Man sagt, dass Männer in meinem Alter es bereuen, keine Familie gegründet und Kinder bekommen zu haben. Meine Kollegen schwenken auf Konferenzen in der ganzen Welt Fotos von ihren Enkelkindern, aber ich habe mich nie dafür interessiert, eine Familie zu gründen. Hab nie Interesse an Kindern gehabt.«

Er war so überaus charmant, mitteilsam und herzlich, als sei Erlendur ein Busenfreund und als sei das eine gewisse Anerkennung für ihn. Erlendur ließ das vollkommen kalt.

»Du interessierst dich also für Organe«, sagte er abrupt.

Der Arzt ließ sich nicht im Geringsten aus der Fassung bringen.

»Hanna sagte mir, dass du aufgebracht bist«, sagte er. »Ich weiß nicht, weswegen du aufgebracht sein solltest. Ich habe nicht Ungesetzliches getan. Ja, ich besitze eine kleine Sammlung von Organen. Die meisten liegen in Glasbehältern mit Formalin. Ich bewahre sie hier im Haus auf. Sie sollten vernichtet werden, und da habe ich sie mitgenommen, um sie noch etwas länger aufzubewahren. Ich bewahre auch andere Organproben auf, Gewebeproben.«

Der Arzt verstummte.

»Du wirst jetzt wahrscheinlich wissen wollen, weshalb«, fuhr er dann fort, aber Erlendur schüttelte den Kopf.

»Wie viele Organe hast du gestohlen, das war eigentlich die Frage, die ich dir stellen wollte«, sagte er, »aber darauf können wir später zurückkommen.«

»Ich habe keine Organe gestohlen«, sagte der Arzt und strich sich langsam über die Glatze. »Ich verstehe nicht diesen Degout. Hast du etwas dagegen, wenn ich mir einen kleinen Sherry genehmige?«, fragte er dann und stand auf. Erlendur wartete, während er zu einem kleinen Barschrank ging und sich ein kleines Glas einschenkte. Er bot Erlendur auch ein Glas an, aber der lehnte dankend ab. Dann kostete er den Sherry ein wenig mit seinen dicken Lippen. Man sah es dem runden Gesicht an, wie sehr er sich daran delektierte.

»Die Leute denken nicht tagtäglich darüber nach«, sagte er dann, »und dazu besteht auch eigentlich gar kein Grund. Alles was tot ist, ist unnütz in unserer Welt, und das trifft auch auf den menschlichen Körper zu. Es ist völlig überflüssig, sich da irgendwelchen Gefühlsduseleien hinzugeben. Die Seele ist verschwunden. Nur die Hülle ist übrig, und die ist gar nichts. Du musst das aus medizinischer Perspektive sehen. Der Körper ist gar nichts, verstehst du?«

»Für dich hat er aber eindeutig eine Bedeutung. Du sammelst Körperteile.«

»Im Ausland kaufen die Universitätskliniken Organe zu Unterrichtszwecken«, setzte der Arzt fort, »aber so etwas hat es hierzulande nie gegeben. Hier muss man sich in jedem individuellen Fall eine Obduktion genehmigen lassen, und manchmal wird eine Organentnahme beantragt, auch wenn das mit dem Todesfall direkt nichts zu tun hat. Das wird entweder abgelehnt oder bewilligt, je nachdem. Meistens handelt es sich um ältere Leute. Niemand stiehlt hier Organe.«

»Aber so war es nicht immer«, sagte Erlendur.

»Ich weiß nicht, wie es früher gelaufen ist. Selbstverständlich wurde damals nicht so genau mitverfolgt, was gemacht wurde. Ich weiß es ganz einfach nicht. Ich weiß nicht, warum du über mich schockiert bist. Erinnerst du dich an die Nachricht aus Frankreich? Eine Autofabrik, die menschliche Körper für ihre Unfallsimulationen verwendete, sogar Kinder. Darüber solltest du schockiert sein. Organe werden in der ganzen Welt verkauft und gekauft. Wegen Organen werden Leute sogar umgebracht. Das, was ich gesammelt habe, ist wohl kaum ein Verbrechen.«

»Aber wozu?«, sagte Erlendur. »Was machst du damit?«

»Forschen, natürlich«, sagte der Arzt und nahm einen Schluck Sherry. »Unter dem Mikroskop untersuchen. Was machen Sammler denn? Briefmarkensammler untersuchen Poststempel. Büchersammler untersuchen Erscheinungsdaten. Astronomen haben das ganze Universum vor Augen und untersuchen unvorstellbare Größenordnungen. Ich untersuche ständig meine Mikroskopwelt.«

»Dein Hobby ist dann also die Forschung, und du hast dann wohl auch ein Labor, um die Proben und Organe in deinem Besitz zu untersuchen?«

»Ja.«

»Hier im Haus?«

»Ja. Wenn die Proben gut erhalten sind, kann man sie immer wieder untersuchen. Wenn man neue Informationen über etwas bekommt oder einer speziellen Sache auf den Grund gehen will, dann sind meine Objekte in jeder Hinsicht brauchbar für die Forschung. In jeder Hinsicht.«

Der Arzt machte eine Pause.

»Dir geht es um Auður«, sagte er dann.

»Du kennst sie?«, fragte Erlendur verwundert.

»Du weißt, dass du vielleicht niemals herausgefunden hättest, woran sie gestorben ist, wenn sie nicht obduziert und das Gehirn entnommen worden wäre. Das weißt du. Sie hat zu lange in der Erde gelegen. Nach mehr als dreißig Jahren in der Erde wäre es nicht möglich gewesen, Untersuchungen am Gehirn vorzunehmen, die etwas gebracht hätten. Auf die Weise ist das, was bei dir solchen Abscheu hervorruft, im Grunde genommen eine Hilfe für dich. Darüber bist du dir hoffentlich im Klaren.«

Der Arzt überlegte.

»Du kennst die Geschichte von Ludwig dem Siebzehnten? Er war der Sohn von Ludwig dem Sechzehnten und Marie Antoinette. Wurde während der Französischen Revolution gefangen genommen und im Alter von zehn Jahren hingerichtet.«

»Wer?«

»Ludwig der Siebzehnte.«

»Ludwig?«

»Es kam vor etwa einem Jahr oder noch etwas früher in den Nachrichten, dass französische Wissenschaftler herausgefunden haben, dass er gestorben und nicht etwa aus dem Gefängnis entkommen ist, wie manche behaupteten. Weißt du, wie sie das herausgefunden haben?«

»Ich habe keine Ahnung, wovon du redest«, sagte Erlendur.

»Seinerzeit wurde sein Herz entfernt und in Formalin eingelegt. Sie konnten DNA-Proben und andere Proben machen und haben herausgefunden, dass angebliche Familienangehörige ihre Verbindungen zum königlichen Geschlecht erlogen hatten. Sie waren überhaupt nicht mit dem Prinzen verwandt. Weißt du, wann dieser Ludwig im zarten Kindesalter gestorben ist?«

»Nein.«

»Vor mehr als zweihundert Jahren. Im Jahre 1795. Formalin ist eine ganz besondere Flüssigkeit.«

Erlendur dachte über die Worte des Arztes nach.

»Was weißt du über Auður?«

»Diverses.«

»Wie kam das Gehirn in deine Hände?«

»Durch einen Dritten«, sagte der Arzt. »Ich glaube, ich habe keine Lust, das näher zu erörtern.«

»Aus dem Gläserpalast?«

»Ja.«

»Ist der Gläserpalast bei dir gelandet?«

»Ein Teil davon. Es ist unangebracht, mit mir wie mit einem Delinquenten zu sprechen.«

Erlendur dachte über das Gesagte nach.

»Hast du die Todesursache herausgefunden?«

Der Arzt schaute Erlendur an und nippte noch einmal am Sherry.

»Ja, allerdings«, sagte er. »Die Forschung hat mich schon seit jeher mehr fasziniert als die medizinische Versorgung. Mit dieser meiner Sammlerleidenschaft habe ich beides vereinigen können, wenn auch selbstverständlich nur in kleinem Stil.«

»Im gerichtsmedizinischen Protokoll aus Keflavík steht nur etwas von einem Hirntumor, und das wird nicht näher erklärt.«

»Ich habe dieses Protokoll gesehen. Es ist sehr unvollkommen, war nie etwas anderes als ein vorläufiger Bericht. Wie gesagt, ich habe mich näher damit befasst und bin der Meinung, dass ich die Antworten auf einige deiner Fragen habe.«

»Und?«

»Eine Erbkrankheit. Gibt es in einigen Familien hierzulande. Der Fall war ziemlich kompliziert, und trotz intensiver Untersuchungen war ich mir lange Zeit nicht sicher. Zum Schluss fand ich es am wahrscheinlichsten, dass der

Tumor mit einer erblichen Krankheit in Verbindung stand, Neurofibromatose. Ich gehe nicht davon aus, dass du das schon einmal gehört hast. Die Krankheitssymptome brauchen nicht auffällig zu sein. In manchen Fällen sterben die Leute, ohne dass die Krankheit sich bemerkbar macht. Das sind Krankheitsträger ohne Symptome. Viel verbreiteter aber ist es, dass die Symptome sehr früh auftreten und dann hauptsächlich als Flecken überall am Körper und als Hautgeschwülste.«

Der Arzt nippte wieder am Glas.

»In dem Bericht aus Keflavík wird nichts dergleichen erwähnt, aber ich bin auch nicht sicher, ob sie dort wussten, wonach sie zu suchen hatten.«

»Den Angehörigen gegenüber haben sie über Flecken auf der Haut gesprochen.«

»Ach, tatsächlich? Krankheitsdiagnosen sind nicht immer sicher.«

»Vererbt sich diese Krankheit von Vater zu Tochter?«

»Das kann der Fall sein. Aber die Vererbung ist nicht darauf beschränkt. Beide Geschlechter können die Krankheit in sich tragen und bekommen. Es heißt, dass der Elephant Man eine Variante dieser Krankheit gehabt hat. Hast du den Film gesehen?«

»Nein«, sagte Erlendur.

»Manchmal verursacht die Krankheit ein Hyperwachstum der Knochen, wie im Fall des Elephant Man. Andere behaupten, dass das überhaupt nichts mit ihm zu tun habe. Aber das ist eine andere Geschichte.«

»Warum hast du nach dieser Krankheit gesucht?«

»Hirnkrankheiten sind mein Spezialgebiet«, sagte er. »Dieses Mädchen ist einer meiner bemerkenswertesten Fälle. Ich habe alle Berichte über sie gelesen. Sie waren nicht sehr genau. Der Arzt, der sie betreute, war ein miserabler praktischer Arzt und zu dieser Zeit Alkoholiker, wenn ich es richtig verstanden habe. Ich habe mir Informationen darüber beschafft, aber wie dem auch sei, an einer Stelle schrieb er was von akuter Tuberkulose im Gehirn, und diese Beschreibung wurde früher manchmal verwendet, wenn die Krankheit auftrat. Das war mein Ausgangspunkt. Auch das gerichtsmedizinische Protokoll aus Keflavík war nicht sehr genau, darüber sprachen wir soeben. Sie fanden den Tumor und ließen es dabei bewenden.«

Der Arzt stand auf und ging zu einem großen Bücherschrank. Er griff nach einer Zeitschrift und reichte sie Erlendur.

»Ich weiß nicht, ob du alles verstehst, was da drin steht, aber in diesem anerkannten amerikanischen Ärztejournal habe ich einen kurzen Artikel über meine Forschungen geschrieben.«

»Du hast eine wissenschaftliche Arbeit über Auður geschrieben?«, fragte Erlendur.

»Auður hat uns geholfen, der Krankheit besser auf die Spur zu kommen. Sie war für mich und die medizinische Wissenschaft sehr wichtig. Ich hoffe, dass du darüber nicht entsetzt bist.«

»Der Vater des Mädchens kann der Erbträger gewesen sein«, sagte Erlendur und versuchte immer noch, das zu begreifen, was der Arzt ihm gesagt hatte. »Und er hat die Krankheit auf seine Tochter übertragen. Falls er einen Sohn gehabt hätte, hätte der die Krankheit nicht bekommen?«

»Sie muss nicht unbedingt in ihm auftreten«, sagte der Arzt, »aber er kann Erbträger sein, wie sein Vater.«

»Und das heißt?«

»Wenn er Vater wird, kann das Kind die Krankheit bekommen.«

Erlendur dachte darüber nach.

»Aber darüber solltest du mit denen vom Genforschungszentrum reden«, sagte der Arzt. »Die haben die Antworten auf die Fragen nach Vererbung.«

»Was?«, fragte Erlendur.

»Wende dich an das Isländische Genforschungszentrum. Das ist unser neuer Gläserpalast. Sie haben die Antworten. Was ist los? Warum erschrickst du so? Kennst du jemanden dort?«

»Noch nicht«, sagte Erlendur, »aber bald.«

»Willst du Auður sehen?«, fragte der Arzt.

Erlendur verstand zunächst nicht, worauf der Arzt hinauswollte.

»Du meinst ...?«

»Ich habe hier unten ein kleines Labor. Du darfst es dir gerne anschauen.«

Erlendur zögerte.

»In Ordnung«, sagte er dann.

Sie standen auf, und Erlendur folgte dem Arzt eine enge Treppe hinunter. Der Arzt knipste das Licht an, das auf ein strahlend weißes Labor mit Mikroskopen, Computern, Reagenzgläsern und Geräten fiel, von denen Erlendur alles andere als klar war, welchem Zweck sie dienten.

Er erinnerte sich an eine Bemerkung über Sammler, die er in einem Buch gelesen hatte. Sammler machen sich eine Welt zurecht. Sie machen sich eine kleine Welt um sich herum zurecht, wählen bestimmte Chiffren aus der Wirklichkeit und machen sie zu den wichtigsten Bewohnern der von ihnen geschaffenen Welt. Holberg war auch ein

Sammler gewesen, und seine Sammelleidenschaft hatte mit Pornografie zu tun. Daraus hatte er sich eine kleine Privatwelt zurechtgemacht, genau wie der Arzt mit den Organen.

»Sie ist hier«, sagte der Arzt.

Er ging zu einem großen alten Holzschrank, dem einzigen Teil in diesem Zimmer, der nicht mit der sterilen Umgebung übereinstimmte, öffnete ihn und nahm einen Glasbehälter mit Deckel heraus. Er stellte ihn vorsichtig auf einen Tisch, und Erlendur sah in dem starken Neonlicht ein kleines Kindergehirn in einer trüben Formalinlösung schwimmen.

Als er losfuhr, hatte er eine kleine schwarze Ledertasche mit den sterblichen Überresten von Auður dabei. Er dachte an den Gläserpalast. Während er durch die menschenleeren Straßen nach Hause fuhr, hoffte er bei sich, dass niemals irgendwelche Teile von ihm in Forschungslabors aufbewahrt würden. Es regnete immer noch, als er zu seinem Haus kam. Er stellte den Motor ab, steckte sich eine Zigarette an und schaute in die Nacht hinaus.

Erlendur blickte auf die schwarze Tasche auf dem Vordersitz.

Er hatte vor, Auður an ihren Platz zurückzubringen.

37

Die Polizisten, die vor dem Haus von Katrín Wache schoben, bemerkten gegen Mitternacht, dass Albert aus dem Haus kam und die Tür zuknallte, in seinen Wagen stürzte und davonfuhr. Er schien es sehr eilig zu haben, und sie stellten fest, dass er denselben kleinen Koffer dabei hatte, mit dem sie ihn nachmittags hatten ankommen sehen. Ansonsten waren in der Nacht keine anderen Menschen unterwegs, und Katrín war nirgends zu sehen.

Ein Streifenwagen in der Nähe fuhr bis zum Hotel Esja hinter Albert her, wo er sich für die Nacht eincheckte.

Am darauf folgenden Morgen traf Erlendur um acht Uhr vor Katríns Haus ein. Elinborg war mitgekommen. Es regnete immer noch. Seit Tagen hatte man die Sonne nicht gesehen. Sie klingelten dreimal, bevor sie von drinnen ein Geräusch hörten und die Tür aufgemacht wurde. Katrín erschien an der Tür. Elinborg stellte fest, dass sie noch dieselbe Kleidung vom Vortag trug und geweint hatte. Das Gesicht legte Zeugnis davon ab, die Augen waren rot geschwollen.

»Entschuldigt bitte«, sagte Katrín abwesend, »ich muss im Sessel eingeschlafen sein. Wie spät ist es?«

»Dürfen wir hereinkommen?«, fragte Erlendur.

»Ich habe Albert nie erzählt, was passiert ist«, sagte sie und ging ins Haus, ohne sie hereinzubitten. Erlendur und Elinborg schauten einander an und gingen hinterher.

»Er ist gestern Abend wieder weggegangen«, sagte Katrín. »Wie spät ist es eigentlich? Ich glaube, ich bin im Sessel eingeschlafen. Albert war völlig außer sich. Ich habe ihn noch nie so außer sich gesehen.«

»Kannst du nicht Verbindung mit deiner Familie aufnehmen?«, fragte Elinborg. »Jemand, der hier herkommen und bei dir bleiben kann? Deine Söhne?«

»Nein, Albert kommt schon wieder, und dann ist alles in Ordnung. Ich will die Jungen nicht behelligen. Das renkt sich wieder ein. Albert kommt zurück.«

»Warum war er so außer sich?«, fragte Erlendur. Katrín hatte sich im Wohnzimmer auf das Sofa gesetzt, Elinborg und Erlendur setzten sich wie gestern ihr gegenüber.

»Er war vollkommen außer sich vor Zorn, der Mann. Wo er doch normalerweise so ruhig ist. Albert ist ein guter Mann, ein guter Mann, und er ist immer so gut zu mir gewesen. Wir führen eine gute Ehe. Wir sind immer glücklich gewesen.«

»Vielleicht möchtest du, dass wir später wiederkommen«, sagte Elinborg. Erlendur schaute sie durchdringend an.

»Nein«, sagte Katrín, »das ist ganz in Ordnung. Albert kommt wieder. Er muss sich nur abreagieren. Mein Gott, wie schwierig das alles ist. Ich hätte es ihm damals gleich erzählen sollen, sagte er. Er konnte nicht verstehen, wie ich das all die Jahre habe verschweigen können. Er hat mich angebrüllt.«

Katrín schaute sie an.

»Er hat mich noch nie angebrüllt.«

»Ich hole einen Arzt«, sagte Elinborg und stand auf. Erlendur traute seinen Ohren nicht.

»Nein, es ist schon in Ordnung«, sagte Katrín. »Das ist nicht nötig. Ich bin nur ein bisschen durcheinander vom Schlafen. Das geht schon in Ordnung. Setz dich, meine Liebe. Das kommt schon alles wieder ins Lot.«

»Was hast du Albert gesagt?«, fragte Erlendur. »Hast du ihm von der Vergewaltigung erzählt?«

»Das wollte ich eigentlich schon die ganzen Jahre tun, aber ich konnte es nie über mich bringen. Ich habe nie jemandem davon erzählt. Ich habe versucht, das alles zu verdrängen, als ob es nie geschehen sei. Das war oft schwierig, aber irgendwie ist es doch gegangen. Dann seid ihr gekommen, und ich konnte nicht anders, ich musste es loswerden. Mir ging es danach irgendwie besser. Es war, als hättet ihr eine schwere Last von mir genommen, ich wusste jetzt, dass ich mir das von der Seele reden konnte und dass es das einzig Richtige war. Sogar nach all dieser Zeit.«

Katrín verstummte.

»War er wütend auf dich, weil du ihm nicht von der Vergewaltigung erzählt hast?«, fragte Erlendur.

»Ja.«

»Hat er deinen Standpunkt nicht verstanden?«, fragte Elinborg.

»Er sagte, ich hätte es ihm damals gleich erzählen sollen. Das ist natürlich verständlich. Er sagte, er sei immer ehrlich zu mir gewesen und er hätte das nicht verdient gehabt.«

»Ich verstehe nicht ganz«, sagte Erlendur. »Ich hätte Albert doch etwas mehr Charakterstärke zugetraut. Ich hätte erwartet, dass er versuchen würde, dich zu trösten und aufzurichten und dir in dieser schwierigen Situation beizustehen, statt einfach abzuhauen.«

»Ich weiß«, sagte Katrín. »Vielleicht habe ich es ihm nicht richtig erzählt.«

»Richtig erzählt«, sagte Elinborg und verhehlte nicht, dass sie entrüstet war. »Wie kann man so etwas richtig erzählen?«

Katrín schüttelte den Kopf.

»Ich weiß es nicht. Ich schwöre es, ich weiß es nicht.«

»Hast du ihm die ganze Wahrheit gesagt?«, fragte Erlendur.

»Ich habe ihm das gesagt, was ich euch gesagt habe.«

»Und nichts mehr?«

»Nein«, sagte Katrín.

»Nur von der Vergewaltigung?«

»Nur«, wiederholte Katrín. »Nur! Als ob das nicht genug wäre. Als ob das nicht genug wäre, dass er hört, dass ich vergewaltigt wurde und er nie davon erfahren hat. Ist das nicht genug?«

Sie schwiegen.

»Hast du ihm nicht von eurem jüngsten Sohn erzählt?«, fragte Erlendur schließlich.

Katrín schaute ihn an, und auf einmal sprühten ihre Augen Funken.

»Wieso von unserem jüngsten Sohn?«, fragte sie, und die Worte wollten ihr kaum über die Lippen.

»Du hast ihn Einar getauft«, sagte Erlendur, der einen Blick auf die Informationen geworfen hatte, die Elinborg tags zuvor über die Familie gesammelt hatte.

»Und was ist mit Einar?«

Erlendur schaute sie an.

»Er ist dein Sohn«, sagte Erlendur. »Aber er ist nicht der Sohn seines Vaters.«

»Wovon sprichst du eigentlich? Nicht der Sohn seines Vaters. Natürlich ist er der Sohn seines Vaters! Wer ist nicht der Sohn seines Vaters?«

»Entschuldige, ich habe es nicht präzise genug ausgedrückt. Er ist nicht der Sohn des Vaters, den er für den seinen hielt«, sagte Erlendur ruhig. »Er ist der Sohn des Mannes, der dich vergewaltigt hat. Holbergs Sohn. Hast du deinem Mann das gesagt? Ist er deswegen abgehauen?«

Katrín schwieg.

»Hast du ihm die ganze Wahrheit gesagt?«

Katrín schaute auf Erlendur. Er hatte den Eindruck, als sträubte sie sich immer noch. So verging eine Weile, und dann sah er, dass ihre Lippen nachgaben. Die Schultern sackten herunter, sie schloss die Augen, der Körper sank im Sofa zusammen, und sie brach in Tränen aus. Elinborg warf Erlendur einen durchdringenden Blick zu, der aber schaute Katrín an und ließ ihr Zeit, sich zu fangen.

»Hast du ihm von Einar erzählt?«, fragte er schließlich, als ihm schien, dass sie sich wieder gefangen hatte.

»Er hat es nicht geglaubt«, sagte sie.

»Dass Einar nicht sein Sohn ist?«, fragte Erlendur.

»Zwischen Albert und Einar besteht ein besonders enges Verhältnis, und so ist es immer gewesen. Von Geburt an. Albert liebt seine beiden anderen Söhne natürlich auch, aber Einar ganz besonders. Von Anfang an. Er ist das jüngste Kind, und Albert hat ihn immer verwöhnt.«

Katrín hielt inne.

»Vielleicht war es deswegen, dass ich niemals etwas gesagt habe. Ich wusste, dass Albert das nicht ertragen könnte. Sagte keinen Ton. Und das ging ganz gut. Holberg hatte eine Wunde hinterlassen, und weswegen sollte sie nicht in Ruhe heilen? Warum sollte er unsere gemeinsame Zukunft zerstören können? Das war meine Methode, mit dem Grauen fertig zu werden.«

»Wusstest du gleich, dass Einar Holbergs Sohn sein musste?«, fragte Elinborg.

»Er hätte auch Alberts Sohn sein können.«

Katrín schwieg wieder.

»Du hast es ihm angesehen«, sagte Erlendur.

Katrín schaute ihn an.

»Wieso weißt du das alles?«, fragte sie.

»Er sieht Holberg ähnlich, nicht wahr?«, sagte Erlendur. »Holberg, als er jung war. Er wurde in Keflavík gesehen, und die Frau, die ihn sah, glaubte, es wäre Holberg selber.«

»Es gibt eine gewisse Ähnlichkeit zwischen ihnen.«

»Wenn du deinem Sohn nie etwas gesagt hast und dein Mann nichts über Einar wusste, warum dann jetzt auf einmal diese große Aussprache zwischen dir und Albert? Wieso kam es dazu?«

»Was für eine Frau in Keflavík?«, fragte Katrín. »Was für eine Frau in Keflavík hat Holberg gekannt? Hat er dort mit einer Frau gelebt?«

»Nein«, sagte Erlendur und überlegte, ob er ihr von Kolbrún und Auður erzählen sollte. Er wusste, dass sie früher oder später von ihnen erfahren würde, und es sprach nichts dagegen, dass Katrín jetzt schon die Wahrheit erfuhr. Er hatte ihr früher von der Vergewaltigung in Keflavík erzählt, aber jetzt nannte er Holbergs Opfer mit Namen und erzählte ihr von Auður, die nach einer schweren Krankheit jung gestorben war. Er sagte ihr, wie sie das Foto von dem Grabstein in Holbergs Schreibtisch gefunden hatten und wie es sie nach Keflavík und zu Elín geführt hatte. Und was Kolbrún widerfahren war, als sie Anzeige erstattete.

Katrín hörte Erlendur wie gebannt zu. Tränen traten ihr in die Augen, als Erlendur ihr sagte, wie Auður gestorben war. Er erzählte ihr auch von Grétar, dem Mann mit der Kamera, den sie zusammen mit Holberg gesehen hatte, und wie er spurlos verschwunden war, um dann unter dem

Fußboden von Holbergs Kellerwohnung gefunden zu werden.

»Ist das diese Sache da in den Nachrichten, die so viel Staub aufgewirbelt hat?«, fragte Katrín.

Erlendur nickte zustimmend.

»Ich wusste nicht, dass Holberg auch andere Frauen vergewaltigt hat«, sagte Katrín. »Ich dachte, ich wäre die einzige.«

»Wir wissen jetzt von euch beiden«, sagte Erlendur. »Es können möglicherweise mehr sein. Es ist unwahrscheinlich, dass das jemals ans Licht kommt.«

»Auður ist dann Einars Halbschwester gewesen«, sagte Katrín sehr nachdenklich. »Das arme Kind.«

»Du bist sicher, dass du nichts von ihr gewusst hast?«, fragte Erlendur.

»Selbstverständlich bin ich da sicher«, sagte sie. »Ich hatte keine Ahnung davon.«

»Einar weiß von ihr«, sagte Erlendur. »Er hat Elín in Keflavík ausfindig gemacht.«

Katrín antwortete nicht. Er beschloss, die Frage zu wiederholen.

»Falls Einar nichts wusste und du deinem Mann nie davon erzählt hast, weswegen hat denn dein Sohn jetzt auf einmal die Wahrheit herausgefunden?«

»Ich weiß es nicht«, sagte Katrín. »Doch, warte mal, sag mir, woran ist das arme Mädchen gestorben?«

»Du weißt, dass dein Sohn des Mordes an Holberg verdächtigt wird«, sagte Erlendur und beantwortete ihre Frage nicht. Er versuchte, das, was er sagen musste, so vorsichtig wie möglich zu formulieren. Er fand, dass Katrín erstaunlich ruhig war, so als käme es für sie nicht überraschend, dass ihr Sohn unter Mordverdacht stand.

»Mein Sohn ist kein Mörder«, sagte sie still. »Er könnte nie einen Menschen töten.«

»Es ist sehr wahrscheinlich, dass er Holberg einen Schlag auf den Kopf versetzt hat. Er hat vielleicht nicht vorgehabt, ihn zu töten. Wahrscheinlich hat er es in einem Wutanfall getan. Er hinterließ einen Zettel für uns, auf dem stand: Ich bin er. Verstehst du, was ich meine?«

Katrín schwieg.

»Wusste er, dass Holberg sein Vater war? Wusste er, was Holberg dir angetan hat? Hat er seinen Vater getroffen? Wusste er von Auður und Elín? Wenn ja, wie?«

Katrín blickte in ihren Schoß.

»Wo ist dein Sohn jetzt?«, fragte Elinborg.

»Ich weiß es nicht«, sagte Katrín ruhig. »Ich habe seit Tagen nichts von ihm gehört.«

Sie blickte auf Erlendur.

»Er hat auf einmal von Holberg gewusst. Gewusst, dass irgendetwas nicht stimmte. Er hat das durch seine Arbeit erfahren«, sagte sie. »Er sagte, es wäre nicht mehr möglich, irgendetwas geheim zu halten. Er sagte, es wäre alles in der Datenbank.«

38

Erlendur schaute Katrín an.

»Hat er auf diese Weise von seinem tatsächlichen Vater erfahren?«, fragte er.

»Er hat herausgefunden, dass er nicht der Sohn seines Vaters sein konnte«, sagte Katrín leise.

»Wie?«, fragte Erlendur. »Wonach hat er gesucht? Weswegen hat er seinen eigenen Stammbaum in der Datenbank unter die Lupe genommen? War es ein Zufall?«

»Nein«, sagte Katrín. »Das war alles andere als ein Zufall.«

Jetzt reichte es Elinborg. Sie wollte mit der Vernehmung aufhören und Katrín gestatten, sich wieder zu beruhigen. Sie stand auf und sagte, sie bräuchte etwas Wasser, und bedeutete Erlendur mitzukommen. Er folgte ihr in die Küche. Dort sagte Elinborg, dass die Frau im Augenblick wirklich genug durchgemacht hätte. Sie müsste in Ruhe gelassen und darauf hingewiesen werden, sich mit einem Rechtsanwalt in Verbindung zu setzen, bevor sie weitere Aussagen machte. Sie täten besser daran, die weitere Vernehmung auf den Nachmittag zu verschieben. Am besten sei es, mit ihrer Familie zu sprechen und jemanden zu bitten, sich um sie zu kümmern. Erlendur wies sie darauf hin, dass Katrín nicht festgenommen worden sei, dass sie wegen nichts verdächtigt würde. Das hier sei kein offizielles Verhör, sondern nur Informationsbeschaffung, und Katrín sei im Augenblick sehr kooperativ. Deswegen müssten sie weitermachen.

Elinborg schüttelte den Kopf.

»Das Eisen schmieden, solange es heiß ist«, sagte Erlendur.

»Hör sich das einer an!«, fauchte Elinborg.

Katrín erschien in der Küchentür und fragte, ob sie nicht weitermachen sollten. Sie sei bereit, ihnen die Wahrheit zu sagen und diesmal nichts zu verheimlichen.

»Ich will, dass das hier ein Ende nimmt«, sagte sie.

Elinborg fragte, ob sie sich mit einem Rechtsanwalt in Verbindung setzen wolle. Katrín lehnte das dankend ab.

Sie sagte, sie würde gar keinen kennen, weil sie nie Bedarf für einen Rechtsanwalt gehabt hätte. Sie wüsste nicht, wie sie das anstellen sollte.

Elinborg warf Erlendur vorwurfsvolle Blicke zu. Er fragte Katrín, ob sie weitermachen sollten. Als sie sich wieder gesetzt hatten, fing Katrín an zu erzählen. Sie rieb sich nervös die Hände, war niedergeschlagen, und ihre Miene zeugte von Trauer.

Albert war morgens ins Ausland geflogen. Sie waren in aller Herrgottsfrühe aufgestanden. Sie hatte Kaffee für ihn gekocht. Sie sprachen wieder einmal darüber, das Haus zu verkaufen und sich etwas Kleineres zu suchen. Sie hatten oft darüber geredet, aber es nie in die Tat umgesetzt. Vielleicht fanden sie es einen zu radikalen Schritt, als würden sie damit unterstreichen, dass sie gealtert waren. Sie kamen sich nicht alt vor, aber trotzdem müssten sie sich verkleinern. Albert wollte nach seiner Rückkehr mit einem Makler sprechen. Dann fuhr er mit seinem Jeep los.

Sie hatte sich dann wieder hingelegt. Es waren noch zwei Stunden, bis sie in der Arbeit erscheinen musste, aber sie konnte nicht mehr schlafen. Sie lag da und wälzte sich bis acht Uhr im Bett. Dann stand sie auf. Sie war in der Küche, als sie Einar hereinkommen hörte. Er hatte einen Hausschlüssel.

Sie sah sofort, dass er erregt war, wusste aber nicht, warum. Er sagte, er habe die ganze Nacht nicht schlafen können. Ging erst im Wohnzimmer auf und ab und dann in der Küche und weigerte sich, sich zu setzen.

»Ich wusste, dass da etwas nicht gestimmt hat«, sagte er und blickte seine Mutter wütend an. »Ich habe es die ganze Zeit gewusst!«

Sie verstand nicht, warum er so wütend war.

»Ich wusste es, dass da mit dieser Scheiße etwas nicht gestimmt hat«, wiederholte er und hatte beinahe angefangen zu brüllen.

»Worüber sprichst du denn, Liebling?«, sagte sie und konnte sich seinen Zorn immer noch nicht erklären. »Was stimmt nicht?«

»Ich habe den Code geknackt«, sagte er. »Ich habe gegen die Vorschriften verstoßen, um den Code zu knacken. Ich wollte wissen, wie diese Krankheit in den Stammbäumen auftritt. Sie tritt in ganz bestimmten Familien auf, das will ich dir sagen. Es gibt sie in einigen Familien, aber nicht in unserer. Nicht in Papas und nicht in deiner. Deswegen stimmt da was nicht. Verstehst du? Verstehst du, was ich sage?«

Erlendurs Handy klingelte, er entschuldigte sich bei Katrín und ging in die Küche, um das Gespräch anzunehmen. Es war Sigurður Óli.

»Die Alte in Keflavík sucht nach dir«, sagte er ohne Umschweife.

»Die Alte? Meinst du Elín?«

»Ja, Elín.«

»Hast du mit ihr gesprochen?«

»Ja«, sagte Sigurður Óli. »Sie behauptet, sie müsse mit dir sprechen, und zwar sofort.«

»Weißt du, was sie will?«

»Sie lehnte es strikt ab, mir etwas zu sagen. Wie geht es bei euch vorwärts?«

»Hast du ihr die Handynummer gegeben?«

»Nein.«

»Wenn sie noch mal anruft, dann gib ihr meine Nummer«, sagte Erlendur und brach das Gespräch ab. Katrín und Elinborg warteten im Wohnzimmer auf ihn. »Entschuldigung«, sagte er zu Katrín. Sie fuhr mit ihrem Bericht fort.

Einar tigerte im Wohnzimmer auf und ab. Katrín versuchte, ihn zu beruhigen und herauszufinden, warum ihr Sohn so erregt war. Sie setzte sich und bat ihn, sich zu ihr zu setzen, aber er hörte nicht auf sie. Ging vor ihr auf und ab. Sie wusste, dass er schwere Zeiten durchgemacht hatte, und die Scheidung hatte das Ganze noch verschlimmert. Seine Frau hatte ihn verlassen. Sie wollte wieder von vorn anfangen, wollte sich nicht von der Trauer unterkriegen lassen.

»Sag mir, was los ist«, bat sie.

»Es ist so viel, Mama, so unglaublich viel.«

Und dann kam die Frage, auf die sie die ganzen Jahre gewartet hatte.

»Wer ist mein Vater?«, fragte ihr Sohn und blieb vor ihr stehen. »Wer ist mein wirklicher Vater?«

Sie blickte ihn an.

»Es gibt keine Geheimnisse mehr, Mama«, sagte er.

»Was hast du herausgefunden?«, fragte sie. »Mit was hast du dich da beschäftigt?«

»Ich weiß, wer nicht mein Vater ist«, sagte er, »und das ist Papa.« Er brach in Gelächter aus. »Hast du das gehört? Papa ist nicht mein Vater? Und wenn er nicht mein Vater ist, wer ist es dann? Von wem stamme ich? Meine Brüder sind auf einmal nur Halbbrüder. Warum hast du mir niemals etwas gesagt? Warum hast du mich die ganze Zeit angelogen? Warum?«

Sie starrte ihn an, und Tränen stiegen ihr in die Augen.

»Bist du fremdgegangen?«, fragte er. »Mir kannst du es sagen. Ich verrate es niemandem. Bist du fremdgegangen? Außer uns bei-

den braucht das niemand zu wissen, aber ich muss es von dir hören. Du musst mir die Wahrheit sagen. Wie bin ich entstanden? Wie wurde ich gezeugt?«

Er machte eine Pause.

»Bin ich ein Adoptivkind? Ein Waisenkind? Was bin ich? Wer bin ich? Mama?«

Katrín war in Tränen ausgebrochen und schluchzte heftig. Er starrte sie an, und er schien sich ein wenig zu beruhigen, als er sie auf dem Sofa sitzen und weinen sah. So verging eine Weile, bis er sah, was er angerichtet hatte. Endlich setzte er sich neben sie und nahm sie in die Arme. Sie saßen eine geraume Zeit schweigend da, bis sie anfing, ihm von der Nacht in Húsavík zu erzählen, als sein Papa zur See war und sie sich mit ihren Freundinnen amüsierte und diese Männer traf, darunter Holberg, der in ihr Haus eingedrungen war.

Er saß stumm da, während sie sprach.

Sie sagte ihm, dass Holberg sie vergewaltigt und sie bedroht hatte und dass sie beschlossen hatte, das Kind auszutragen und niemals zu erzählen, was vorgefallen war. Nicht seinem Vater und nicht ihm. Und das sei auch in Ordnung gewesen. Sie hatten ein glückliches Leben geführt. Sie hatte es Holberg nicht gestattet, sie ihres Lebensglücks zu berauben. Ihm war es nicht gelungen, ihr Familienleben zu zerstören.

Sie sagte ihm, dass sie die ganze Zeit gewusst habe, dass er der Sohn des Mannes war, der sie vergewaltigt hatte. Das hatte sie nicht daran gehindert, ihn genauso zu lieben wie ihre anderen Söhne, und sie wusste, dass Albert ihm ganz besonders zugetan war. Auf diese Weise hatte Einar nie darunter zu leiden gehabt, was Holberg getan hatte. Nie.

Es vergingen einige Minuten, während er zu begreifen versuchte, was sie ihm da gesagt hatte.

»Verzeih mir«, sagte er schließlich. »Ich wollte nicht gemein zu

dir sein. Ich dachte, du seist fremdgegangen, und dass ich so gezeugt worden wäre. Ich hatte ja keine Ahnung von der Vergewaltigung.«

»Natürlich nicht«, sagte sie. »Wie solltest du auch? Ich habe nie zuvor mit jemandem darüber gesprochen.«

»Ich hätte diese Möglichkeit aber in Betracht ziehen können«, sagte er. »Es gab eine andere Möglichkeit, aber ich habe nicht daran gedacht. Verzeih mir. Es muss schrecklich gewesen sein für dich, all diese Jahre.«

»Denk nicht darüber nach«, sagte sie. »Du sollst nicht darunter leiden, was Holberg getan hat.«

»Ich habe schon genug darunter gelitten, Mama«, sagte er. »Unendliche Qualen. Und nicht nur ich. Warum hast du keine Abtreibung machen lassen? Was hat dich davon abgehalten?«

»Gott im Himmel, rede nicht so, Einar. So darfst du niemals reden.«

Katrín brach ab.

»Hast du nie eine Abtreibung in Erwägung gezogen?«, fragte Elinborg.

»Die ganze Zeit. Immer. Bis es zu spät war. Ich habe jeden Tag daran gedacht, nachdem mir klar wurde, dass ich schwanger war. Ich bin sogar soweit gegangen, dass ich mit einem Arzt gesprochen habe, der mich untersuchte und mir riet, es nicht zu tun. Das Kind hätte genauso gut von Albert sein können. Das hat wohl den Ausschlag gegeben. Dann hatte ich nach der Geburt Depressionen. Ich weiß nicht, wie das heißt, heutzutage gibt's ein Wort für Depressionen nach der Geburt. Ich wurde zur Behandlung ins Landeskrankenhaus geschickt. Nach drei Monaten ging es mir so weit wieder besser, dass ich mich um den Jungen kümmern konnte, und seitdem habe ich ihn immer geliebt.«

Erlendur wartete einen Moment, bevor er die Vernehmung fortsetzte.

»Weshalb hat dein Sohn angefangen, in der Datenbank des Genforschungszentrums nach einer Erbkrankheit zu suchen?«, fragte er schließlich.

Katrín schaute ihn an.

»Woran starb das kleine Mädchen in Keflavík?«, fragte sie.

»An einem Hirntumor«, sagte Erlendur. »Die Krankheit heißt Neurofibromatose.«

Tränen stiegen Katrín in die Augen, und sie seufzte tief.

»Weißt du das wirklich nicht?«, fragte sie.

»Was weiß ich nicht?«

»Unser Augenstern starb vor drei Jahren«, sagte Katrín. »Aus unbegreiflichen Gründen. Vollkommen unbegreiflich.«

»Euer Augenstern?«, fragte Erlendur.

»Unser kleiner Schatz«, sagte sie. »Einars Tochter. Sie starb. Das arme kleine Mädchen.«

39

Totenstille herrschte im Haus.

Katrín saß mit hängendem Kopf da. Elinborg schaute sie wie vom Donner gerührt an und suchte dann Blickkontakt zu Erlendur. Erlendur blickte vor sich hin und dachte an Eva Lind. Was tat sie jetzt? War sie zu Hause? Er verspürte das Bedürfnis, mit seiner Tochter zu sprechen. Verspürte das Bedürfnis, sie in die Arme zu nehmen, sie an sich zu drücken und sie nicht loszulassen, bevor er ihr gesagt hatte, wie viel sie ihm bedeutete.

»Das ist ja nicht zu fassen«, sagte Elinborg.

Erlendur schaute sie an. Und dann Katrín.

»Dein Sohn ist Erbträger, nicht wahr?«, sagte er.

»Das war das Wort, was er verwendete. Erbträger. Sie sind es beide, er und Holberg. Er sagte, er habe es von dem Mann, der mich vergewaltigt hat, vererbt bekommen.«

»Sie selber werden nicht krank«, sagte Erlendur.

»Es scheinen die Mädchen zu sein, die die Krankheit bekommen«, sagte Katrín. »Die Männer tragen die Krankheit in sich, brauchen aber keine Symptome zu zeigen. Oder wie man das ausdrückt. Ansonsten gibt es da viele Varianten, ich weiß es nicht so genau. Mein Sohn wusste, worum es ging. Er versuchte, es mir zu erklären, aber ich habe gar nicht begriffen, worauf er hinauswollte. Er war sehr erregt. Und ich natürlich auch.«

»Und er hat das in dieser Datenbank herausgefunden, die man da einrichtet«, sagte Erlendur.

Katrín nickte zustimmend.

»Er verstand nicht, warum das arme Kind diese Krankheit bekam, und hat dann dauernd in meiner und in Alberts Familie danach gesucht. Er hat Verwandte befragt, er war nicht zu bremsen. Wir glaubten, dass er auf diese Weise mit dem Schock fertig zu werden versuchte. Diese penetrante Suche nach den Ursachen. Suche nach Antworten, von denen wir glaubten, dass sie nirgends zu finden wären. Er und seine Frau haben sich vor einiger Zeit scheiden lassen. Lára und er. Sie konnten nicht länger zusammenleben und haben beschlossen, sich zeitweilig zu trennen. Ich glaube aber nicht, dass sich das jemals wieder einrenkt.«

Katrín verstummte.

»Und dann fand er die Antwort«, sagte Erlendur.

»Er war davon überzeugt, dass Albert nicht sein Vater war. Er sagte, das könne nicht sein, verglichen mit den Informationen aus der Datenbank. Deswegen kam er zu mir. Er glaubte, dass ich fremdgegangen und dass er so gezeugt worden wäre. Oder dass er ein Adoptivkind wäre.«

»Hat er Holberg in der Datenbank gefunden?«

»Das glaube ich nicht. Höchstens später, nachdem ich ihm von Holberg erzählt hatte. Das war so unsinnig. So absurd! Mein Sohn hatte eine Liste mit den möglichen Vätern zusammengestellt, auf der auch Holberg stand. Mit Hilfe der medizinischen und der genealogischen Datenbank konnte er die Krankheit nach Stammbäumen zurückverfolgen, und auf diese Weise kam er darauf, dass er nicht der Sohn von Albert sein konnte. Er war eine Abweichung. Eine Anomalie.«

»Wie alt war seine Tochter?«

»Sie war sieben Jahre alt, die Kleine.«

»Ein Hirntumor hat den Tod verursacht, nicht wahr?«, fragte Erlendur.

»Ja«, sagte Katrín.

»Sie ist an derselben Krankheit gestorben wie Auður. Nerventumor.«

»Ja, das ist dieselbe Krankheit. Die Mutter von Auður muss furchtbar gelitten haben; erst Holberg und dann der Tod des Mädchens.«

Erlendur zögerte einen Moment.

»Kolbrún, ihre Mutter, beging drei Jahre nach dem Tod der Tochter Selbstmord«, sagte er dann.

»Herrgott«, stöhnte Katrín.

»Wo ist dein Sohn jetzt?«, fragte Erlendur.

»Ich weiß es nicht«, antwortete Katrín. »Ich bin verrückt vor Sorge, dass er sich etwas antut. Es geht ihm ganz entsetzlich, dem Jungen. Entsetzlich.«

»Glaubst du, dass er Verbindung zu Holberg aufgenommen hat?«

»Ich weiß es nicht. Ich weiß nur, dass er kein Mörder ist. Soviel weiß ich.«

»Fandest du, dass er Ähnlichkeit mit seinem Vater hatte?«, fragte Erlendur und blickte auf die Konfirmationsbilder.

Katrín antwortete nicht.

»Hast du eine Ähnlichkeit zwischen ihnen festgestellt?«, fragte Erlendur.

»Was ist denn eigentlich los mit dir, Mensch«, stieß Elinborg hervor. Sie war mit ihrer Geduld am Ende. »Findest du nicht, dass es jetzt reicht, ehrlich?«

»Entschuldige bitte«, sagte Erlendur zu Katrín. »Das hat selbstverständlich überhaupt nichts mit der Ermittlung zu tun. Es ist nur meine verdammte Neugier. Du bist außerordentlich hilfsbereit gewesen, und wenn es dir irgendeinen Trost bedeutet, dann kann ich dir sagen, dass ich keine aufrechtere oder stärkere Persönlichkeit kenne als dich; dass du diese Qualen all diese Jahre im Stillen ertragen konntest.«

»Das ist ganz o.k.«, sagte Katrín zu Elinborg. »Kinder haben Ähnlichkeiten mit vielen. Ich habe niemals Holberg in meinem Jungen gesehen. Niemals. Er sagte, dass es nicht meine Schuld sei. Einar hat mir das gesagt. Ich hätte keine Schuld daran, dass unser kleiner Augenstern starb.«

Katrín brach ab.

»Was wird mit Einar?«, fragte sie schließlich. Sie hatte allen Widerstand aufgegeben. Keine Lügen. Nur Resignation.

»Wir müssen ihn finden«, sagte Erlendur, »mit ihm reden und hören, was er sagt.«

Er und Elinborg standen auf. Erlendur setzte sich den Hut auf. Katrín blieb auf dem Sofa sitzen.

»Wenn du willst, kann ich mit Albert sprechen«, sagte Erlendur. »Er hat die Nacht im Hotel Esja verbracht. Wir haben dein Haus seit gestern beobachten lassen, falls dein Sohn auftauchen würde. Ich kann Albert erklären, was passiert ist. Er wird schon wieder Vernunft annehmen.«

»Vielen Dank«, sagte Katrín, »aber ich rufe ihn selbst an. Ich weiß, dass er wiederkommt. Wegen Einar müssen wir zusammenstehen.«

Sie blickte hoch.

»Er ist unser Junge«, sagte sie, »und er wird es immer bleiben.«

40

Erlendur ging nicht davon aus, dass Einar zu Hause sein würde. Er hatte eine kleine Wohnung in Stóragerði gemietet, und Elinborg und er fuhren von Katrín aus dorthin. Es war Mittag, und es herrschte starker Verkehr. Auf dem Weg dorthin setzte Erlendur Sigurður Óli über den Stand der Dinge in Kenntnis. Sie mussten jetzt nach Einar fahnden lassen. Ein Bild von ihm finden, das mit einem kurzen Steckbrief an die Zeitungen und die Fernsehsender weitergeleitet werden konnte. Sie verabredeten sich in Stóragerði. Dort angekommen, stieg Erlendur aus, und Elinborg fuhr weiter.

Es dauerte nicht lange, bis Sigurður Óli eintraf. Die Wohnung war im Souterrain eines Dreifamilienhauses, und der Eingang war direkt an der Straße. Sie klingelten und klopften heftig, aber nichts rührte sich.

Sie versuchten ihr Glück in den anderen Wohnungen, und es stellte sich heraus, dass Einar bei dem Besitzer einer Wohnung in diesem Haus zur Untermiete wohnte. Der war in der Mittagspause nach Hause gekommen. Er war bereit, sie nach unten zu begleiten und sie in die Wohnung zu lassen. Er erklärte, Einar seit einigen Tagen nicht gesehen zu haben, wahrscheinlich schon eine ganze Woche; er war nach seiner Aussage ein ruhiger Mieter, es gab keinerlei Klagen über ihn, er bezahlte die Miete immer pünktlich. Er verstand gar nicht, was die Polizei von ihm wollte. Sigurður Óli sagte, um weitere Spekulationen zu unterbinden, dass er von seiner Familie vermisst würde und dass sie gekommen seien, um herauszufinden, wo er sein könnte.

Der Wohnungsbesitzer fragte nicht nach einem Durchsuchungsbefehl. Sie hatten ihn zwar nicht in den Händen, würden ihn aber im Lauf des Tages bekommen.

Als er aufgeschlossen hatte, baten sie darum, allein gelassen zu werden, und gingen in die Wohnung. Alle Vorhänge waren zugezogen, und es war dunkel. Die Wohnung war sehr klein. Ein Wohnzimmer und ein weiterer Raum, eine Küche und ein kleines Badezimmer. Teppichboden in beiden Zimmern und Linoleum in der Küche. Ein Fernseher im Wohnzimmer und davor ein Sofa. Statt die Vorhänge aufzuziehen, machte Erlendur Licht, damit sie besser sehen konnten.

Sie starrten auf die Wände in der Wohnung, die mit denselben Worten voll gekritzelt waren, die sie so gut aus Holbergs Wohnung kannten, mit Filzstiften und Farbspray. Drei Worte, die Erlendur unverständlich gefunden hatte, aber das waren sie jetzt nicht mehr. Ich bin ER. Sie machten einen Rundgang durch die Wohnung. Zeitungen und Zeitschriften lagen überall verstreut, isländische und ausländische, Bücher mit wissenschaftlichen Themen, wie Erlendur schien, lagen allenthalben stapelweise im Wohnzimmer und im Schlafzimmer auf dem Fußboden, große Fotoalben waren auch darunter. In der Küche lag die Verpackung von irgendwelchem Essen aus einem Imbiss.

»Die Vaterschaftsangaben bei Isländern«, sagte Sigurður Óli und zog Gummihandschuhe an, »liegt da nicht einiges im Argen?«

Erlendur dachte an die Genforschungen. Das Isländische Genforschungszentrum hatte vor kurzem damit angefangen, die Krankenberichte aller lebenden und verstorbenen Isländer zu sammeln, um daraus eine medizinische Datenbank mit allen verbreiteten Krankheiten aufzubauen. Parallel dazu gab es eine kompatible genealogische Datenbank, wo der Stammbaum jedes einzelnen Isländers bis ins Mittelalter hinein zurückverfolgt werden konnte; es war die Rede von der Suche nach der original isländischen Erbmasse. Das Hauptziel war herauszufinden, wie sich Krankheiten vererbten, ihnen mit Hilfe der Genforschung auf den Grund zu gehen und möglichst Wege zur Heilung zu finden. Es war die Rede von einer homogenen Nation, die sich wenig mit anderen Nationen vermischt hatte und deswegen ein optimales genetisches Forschungsobjekt sei.

Die Firma und das Gesundheitsministerium, das die Einrichtung der Datenbank abgesegnet hatte, garantierten, dass kein Unbefugter an diese Datenbank herankönne. Sie beschrieben ein kompliziertes System, nach dem die Informationen codiert und gespeichert würden, das absolut nicht zu knacken sei.

»Machst du dir Sorgen, wer dein Vater ist?«, fragte Erlendur. Er hatte sich ebenfalls Gummihandschuhe angezogen und ging vorsichtig ins Wohnzimmer. Er griff nach einem Fotoalbum und blätterte darin. Es war ziemlich alt.

»Es wurde immer gesagt, dass ich weder meinem Vater noch meiner Mutter ähnlich sehe, und eigentlich niemandem aus meiner Familie.«

»Das Gefühl habe ich schon immer gehabt«, sagte Erlendur.

»Was für ein Gefühl? Was meinst du eigentlich?«

»Dass du ein Bastard bist.«

»Schön, dass du deinen Humor wiedergefunden hast«, sagte Sigurður Óli. »Du bist in letzter Zeit ziemlich merkwürdig gewesen.«

»Wieso Humor?«

Er blätterte das Album durch. Es waren alte Schwarzweiß-Fotos. Er glaubte auf manchen Fotos Einars Mutter zu erkennen. Der Mann auf den Fotos musste dann Albert sein, und die drei Jungen ihre Söhne. Die Bilder waren zu Weihnachten oder in den Sommerferien gemacht worden, manche waren ganz alltäglich, auf der Straße oder in der Küche aufgenommen, wo die drei Jungen in gemusterten Strickpullovern am Tisch saßen, an die Erlendur sich aus dieser Zeit erinnern konnte. Die Zeit vor 1970. Die älteren trugen die Haare lang. Dann ein buntes Gemisch von Bildern aus dem Ausland. Der Tivoli in Kopenhagen, schien es Erlendur.

Weiter hinten im Album waren die Jungen älter und die Haare noch länger geworden, sie trugen Anzüge mit breiten Aufschlägen und Schuhe mit klotzigen Absätzen. Katríns Haar war toupiert. Jetzt waren es Farbfotos, und Alberts Haare hatten sich seitdem verringert. Erlendur suchte nach Einar, und als er ihn mit seinen beiden Brüdern und den Eltern verglich, sah er, wie wenig Ähnlichkeit er mit ihnen hatte. Die beiden anderen waren ihren Eltern sehr ähnlich, besonders dem Vater. Einar war das hässliche kleine Entlein.

Er legte das alte Album weg und nahm sich ein neueres. Die Fotos darin schien Einar von seiner eigenen Familie gemacht zu haben. Sie zeigten keine so lange Geschichte. Es war, als habe Erlendur Einars Lebenslauf da aufgeschlagen, als er seine Frau kennen lernte. Er überlegte, ob die Bilder aus der Zeit stammten, als die beiden jung und verliebt waren. Sie waren durch Island gereist. Schienen in Hornstrandir gewesen zu sein. Þórsmörk. Herðubreiðarlindir. Manchmal waren sie mit Fahrrädern unterwegs. Manchmal mit einer Klapperkiste von Auto. Campingfotos. Erlendur folgerte, dass sie Mitte der achtziger Jahre aufgenommen worden waren.

Er blätterte rasch, legte das Album wieder weg und griff nach dem, was ihm das neueste zu sein schien. Darin sah er ein kleines Mädchen im Krankenbett. Sie hing am Tropf und hatte eine Sauerstoffmaske vor dem Gesicht. Sie hatte die Augen geschlossen und war von allen möglichen Geräten umgeben. Sie schien auf der Intensivstation zu liegen. Er zögerte einen Augenblick, bevor er weiterblätterte.

Erlendur schrak auf, als sein Handy auf einmal zu klingeln anfing. Er legte das Album weg, ohne es zu schließen. Es war Elín in Keflavík, und sie war sehr erregt.

»Er war heute Morgen bei mir«, sagte sie ohne Umschweife.

»Wer?«

»Der Bruder von Auður. Er heißt Einar. Ich habe versucht, dich zu erreichen. Er war heute Morgen bei mir und hat mir gesagt, wie sich das alles zugetragen hat, der Ärmste. Er hat seine Tochter genau wie Kolbrún verloren. Er wusste, woran Auður gestorben ist. Es ist eine Krankheit in Holbergs Familie.«

»Wo ist er jetzt?«, fragte Erlendur.

»Er war todunglücklich«, sagte Elín. »Er ist im Stande, etwas Verrücktes zu tun.«

»Was meinst du damit, etwas Verrücktes?«

»Er sagte, dass es zu Ende sei.«

»Was ist zu Ende?«

»Das hat er nicht gesagt, sondern nur, dass es zu Ende sei.«

»Weißt du, wo er hin ist?«

»Er sagte, er wolle zurück nach Reykjavík.«

»Nach Reykjavík? Wohin da?«

»Das hat er nicht gesagt«, antwortete Elín.

»Sprach er nicht darüber, was er vorhatte?«

»Nein«, sagte Elín. »Das hat er nicht gesagt. Du musst ihn finden, bevor er etwas Verrücktes tut. Er ist in einer grauenvollen Verfassung, der Ärmste. Das ist furchtbar. Einfach furchtbar. Herrgott, so was habe ich noch nie erlebt.«

»Was?«

»Er ist seinem Vater so ähnlich. Er ist Holberg wie aus

dem Gesicht geschnitten, der arme Mann, und kann damit nicht leben. Kann es einfach nicht. Nicht nachdem er erfahren hat, was Holberg seiner Mutter angetan hat. Er sagt, er sei ein Gefangener seines Körpers. Er sagt, dass Holbergs Blut in seinen Adern fließt und dass er das nicht ertragen kann.«

»Und was meint er damit?«

»Er scheint sich selbst zu hassen«, sagte Elín. »Er sagt, er ist nicht mehr der, der er war, sondern jemand anderer, und er gibt sich selbst die Schuld daran, wie alles gelaufen ist. Egal, was ich sagte, er hat nicht auf mich gehört.«

Erlendur schaute auf das Fotoalbum, auf das Mädchen im Krankenbett.

»Warum wollte er dich treffen?«

»Er wollte etwas über Auður wissen. Alles über Auður. Was für ein Mädchen sie war. Wie sie gestorben ist. Er sagte, ich sei seine neue Familie. Stell dir das einmal vor!«

»Wo kann er hingegangen sein?«, fragte Erlendur und schaute auf seine Armbanduhr.

»Um Gottes willen, versuch ihn zu finden, bevor es zu spät ist.«

»Wir tun unser Bestes«, sagte Erlendur und wollte das Gespräch beenden, aber er spürte ein Zögern bei Elín. »Was ist, war da noch etwas?«, fragte er.

»Er hat gesehen, wie ihr Auður ausgegraben habt«, sagte Elín.

»Hat er das beobachtet?«

»Er hatte da schon herausgefunden, wo ich wohne, ist mir zum Friedhof gefolgt und hat dann gesehen, wie ihr den Sarg aus dem Grab geholt habt.«

41

Erlendur verschärfte die Fahndung nach Einar. Fotos von ihm wurden auf den Polizierevieren in Reykjavík und Umgebung verteilt und in den größeren Orten auf dem Land; die Medien wurden benachrichtigt. Er ordnete an, dass der Mann nicht behelligt werden durfte. Falls er gesehen würde, sollte man Erlendur Bescheid geben, aber sonst nichts unternehmen. Er telefonierte kurz mit Katrín, die erklärte, nicht zu wissen, wo ihr Sohn sich befand. Ihre beiden älteren Söhne waren bei ihr. Sie wussten nichts von ihrem Bruder. Albert hatte sich den ganzen Tag auf seinem Zimmer im Hotel Esja aufgehalten. Er hatte nur zweimal telefoniert, beide Male mit seiner Firma.

»Was für eine gottverdammte Tragödie«, murmelte Erlendur auf dem Weg ins Büro. Sie hatten nichts in der Wohnung gefunden, was ihnen einen Hinweis auf Einars Aufenthaltsort geben konnte.

Der Tag verging, und sie teilten sich die Arbeit auf, Elinborg und Sigurður Óli sprachen mit Einars geschiedener Frau, während Erlendur zum Isländischen Genforschungszentrum ging. Der riesige Neubau stand am Vesturlandvegur, fünf Stockwerke, strenge Sicherheitskontrolle am Eingang. Zwei Sicherheitsbeauftragte nahmen Erlendur in der pompösen Eingangshalle in Empfang. Er hatte sich angemeldet, und die Direktorin hatte sich gezwungen gesehen, ihm einige Minuten ihrer kostbaren Zeit zur Verfügung zu stellen.

Die Direktorin war einer der Eigner des Unternehmens, eine Genetikerin, die ihre Ausbildung in England und in den USA absolviert hatte und Island als ideales Land für genetische Forschung im Interesse der Pharmaindustrie propagierte. Mit Hilfe der Datenbank war es möglich, sämtliche Krankenberichte aus dem ganzen Land an einem Ort zu sammeln und Informationen über den Gesundheitszustand der Nation zu erhalten, die auf der Suche nach schadhaften Genen von Nutzen sein konnten.

Die Direktorin empfing Erlendur in ihrem Büro. Eine Frau um die fünfzig, Karítas mit Namen, schlank und zart gebaut, schwarzhaarig, mit freundlichem Lächeln. Sie war kleiner, als Erlendur sie sich nach den Bildern im Fernsehen vorgestellt hatte. Sie empfing Erlendur liebenswürdig, verstand aber nicht, was die Kriminalpolizei in ihrem Unternehmen zu suchen hatte. Sie bot Erlendur einen Stuhl an. Während er die Gemälde an den Wänden betrachtete, sagte er ihr rundheraus, dass es Grund zu der Annahme gäbe, dass illegalerweise in die Datenbank eingebrochen worden sei und ihr Daten entnommen worden seien, die die betreffenden Individuen schädigen könnten. Er wusste selbst nicht ganz genau, wovon er eigentlich sprach, aber sie schien Bescheid zu wissen. Und zur Erleichterung von Erlendur kam sie direkt zur Sache. Er hatte Widerstand erwartet. Eine Verschwörung des Schweigens.

»Die Sache ist so brisant wegen der persönlichen Daten«, sagte sie sofort, als Erlendur geendet hatte, »und deswegen muss ich dich bitten, dass dies hier ausschließlich unter uns bleibt. Wir wissen seit geraumer Zeit, dass jemand illegalerweise in die Datenbank eingedrungen ist. Wir haben die Sache hier im Haus untersucht, und der Verdacht richtet sich auf einen bestimmten Biologen, mit dem wir aber noch nicht reden konnten, da er wie vom Erdboden verschwunden ist.«

»Einar?«

»Ja, genau. Wir sind noch dabei, die Datenbank aufzubauen, wenn man das so ausdrücken kann, aber wir wollen verständlicherweise nicht, dass es sich herumspricht, dass man den Code entschlüsseln und sie nach Belieben durchforsten kann. Das verstehst du. Obwohl sich diese Sache eigentlich nicht um den Code dreht.«

»Warum habt ihr nicht die Polizei hinzugezogen?«

»Wie ich bereits sagte, wollen wir das hausintern in den Griff kriegen. Die Sache ist ziemlich brisant für uns. Die Leute vertrauen uns, dass die Informationen, die in die Datenbank eingehen, nicht an die Öffentlichkeit gelangen oder zu zweifelhaften Zwecken verwendet oder schlicht und ergreifend gestohlen werden. Dir ist sicher klar, wie umstritten das in der Öffentlichkeit ist, und wir möchten eine Massenhysterie vermeiden.«

»Massenhysterie?«

»Es hat manchmal den Anschein, als sei die ganze Welt gegen uns.«

»Wenn er den Code geknackt hat, wieso dreht es sich dann nicht um den Verschlüsselungscode?«

»Unglaublich, wie du das darstellst, das klingt wie in einem billigen Roman. Nein, er hat keinen Code geknackt. Eigentlich nicht. Er ist anders vorgegangen.«

»Wie denn?«

»Er hat ohne Bevollmächtigung ein Forschungsprojekt eingerichtet. Er hat Unterschriften gefälscht. Meine beispielsweise. Er gab vor, dass das Unternehmen an den Vererbungslinien einer Tumorkrankheit arbeitete, die in Island in einigen Familien zu finden ist. Er hat das Datenschutzkomitee getäuscht, das eine Art Kontrollinstanz für die Datenbank ist. Er hat die Wissenschaftskommission getäuscht. Er hat uns alle hier getäuscht.«

Sie schwieg einen Augenblick und schaute auf ihre Armbanduhr, dann stand sie auf und ging zu ihrem Schreibtisch, um ihre Sekretärin anzurufen. Sie verschob eine Besprechung um zehn Minuten und setzte sich wieder zu Erlendur.

»Das Verfahren ist bislang so gelaufen«, sagte sie.

»Das Verfahren?«

Karítas blickt ihn nachdenklich an. Das Handy in Erlendurs Tasche begann zu klingeln, er entschuldigte sich und nahm das Gespräch an. Sigurður Óli war in der Leitung.

»Die Spurensicherung befasst sich mit Einars Wohnung in Stóragerði«, sagte er. »Ich habe dort angerufen, und sie haben so gesehen nichts gefunden, außer dass sich Einar vor zwei Jahren einen Waffenschein beschafft hat.«

»Waffenschein?«, wiederholte Erlendur.

»Der ist bei uns eingetragen. Aber das ist noch nicht alles. Er besitzt eine Schrotflinte, und unter seinem Bett haben wir den abgesägten Lauf gefunden.«

»Lauf?«

»Er hat den Lauf abgesägt.«

»Du meinst ...«

»Das machen die manchmal. Macht es einfacher, sich zu erschießen.«

»Glaubst du, dass andere in Gefahr sind?«

»Wenn wir ihn finden«, sagte Sigurður Óli, »müssen wir äußerst vorsichtig sein. Man kann nie wissen, was er mit dem Gewehr vorhat.«

»Er wird wohl kaum jemand damit umbringen wollen«,

sagte Erlendur, der aufgestanden war und Karítas den Rücken zugewendet hatte, um etwas für sich zu sein.

»Warum nicht?«

»Dann hätte er es schon längst benutzt«, sagte Erlendur leise. »Für Holberg. Glaubst du nicht?«

»Ich glaube gar nichts.«

»Bis später«, sagte Erlendur, stellte das Handy ab und entschuldigte sich noch einmal, bevor er sich wieder hinsetzte.

»Das Verfahren ist bislang so gewesen«, sagte Karítas, als ob nichts vorgefallen sei. »Wir beantragen bei diesen Kommissionen die Erlaubnis für wissenschaftliche Forschungsprojekte, wie im Falle Einars, zur Untersuchung einer erblich bedingten Krankheit. Wir bekommen eine codierte Namensliste derjenigen, die diese Krankheit haben oder mögliche Erbträger sind, und vergleichen das mit der verschlüsselten genealogischen Datenbank. Und daraus wird dann ein verschlüsselter Stammbaum.«

»Wie der Message-Tree«, sagte Erlendur.

»Wie bitte?«

»Ach nichts, mach nur weiter.«

»Die Datenschutzkommission entschlüsselt die Liste mit den Namen derjenigen, die wir untersuchen wollen, die so genannte Auswahlgruppe, sowohl die Kranken als auch die Anverwandten, und fertigt eine Teilnehmerliste mit Identifikationsnummern an. Verstehst du?«

»Und damit hatte Einar Namen und Identifikationsnummern sämtlicher Personen in Händen, die diese Krankheit haben, und das über Generationen zurück.«

Sie nickte.

»Und das läuft alles über die Datenschutzkommission?«

»Ich weiß nicht, wie tief du schürfen willst. Wir arbeiten

mit Ärzten an verschiedenen Institutionen zusammen. Sie leiten die Namen der Patienten an die Datenschutzkommission weiter, sie codiert Namen und Kennziffern und leitet sie an das Genforschungszentrum weiter. Wir haben ein spezielles Programm entwickelt, das die Kranken nach Stammbäumen und Verwandtschaft bündelt. Mit diesem Computerprogramm können wir die Patienten auswählen, die die meisten rechnerischen Informationen für die Suche nach genetischen Schwächen hergeben. Individuen aus dieser Gruppe werden dann gebeten, an dem Forschungsprojekt teilzunehmen. Der Wert von Genealogien liegt darin, dass wir erkennen können, ob die Krankheit erblich bedingt ist, und dass wir eine gute Gruppe auswählen können. Stammbaumforschung ist ein unschätzbares Hilfsmittel auf der Suche nach schadhaften Genen.«

»Einar brauchte also einzig und allein vorgeben, eine Projektgruppe zur Untersuchung zusammenzustellen, um die Geheimhaltung der Namen außer Kraft zu setzen, und das alles mit Unterstützung der Datenschutzkommission.«

»Er hat gelogen, betrogen und getäuscht, und deswegen ist es auch herausgekommen.«

»Ich verstehe, dass das problematisch für euch werden kann.«

»Einar ist einer unser leitenden Angestellten, und er gehört zu unseren führenden Wissenschaftlern auf diesem Gebiet. Ein hervorragender Mann. Warum hat er das getan?«, fragte die Direktorin.

»Er hat seine Tochter verloren«, sagte Erlendur. »Hast du das nicht gewusst?«

»Nein«, sagte sie und starrte Erlendur an.

»Wie lange arbeitet er schon hier?«

»Seit zwei Jahren.«

»Das passierte schon etwas früher.«

»Und wie hat er seine Tochter verloren?«

»Sie starb an einer erblichen Nervenkrankheit. Er war der Erbträger, obwohl mütterlicherseits und väterlicherseits die Krankheit nirgendwo in der Familie war.«

»Falsche Vaterschaftsangabe?«, fragte sie.

Erlendur antwortete ihr nicht. Er fand, dass er genug gesagt hatte.

»Das ist natürlich eins der Probleme, wenn wir eine genealogische Datenbank dieser Art zusammenstellen«, sagte sie. »Die Krankheiten verschwinden auf einmal wie zufällig aus einem Stammbaum und erscheinen plötzlich da, wo man sie am wenigsten erwartet.«

Erlendur stand auf.

»Und ihr bewahrt alle diese Geheimnisse auf«, sagte er. »Alte Familiengeheimnisse. Tragik, Trauer und Tod, alles ordentlich registriert in den Computern. Familiengeschichten und Geschichten von Individuen. Geschichten von dir und mir. Bewahrt alle Geheimnisse auf und könnt sie abrufen, wenn es euch passt. Ein Gläserpalast für die ganze Nation.«

»Ich habe keine Ahnung, wovon du sprichst«, sagte Karítas. »Gläserpalast?«

»Nein, natürlich nicht«, sagte Erlendur und verabschiedete sich.

42

Als Erlendur abends nach Hause kam, hatte man noch immer keine Spur von Einar. Seine ganze Familie war im Haus der Eltern versammelt. Albert hatte am Nachmittag aus dem Hotel ausgecheckt und war nach einem gefühlsgeladenen Telefongespräch mit Katrín nach Hause gekommen. Dort waren die beiden älteren Söhne mit ihren Frauen, und auch Einars frühere Frau hatte sich eingefunden. Elinborg und Sigurður Óli hatten im Verlauf des Tages mit ihr gesprochen, aber sie sagte, sie habe keine Vorstellung, wo Einar sich aufhalten könne. Sie habe seit einem halben Jahr nichts von ihm gehört.

Eva Lind kam kurz nach Erlendur nach Hause, und er berichtete ihr von der Ermittlung. Die Fingerabdrücke, die man in Holbergs Wohnung gefunden hatte, stimmten überein mit den Fingerabdrücken, die in der Wohnung in Stóragerði genommen worden waren.

Erlendur berichtete Eva Lind ebenfalls von Grétar. Die einzig wahrscheinliche Theorie über sein Verschwinden und seinen Tod war die, dass Grétar Holberg auf irgendeine Weise erpresst hatte, wahrscheinlich mit Fotos. Es war unklar, was genau darauf zu sehen gewesen war, aber verglichen damit, was sonst alles vorlag, fand Erlendur es nicht unwahrscheinlich, dass Grétar von Holbergs Vorgehen, vielleicht sogar bei Vergewaltigungen Aufnahmen gemacht hatte, von denen sie nichts wussten und die höchstwahrscheinlich jetzt auch nicht mehr zum Vorschein kommen würden. Das Foto von Auðurs Grabstein deutete darauf hin, dass Grétar gewusst hatte, was passiert war, womöglich sogar als Zeuge hätte auftreten können. Er hatte Informationen über Holberg gesammelt, vermutlich um Geld von ihm zu erpressen.

Sie sprachen fast den ganzen Abend darüber, während der Regen an die Fenster klatschte und die Herbstwinde heulten. Sie fragte ihn, warum er sich immer die Brust massierte. Erlendur erzählte ihr von dem Schmerz, den er in der Brust verspürte. Er schob das auf seine alte Matratze, aber Eva Lind befahl ihm, zum Arzt zu gehen. Er wies den Gedanken von sich.

»Was meinst du damit, dass du nicht zum Arzt gehen willst?«, fragte sie, und Erlendur bereute sofort, ihr von dem Schmerz erzählt zu haben.

»Das ist doch gar nichts«, sagte er.

»Wie viele hast du heute geraucht?«

»Was soll denn das?«

»Hör mal, du hast Schmerzen in der Brust, rauchst wie ein Schlot und bewegen tust du dich höchstens im Auto, du ernährst dich von frittiertem Zeugs und weigerst dich, das mal durchchecken zu lassen! Und mich kannst du dermaßen mit Standpauken anmachen, dass man deinetwegen heult wie ein Säugling. Findest du das normal? Tickst du eigentlich noch ganz richtig?«

Eva Lind war aufgestanden und stand wie eine Rachegöttin über ihrem Vater, der sich nicht traute, zu ihr aufzuschauen, sondern kleinlaut vor sich hin starrte.

Himmlischer Vater, dachte er bei sich.

»Also gut, ich lass das untersuchen.«

»Lass das untersuchen! Und ob du das untersuchen lässt!«, rief Eva Lind. »Das hättest du schon lange tun sollen. Feigling.«

»Gleich morgen«, sagte er und schaute seine Tochter an.

»Na also«, sagte sie.

Erlendur war kurz davor einzuschlafen, als das Telefon klingelte. Es war Sigurður Óli, der ihm mitteilte, dass der Polizei ein Einbruch in das Leichenschauhaus am Barónsstígur gemeldet worden sei.

»Das Leichenschauhaus am Barónsstígur«, wiederholte Sigurður Óli, als er keine Reaktion von Erlendur bekam.

»Verflucht noch mal«, stöhnte Erlendur. »Und?«

»Keine Ahnung«, sagte Sigurður Óli. »Die Meldung ging gerade erst ein. Sie haben mich angerufen, und ich sagte, ich würde es an dich weiterleiten. Sie haben keine Ahnung, warum dort eingebrochen wurde. Gibt es da was anderes als Leichen?«

»Wir treffen uns dort«, sagte Erlendur. »Sieh zu, dass auch der Gerichtsmediziner dort erscheint«, fügte er hinzu und legte auf.

Eva Lind war im Wohnzimmer eingeschlafen. Er zog sich den Mantel an, setzte den Hut auf und schaute zur Uhr. Es war schon Mitternacht. Er machte die Tür vorsichtig hinter sich zu, um seine Tochter nicht zu wecken, beeilte sich die Treppe hinunter und ins Auto.

Als er zum Leichenschauhaus kam, standen drei Streifenwagen mit blinkendem Blaulicht davor. Er erkannte auch das Auto von Sigurður Óli, und in dem Moment, wo Erlendur das Haus betrat, sah er, wie der Gerichtsmediziner mit quietschenden Reifen um die Ecke fuhr. Die Miene des Arztes war nicht gerade einladend. Erlendur hastete einen langen Gang entlang, an dessen Ende die Polizisten und Sigurður Óli standen, der gerade aus dem Obduktionsraum herausgekommen war.

»Soweit man sehen kann, fehlt nichts«, sagte Sigurður Óli, als er Erlendur den Gang entlang stürmen sah.

»Sag mir, was passiert ist«, sagte Erlendur und ging mit

ihm in den Obduktionsraum zurück. Die Tische waren leer, alle Schränke verschlossen, und nichts in dem Raum deutete auf einen Einbruch hin.

»Hier waren überall Spuren auf dem Fußboden, die sind aber jetzt zum großen Teil ausgetrocknet. Das Haus ist an ein Alarmsystem angeschlossen, sodass es in der Sicherheitszentrale klingelt, und von da aus hat man vor ungefähr einer Viertelstunde bei uns angerufen. Es hat den Anschein, als ob der Einbrecher hier hinten am Haus eine Scheibe eingeschlagen hat und von da aus an die Verriegelung rankam. Nicht sehr schwierig. Im gleichen Augenblick, als er eintrat, reagierten die Sensoren. Er hatte nicht viel Zeit, um seine Aktion durchzuführen.«

»Auf jeden Fall genug«, sagte Erlendur. Der Gerichtsmediziner war zu ihnen getreten und augenscheinlich sehr erregt.

»Wer zum Teufel bricht in ein Leichenschauhaus ein?«, knurrte er.

»Wo sind die Leichen von Holberg und Auður?«, fragte Erlendur. Der Gerichtsmediziner schaute Erlendur an.

»Steht das in Verbindung zu dem Mord an Holberg?«, fragte er.

»Kann sein«, sagte Erlendur. »Und jetzt dalli.«

»Die Leichen werden hier drinnen aufbewahrt«, sagte der Arzt, und sie folgten ihm zu einer Tür, die er öffnete.

»Werden diese Türen nie abgeschlossen?«, fragte Sigurður Óli.

»Wer stiehlt denn Leichen?«, stieß der Arzt hervor, der abrupt innehielt, als er in den Raum blickte.

»Was ist los?«, fragte Erlendur.

»Das Mädchen ist weg«, sagte der Arzt, der seinen eigenen Augen nicht zu trauen schien. Er durchquerte schnell den Raum, öffnete eine kleine Kammer dahinter und machte Licht.

»Was?«, fragte Erlendur.

»Ihr Sarg ist ebenfalls weg«, sagte der Arzt. Er schaute abwechselnd zu Erlendur und Sigurður Óli. »Wer macht denn so was? Wer denkt sich so was Perverses aus?«

»Er heißt Einar«, sagte Erlendur. »Und das ist überhaupt nicht pervers!«

Er drehte sich auf dem Absatz um. Sigurður Óli folgte ihm auf den Fersen, und schnellen Schritts verließen sie das Leichenschauhaus.

43

Auf der Straße nach Keflavík war in dieser Nacht wenig Verkehr, und Erlendur fuhr, was sein zehn Jahre altes japanisches Kleinauto hergab. Der Regen klatschte auf die Windschutzscheibe, sodass die Scheibenwischer nicht dagegen ankamen. Erlendur erinnerte sich an seine Fahrt nach Keflavík vor ein paar Tagen, als er auf dem Weg zu Elín war. Es war wirklich so, als würde der Regen nicht aufhören wollen.

Er hatte Sigurður Óli angewiesen, sich mit der Polizei in Keflavík in Verbindung zu setzen. Sie sollten sich dort in Alarmbereitschaft halten und dafür sorgen, dass Verstärkung aus Reykjavík käme. Auch Einars Mutter sollte über den Stand der Dinge informiert werden. Er selbst hatte vor, direkt zum Friedhof zu fahren, weil er damit rechnete, dass Einar mit den sterblichen Überresten von Auður dort sein würde. Er konnte sich nichts anderes vorstellen, als dass Einar seine Schwester wieder der Erde zurückgeben wollte.

Als Erlendur am Tor des Friedhofs in Sandgerði vorfuhr, sah er Einars Auto. Die Fahrertür stand offen, und auch eine von den hinteren Türen. Erlendur schaltete den Motor aus, stieg aus in den Regen und untersuchte Einars Auto. Er richtete sich auf und horchte, aber er hörte nichts als den Regen, der jetzt senkrecht fiel. Es war Windstille, und er schaute zum schwarzen Himmel hoch. In der Ferne sah er ein Licht über dem Kirchenportal, und er bemerkte einen Lichtschimmer beim Grab von Auður.

Es glaubte zu sehen, wie sich dort etwas bewegte.

Und den kleinen, weißen Sarg.

Er ging vorsichtig los und schlich sich lautlos näher hin zu dem Mann, von dem er glaubte, dass es Einar war. Der Lichtschein kam von einer starken Gaslaterne, die neben dem Sarg stand. Erlendur trat langsam in den Lichtkegel, und der Mann nahm ihn wahr. Er blickte auf und schaute Erlendur in die Augen.

Erlendur hatte Fotos von Holberg in jungen Jahren gesehen, und die Ähnlichkeit war sehr groß. Einars Stirn war niedrig und ein wenig gewölbt, die Augenbrauen dicht, die Augen lagen eng beieinander; in dem hageren Gesicht traten die Wangenknochen deutlich hervor, und die Zähne standen ein klein wenig vor. Die Nase war schmal, die Lippen ebenfalls, aber das Kinn war kräftig und der Hals lang.

Sie blickten einander geraume Zeit in die Augen.

»Wer bist du?«, fragte Einar.

»Ich bin Erlendur. Holberg ist mein Fall.«

»Wunderst du dich, wie ähnlich ich ihm bin?«, fragte Einar.

»Es gibt eine gewisse Ähnlichkeit«, sagte Erlendur.

»Du weißt, dass er meine Mutter vergewaltigt hat«, sagte Einar.

»Das ist nicht deine Schuld«, sagte Erlendur.

»Er war mein Vater.«

»Das ist auch nicht deine Schuld.«

»Das hier hättest du nicht tun sollen«, sagte Einar und zeigte auf den Sarg.

»Ich sah mich dazu gezwungen«, sagte Erlendur. »Ich kam zu dem Ergebnis, dass Auður an derselben Krankheit gestorben ist wie deine Tochter.«

»Ich bringe sie wieder an ihren Platz zurück«, sagte Einar.

»Das ist in Ordnung«, sagte Erlendur und näherte sich dem Sarg. »Du willst bestimmt das hier mit im Grab haben.« Erlendur stellte die schwarze Ledertasche hin, die er im Auto aufbewahrt hatte, seit er beim Sammler gewesen war.

»Was ist das?«, fragte Einar.

»Die Krankheit«, sagte Erlendur.

»Ich verstehe nicht ...«

»Dies ist eine Organprobe von Auður. Ich finde, sie sollte hier sein.«

Einar schaute abwechselnd auf die Tasche und auf Erlendur, unsicher, wie er darauf reagieren sollte. Erlendur trat noch näher an den Sarg, der zwischen ihnen stand. Er stellte die Tasche auf den Sarg und trat dann ruhig wieder zurück an die Stelle, wo er gestanden hatte.

»Ich möchte eingeäschert werden«, sagte Einar plötzlich.

»Du hast noch dein ganzes Leben, um das in die Wege zu leiten«, sagte Erlendur.

»Genau, mein Leben«, sagte Einar und erhob die Stimme. »Was ist das? Was ist ein Leben, wenn es nur sieben Jahre dauert? Kannst du mir das sagen? Was für ein Leben ist das?«

»Ich kann dir das nicht sagen«, sagte Erlendur. »Hast du das Gewehr bei dir?«

»Ich habe mit Elín gesprochen«, sagte Einar und beantwortete die Frage nicht. »Das weißt du wahrscheinlich. Wir haben über Auður gesprochen. Meine Schwester. Ich wusste von ihr, aber dass sie meine Schwester war, habe ich erst später erfahren. Ich habe zugeschaut, wie ihr sie aus dem Grab geholt habt. Ich habe Elín gut verstanden, als sie sich auf dich stürzte.«

»Wieso wusstest du von Auður?«

»Durch die Datenbank. Ich habe die gefunden, die an dieser spezifischen Krankheit gestorben sind. Da wusste ich aber noch nicht, dass ich Holbergs Sohn bin und dass Auður meine Schwester ist. Das habe ich erst später herausbekommen. Wie ich gezeugt wurde. Als ich Mama gefragt habe.«

Er schaute Erlendur an.

»Nachdem ich herausgefunden hatte, dass ich Erbträger bin.«

»Wie hast du Holberg und Auður in Verbindung gebracht?«

»Durch die Krankheit. Diese Variante. Ein Hirntumor ist etwas Seltenes.«

Einar verstummte eine Weile, aber dann begann er zu erzählen. Er berichtete ohne Schnörkel und ohne jegliche Sentimentalität. Es war, als hätte er sich darauf vorbereitet, einen Bericht über seine Handlungen abgeben zu müssen. Er sprach die ganze Zeit sehr leise, und ab und zu sank die

Stimme zu einem Flüstern hinab. Das hohle Geräusch des auf den Sarg prasselnden Regens wurde in die nächtliche Stille hinausgetragen.

Er berichtete davon, wie seine Tochter im Alter von vier Jahren urplötzlich erkrankte. Es erwies sich als schwierig, die Krankheit zu diagnostizieren, und es vergingen Monate, bis die Ärzte zu dem Ergebnis kamen, dass es sich um eine seltene Nervenkrankheit handelte. Man glaubte, dass diese Krankheit erbbedingt und an bestimmte Familien gebunden war, aber das Merkwürdige war, dass es diese Krankheit weder in der Familie der Mutter noch der des Vaters gab. Das war eine Abweichung, die die Ärzte sich kaum zu erklären wussten, höchstens mit einer Mutation.

Ihnen wurde gesagt, dass die Krankheit im Gehirn angesiedelt sei und innerhalb von wenigen Jahren zum Tode führen konnte. Damit begann eine Zeit, von der Einar sagte, er könne sie nicht beschreiben.

»Hast du Kinder?«, fragte er stattdessen.

»Zwei«, sagte Erlendur. »Einen Jungen und ein Mädchen.«

»Wir hatten nur sie«, sagte er. »Und wir haben uns getrennt, als sie nicht mehr war. Es gab irgendwie nichts, was uns zusammenhielt, außer Trauer, Erinnerungen und der Kampf im Krankenhaus. Als der vorüber war, schien unser Leben auch vorüber zu sein. Da war einfach nichts mehr.«

Einar schwieg eine Weile und schloss die Augen, als ob er schlafen wolle. Der Regen lief ihm über das Gesicht.

»Ich war einer der ersten Mitarbeiter bei dem neuen Unternehmen«, sagte er dann. »Als wir die Genehmigung für die Datenbank bekamen und mit der Arbeit anfingen, bin ich quasi zu neuem Leben erwacht. Ich konnte mich nicht mit der Antwort der Ärzte abfinden. Ich musste Erklärungen suchen. Mein Interesse, herauszufinden, wie diese Krankheit in meine Tochter gekommen war, erwachte wieder. Die medizinische Datenbank ist mit einer riesigen genealogischen Datenbank vernetzt. Wenn man weiß, wonach man zu suchen hat und den Verschlüsselungscode kennt, dann kann man sehen, wie die Krankheit Vererbungslinien bildet, die man am Stammbaum ablesen kann. Man kann auch die Abweichungen ablesen. Abweichungen wie mich. Und Auður.«

»Ich habe mit Karítas beim Genforschungszentrum gesprochen«, sagte Erlendur, der Zeit gewinnen wollte, um an Einar heranzukommen. »Sie hat mir deine Täuschungsmanöver erklärt. Das ist ziemlich neu für uns. Man versteht nicht ganz genau, was man mit diesen gesammelten Informationen alles machen kann. Was sie beinhalten und was man von ihnen ablesen kann.«

»Der Verdacht war mir schon lange gekommen. Die Ärzte meiner Tochter vertraten die Theorie, dass die Krankheit erblich ist. Erst habe ich gedacht, dass ich vielleicht ein Adoptivkind bin, und das wäre wahrhaftig besser gewesen. Dass sie mich adoptiert hätten. Dann habe ich Mama verdächtigt. Ich brachte sie dazu, mir eine Blutprobe zu geben. Papa auch. Nichts zu finden bei beiden. Aber in mir war es.«

»Aber du hast keine Symptome?«

»Fast keine«, sagte Einar. »Auf dem rechten Ohr habe ich das Gehör fast ganz verloren. Eine Geschwulst am Hörnerv. Gutartig. Und dann habe ich auch die Flecken auf der Haut.«

»Kaffeeflecken?«

»Du hast dich da eingelesen. Ich hätte durch genetische

Veränderungen die Krankheit bekommen können. Mutation. Ich fand aber eine andere Erklärung wahrscheinlicher. Zum Schluss hatte ich einige Männer beisammen, mit denen Mama möglicherweise in Verbindung gestanden haben könnte. Holberg war einer von ihnen. Mama sagte mir gleich, wie alles zugegangen war, als ich mit meinem Verdacht zu ihr ging. Wie sie die Vergewaltigung verschwiegen hatte und dass ich nicht unter meiner Abstammung gelitten hätte. Ganz im Gegenteil. Ich bin der jüngste Sohn«, sagte er zur Erklärung. »Das Nesthäkchen.«

»Ich weiß«, sagte Erlendur.

»Was für Enthüllungen!«, rief Einar in die nächtliche Stille hinaus. »Ich bin nicht der Sohn meines Vaters; mein Vater hat meine Mutter vergewaltigt; ich bin der Sohn eines Vergewaltigers; er hat mir ein krankes Gen vererbt, das mich kaum betrifft, aber den Tod meiner Tochter verursacht hat; ich hatte eine Halbschwester, die an derselben Krankheit gestorben ist. Ich habe es immer noch nicht ganz begriffen, ich habe es immer noch nicht richtig realisiert. Als Mama mir von Holberg erzählte, kam ein solcher Zorn in mir hoch, und ich habe ganz einfach die Kontrolle über mich verloren. Er war ein widerwärtiger Mensch.«

»Du hast damit angefangen, ihn anzurufen.«

»Ich wollte seine Stimme hören. Möchten nicht alle Vaterlosen ihren Vater treffen?«, fragte Einar, und ein Lächeln spielte um seine Lippen.

»Auch wenn es nur ein einziges Mal ist.«

44

Der Regen hatte allmählich nachgelassen, und endlich hörte er ganz auf. Der Schein der Gaslaterne beleuchtete den Boden und das Regenwasser, das in kleinen Rinnsalen über die Pfade zwischen den Gräbern lief. Sie standen einander reglos gegenüber, den Sarg zwischen sich, und blickten einander in die Augen.

»Er muss sich erschrocken haben, als er dich sah«, sagte Erlendur schließlich. Er wusste, dass die Polizei unterwegs zum Friedhof war, und wollte diese Zeit nutzen, die er mit Einar allein war, bevor es losging. Er wusste auch, dass Einar bewaffnet sein konnte. Er sah die Schrotflinte nicht, aber es war nicht auszuschließen, dass er sie bei sich trug. Einar hielt die eine Hand unter dem Mantel.

»Du hättest seinen Gesichtsausdruck sehen sollen«, sagte Einar. »Es war, als sähe er einen Spuk aus alten Zeiten, und dieser Spuk war er selber.«

Holberg stand an der Tür und blickte auf den jungen Mann, der geklingelt hatte. Er hatte ihn nie zuvor gesehen, erkannte aber gleich die Ähnlichkeit.

»Hallo, Papa«, sagte Einar höhnisch. Er konnte seine Wut nicht verhehlen.

»Wer bist du?«, fragte Holberg, dem sein Erstaunen anzumerken war.

»Na, dein Sohn doch«, sagte Einar.

»Was soll das ... Hast du immer bei mir angerufen? Lass mich gefälligst in Ruhe. Ich kenne dich überhaupt nicht. Du bist eindeutig nicht bei Trost!«

Sie waren etwa von gleicher Größe. Einar war am meisten überrascht darüber, wie alt und kränklich Holberg aussah. Wenn er sprach, hörte man tief in der Kehle die rasselnden Geräusche eines langjährigen Rauchers. Er hatte einen bräunlichen Teint, grobe Züge und dunkle Ringe unter den Augen, und das graue Haar klebte dicht am Kopf. Die Haut war lederig, die Fingerkuppen gelb. Die Schultern waren ein wenig gebeugt, die Augen farblos und stumpf. Holberg wollte die Tür zumachen, aber Einar war stärker und schob ihn mit der Tür in den Flur. Er betrat die Wohnung und machte die Tür zu. Er verspürte sofort den Geruch. Wie von Pferden, aber viel schlimmer.

»Was bewahrst du hier auf?«, sagte Einar.

»Verschwinde auf der Stelle«, Holbergs Stimme überschlug sich fast, als er Einar anschrie und rückwärts ins Wohnzimmer zurückwich.

»Ich habe das gute Recht, hier zu sein«, sagte Einar und blickte sich um, sah den Bücherschrank und den Computer in der Ecke. »Ich bin dein Sohn. Der verlorene Sohn. Darf ich dich etwas fragen, Papa? Hast du noch mehr Frauen als Mama vergewaltigt?«

»Ich rufe die Polizei.« Das Rasseln wurde stärker, weil er aufgeregt war.

»Das ist schon lange überfällig«, sagte Einar, und Holberg zögerte.

»Was willst du von mir?«, sagte er.

»Du hast keinen blassen Schimmer, was geschehen ist, und es geht dich nichts an. Könnte dir nicht gleichgültiger sein. Das stimmt doch, oder?«

»Diese Ähnlichkeit«, sagte Holberg, ohne den Satz zu beenden. Er blickte aus farblosen Augen auf Einar und betrachtete ihn eine ganze Weile, bis er begriffen hatte, was Einar sagte, dass er sein Sohn sei. Einar sah, wie er zauderte. Sah, wie er sich den Kopf über das zerbrach, was Einar gesagt hatte.

»Ich habe nie in meinem Leben jemanden vergewaltigt«, sagte Holberg endlich. »Das sind alles verdammte Lügen. Sie haben behauptet, dass ich eine Tochter in Keflavík hätte, und ihre Mutter hat mich wegen Vergewaltigung angezeigt, aber das konnte sie nie beweisen. Ich bin nicht verurteilt worden.«

»Weißt du, was aus deiner Tochter wurde?«

»Ich glaube, das Mädchen ist jung gestorben. Ich hatte nie Verbindung zu ihr oder ihrer Mutter. Das müsstest du eigentlich verstehen. Sie hat mich wegen Vergewaltigung angezeigt!«

»Gibt es nicht in deiner Familie viele Kinder, die früh gestorben sind?«, fragte Einar.

»Wovon redest du eigentlich?«

»Sind Kinder in deiner Familie gestorben?«

»Was ist hier eigentlich los?«

»Ich weiß von einigen Fällen in diesem Jahrhundert. Einer davon war deine Schwester.«

Holberg starrte Einar an.

»Was weißt du über meine Familie? Woher ...?«

»Dein Bruder. Zwanzig Jahre älter als du. Ist vor etwa fünfzehn Jahren gestorben. Verlor seine kleine Tochter 1941. Du warst elf Jahre alt. Ihr wart nur zwei Brüder, zwischen euch war ein großer Altersunterschied.«

Holberg schwieg weiterhin, und Einar fuhr fort.

»Die Krankheit hätte mit dir verschwinden sollen. Du hättest der letzte Erbträger sein sollen. Du warst der letzte in der Reihe. Unverheiratet. Kinderlos. Keine Familie. Aber du widerliches Schwein hast vergewaltigt. Vergewaltigt!«

Einar machte eine Pause und schaute Holberg hasserfüllt an.

»Und jetzt bin ich der letzte Erbträger.«

»Wovon sprichst du eigentlich?«

»Auður bekam diese Krankheit von dir. Meine Tochter bekam sie von mir. So einfach ist das. Ich habe das alles in der Daten-

bank herausgefunden. In dieser Familie sind keine Fälle dieser Art mehr aufgetreten, seit Auður gestorben ist, sieht man von meiner Tochter ab. Wir sind die letzten.«

Einar trat einen Schritt näher, griff nach dem schweren Aschenbecher und wog ihn in der Hand.

»Und jetzt soll es enden«, sagte er.

»Ich bin nicht mit dem Vorsatz zu ihm gegangen, ihn zu töten«, sagte Einar. »Er muss sich aber in großer Gefahr gewähnt haben. Ich weiß nicht, warum ich den Aschenbecher genommen habe. Vielleicht wollte ich damit nach ihm werfen. Vielleicht wollte ich ihn angreifen. Er kam mir zuvor. Griff mich an und packte mich am Hals, aber ich schlug ihm den Aschenbecher an den Kopf, und er ging zu Boden. Das war ein reiner Reflex. Ich war wütend, und ich hätte ihn auch angreifen können. Ich hatte überlegt, wie unsere Begegnung enden könnte, aber das hatte ich mir nie vorgestellt. Er knallte mit dem Kopf auf den Tisch und dann auf den Boden, und es fing an zu bluten. Als ich mich zu ihm niederbeugte, wusste ich, dass er tot war. Ich habe mich umgeschaut, den Schreibblock und einen Bleistift gesehen, und dann habe ich darauf geschrieben, dass ich er bin. Das war das Einzige, woran ich denken konnte, von dem Moment an, als ich ihn in der Tür gesehen hatte. Dass ich dieser Mann bin. Und dass dieser Mann mein Vater ist.«

Einar blickte in das offene Grab hinunter.

»Da ist Wasser drin«, sagte er.

»Das kriegen wir schon geregelt«, sagte Erlendur. »Wenn du ein Gewehr bei dir hast, solltest du es mir geben.« Erlendur trat näher, aber das schien Einar egal zu sein.

»Kinder sind Philosophen«, sagte er. »Meine Tochter fragte mich einmal im Krankenhaus, warum haben wir Augen? Ich sagte, damit wir sehen können.«

Einar schwieg eine Weile.

»Sie korrigierte mich«, sagte er dann wie zu sich selbst.

Er blickte auf Erlendur.

»Sie sagte, damit wir weinen können.«

Und dann schien es, als habe er einen Entschluss gefasst.

»Wer bist du, wenn du nicht du selber bist?«

»Nur ruhig«, sagte Erlendur.

»Wer bist du?«

»Das kommt schon alles wieder in Ordnung.«

»Ich wollte nicht, dass es so kommt, aber jetzt ist es zu spät.«

Erlendur begriff nicht, was er sagte.

»Jetzt ist es vorbei.«

Erlendur schaute ihn im schwachen Licht der Gaslaterne an.

»Jetzt endet es hier«, sagte Einar.

Erlendur sah, wie er das Gewehr unter dem Mantel hervorzog, es zuerst auf Erlendur richtete, der ihm näher gekommen war. Erlendur hielt inne. Plötzlich drehte Einar den Lauf und richtete ihn auf sein Herz. Das machte er blitzschnell. Erlendur setzte sich in Bewegung und rief Einars Namen. Der grelle Knall zerriss die nächtliche Stille auf dem Friedhof. Erlendur konnte einen Augenblick nichts hören. Er warf sich auf Einar, und sie gingen beide zu Boden.

45

Manchmal war ihm zumute, als sei sein Leben verödet, als sei nur noch sein Körper übrig und blicke mit leeren Augen ins Schwarze.

Erlendur stand am Rand des Grabes und blickte auf Einar nieder, der neben dem kleinen Grab lag. Er nahm die Gaslaterne, leuchtete nach unten und sah, dass Einar tot war. Er stellte die Laterne ab und begann, den Sarg in die Erde zu senken. Zunächst öffnete er ihn, stellte den Glaskrug hinein und schloss den Deckel wieder. Es war schwierig für ihn, den Sarg ganz allein hinunterzulassen, aber es gelang ihm schließlich. Er fand eine Schaufel, die bei dem Erdhaufen liegen geblieben war. Nachdem er das Zeichen des Kreuzes über dem Sarg gemacht hatte, begann er zu schaufeln, und es tat ihm weh, wenn die schwere Erde mit dunklem, hohl klingendem Ton aufprallte.

Erlendur nahm den weißen Lattenzaun, der halb kaputt beim Grab lag, und versuchte mit aller Kraft, den Grabstein wieder aufzurichten.

Er war fast fertig damit, als er die ersten Autos hörte und Rufe von Menschen, die auf den Friedhof eilten. Er hörte, wie Sigurður Óli und Elinborg abwechselnd nach ihm riefen. Er vernahm Stimmengewirr von Frauen und Männern, die von den Autoscheinwerfern angestrahlt wurden, sodass ihre Schatten in der Dunkelheit riesig erschienen. Er sah die Lichtkegel von Taschenlampen, die immer zahlreicher wurden und sich ihm näherten.

Er sah, dass Katrín auch dabei war, und kurz darauf bemerkte er Elín. Katrín sah ihn fragend an. Als ihr klar wurde, was passiert war, warf sie sich weinend über Einar und nahm ihn in die Arme. Er versuchte nicht, sie daran zu hindern. Er bemerkte, dass Elín bei ihr niederkniete.

Er hörte, wie Sigurður Óli fragte, ob mit ihm alles in Ordnung sei, und wie Elinborg das Gewehr aufhob, das auf den Boden gefallen war. Er sah noch mehr Polizisten herankommen und die Blitze von Kameras in der Ferne.

Er blickte auf. Es hatte wieder angefangen zu regnen, aber irgendwie schien ihm der Regen jetzt sanfter zu sein.

Einar wurde an der Seite seiner Tochter auf dem Friedhof in Grafarvogur beerdigt. Die Beerdigung fand in aller Stille statt.

Erlendur blieb in Verbindung mit Katrín. Er berichtete ihr von der Begegnung zwischen Einar und Holberg. Erlendur sprach von Notwehr, doch Katrín wusste, dass er versuchte, sie zu trösten. Er wusste, wie es ihr ging.

Es regnete immer noch weiter, aber es stürmte nicht mehr. Bald würde der Winter einsetzen, mit Frost und Dunkelheit. Erlendur graute es nicht mehr davor.

Weil seine Tochter so hartnäckig blieb, ging Erlendur endlich zum Arzt. Der stellte fest, dass die Schmerzen von den Bandscheiben herrührten, was wohl auf eine schlechte Matratze und zu wenig Bewegung zurückzuführen sei.

Eines Tages fragte Erlendur Eva Lind über dampfender Fleischsuppe, ob er den Namen des Kindes wählen dürfte, falls es ein Mädchen würde. Sie sagte, sie habe schon auf seine Vorschläge gewartet.

»Wie willst du sie nennen?«, fragte sie.

Erlendur schaute sie an.

»Auður«, sagte er. »Ich finde, es wäre schön, sie Auður zu nennen.«

NACHWORT

von Coletta Bürling

Rund 350.000 Menschen, etwa 3,5 Einwohner pro Quadratkilometer, leben auf Island. Man fragt sich, ob Isländer es sich angesichts solcher Zahlen überhaupt leisten können, sich gegenseitig zu dezimieren; diese extremste Form aller zwischenmenschlichen Beziehungen steht jedoch in uralter Tradition, denn schon in den mittelalterlichen isländischen Sagas hat man sich auf derartige Aktivitäten verstanden. Der Homo islandicus unterscheidet sich diesbezüglich kaum von seinen Art- bzw. Zeitgenossen in vielbevölkerten Ländern. Insofern ist es eigentlich schon mehr als überfällig, dass Island sich einen Platz auf der Weltkarte der Kriminalliteratur erobert.

Der Schauplatz des Mordes in diesem Krimi ist das Reykjavíker Stadtviertel Nordermoor. Wie der Name besagt, ist es ein ehemaliges Sumpfgebiet, das trockengelegt wurde.

Die Menschen auf diesem europäischen Außenposten haben eine unkomplizierte Weise miteinander umzugehen. Jeder duzt jeden. Nachnamen sind (mit einigen wenigen Ausnahmen) unüblich, jeder neue Erdenbürger wird nach dem Vater (bzw. heute in Zeiten der Gleichberechtigung wahlweise auch nach der Mutter) benannt. Wenn Erlendur Sveinsson so etwas wie einen Nachnamen zu haben scheint, so bedeutet das lediglich, dass sein Vater Sveinn hieß. Eva Lind ist die Tochter von Erlendur, also Erlendsdóttir. Wer auch immer die Gelegenheit hat, nach Island zu reisen, sollte sich spaßeshalber das isländische Telefonbuch vorknöpfen. Dort findet man den Autor Arnaldur Indriðason nämlich unter dem Buchstaben A, nicht I, und die Übersetzerin unter C wie Coletta.

Die isländische Sprache ist ein Unikum unter den germanischen Sprachen. Sie ist sozusagen stehengeblieben auf der Stufe das Althochdeutschen, es gibt so gut wie keine Fremdwörter, und selbst bis ins Computerzeitalter hinein haben die Isländer an einem Alphabet von 32 Buchstaben festgehalten. Dem Leser werden nicht zuletzt die urtümlichen Buchstaben wie **Þ** (ausgesprochen wie das ›th‹ in englisch ›thing‹) oder **ð** (ausgesprochen wie im englischen Artikel ›the‹) auffallen.

Auch historisches Traditionsbewusstsein spielt eine Rolle. Der Ort Þingvellir (= Thingebenen) wird mehrfach wie selbstverständlich eingeflochten. An diesem landschaftlich eindrucksvollen Ort gründeten die ersten Siedler im Jahre 930 das älteste noch existierende Parlament der Welt, das Allthing. Zu feierlichen Anlässen, wie etwa dem 1100-jährigen Jubiläum der Besiedlung Islands (das im Buch einige Male Erwähnung findet) kommen dort Zigtausende zusammen, um gemeinsam zu feiern. Die Fixierung auf die Tradition, auf die eigene Abstammung und die Ahnentafel (für das verbreitete Hobby Ahnenforschung gibt es sogar Volkshochschulkurse) hat in jüngster Zeit eine ganz neue Aktualität gewonnen, da jetzt auf einmal das Interesse an den Vorfahren im Zuge der Gentechnologie ganz neue Perspektiven bietet. Island ist trotz seiner extremen Randlage heutzutage alles andere als eine abgelegene Insel.

Lesejury